徳　間　文　庫

有栖川有栖選　必読！ Selection 5

他　殺　岬

笹沢左保

徳間書店

C O N T E N T S

CAPE OF MURDER

1976

Design：坂野公一（welle design）

Introduction

有栖川有栖

硬派の本格ミステリ『招かれざる客』（一九六〇）でデビューし、独特の哀切なムードと創意に満ちたトリックを合体させた作風を確立。やがて都会の時代風俗を盛った中間小説（死語）でも人気を博すようになり、テレビドラマ化された〈木枯し紋次郎〉シリーズ（七二～七三）の大ヒットにより時代小説にシフトしていった――というのが前期・笹沢左保の歩みである。

どの時期にあってもミステリから離れてしまうことはなく、紋次郎ブームの中で書かれたミステリでも繰り返し斬新な試みが為（な）されている。執筆のペースを月産千枚超（！）まで上げることで作風の広がりをカバーしたのだ。

とはいえ、七〇年代前半は笹沢左保＝紋次郎の作者であり、ミステリ作家のイメージがやや薄らいだ時期ではあっただろう。これは致し方ない。

『他殺岬』が発表されたのは七六年で、ドラマの『木枯し紋次郎』と『新・木枯し紋次郎』（七七～七八）の狭間（はざま）にあたる。本作の初出はカッパ・ノベルス（光文社）の書き下ろしだった。どの雑誌の目次にも名前が載る作家の書き下ろし作品というのは版元にとって目玉商品であり、読者に「あの流行作家が腰を据えて書いた自信作か」と期待を抱かせるものだ。

そんな期待に作者がどれだけ見事に応えたか、とくとご覧いただきたい。趣向が山盛りで、ここまでやるか、と驚かずにいられない。

初刊本の著者のことばに曰く――「推理小説のおもしろさは、異常な設定にあると、ぼくは思っている」ので、「これはと思えるようなアイデアを考えつかない限り、書下ろしに取り組む意欲は湧かない」。足掛け十年ぶりの書き下ろしに取り組んだ意欲と手応えの表明である。

主人公はルポライターの天知昌二郎、三十六歳。愛する妻を病気で亡くし、五歳の息子・春彦と暮らすシングルファーザーである。この物語で彼に降りかかる事態は、あまりにも「異常」だ。

春彦がさらわれ、犯人の男から電話が入る。天知が書いた記事のせいで義父と妻が自殺に追いやられた。その復讐のためにお前の息子を誘拐した、と。目的は春彦を殺害することであり、身代金の要求はない。

犯人は、五日後の午後九時に春彦を「処刑する」と言う。すぐに殺さないのは話し合いの余地があるからではなく、天知が苦しむ時間を長引かせるためだ。

通報を受けた警察も、犯人と春彦がどこにいるのか見当をつけられなかった。この危機を脱するために、天知は犯人の義父と妻の死が自分のせいではないことを証明しようとする。たとえば、もしも、二人の死が自殺ではなく他殺だったら、誘拐者の天知に対する憎しみを消せるのではないか?

そう考えて彼は行動を開始するのだが、残された時間は百二十時間三十四分しかなかった。時間がなさすぎる。

警察が自殺として処理した二つの死について、かねてより天知が疑問に感じていたのならば、そこから第一歩を踏み出せばよい。しかし、彼自身も後味の悪さを覚えるだけで自殺を疑っておらず、ゼロからスタートしなくてはならなかった。

不審な点を見つけ出したぐらいでは警察の判断は覆（くつがえ）らないだろうし、誘拐者を納得させるのは難しい。天知は自殺を他殺にひっくり返すだけでなく、他殺であれば誰が犯人かまで突き止めようとする。

できるわけありませんよ、と主人公に言いたくなるほど過酷な設定である。エンターテインメント小説というのは、作者が主人公に試練を与えていじめるものだが、このいじめ方はあまりにも厳しい。

はたして天知は時間内に真相にたどり着けるのか？　東京から高知・足摺（あしずり）岬の現場へと飛び、懸命の捜査と推理によって容疑者が浮かんだとして、その人物に鉄壁のアリバイがあったら……どうする？

1976年　初刊　光文社　カッパ・ノベルス

他殺岬

CAPE OF MURDER

第一章　残り120時間34分

1

あどけない幼児の口から出る言葉だけに、それを聞く者はハッとさせられる。当の子どもは思い出すたびに、何気なく口にするだけなのだろう。人間の死というものに対して、幼児が感慨を覚えたり、深刻に考え込んだりするはずはない。

だが、大人はそのように、素直には受け取れないのである。幼児がなぜ、人間の死に関心を抱くのか。どうして、何度もそのことを口にしたがるのか。そんなふうに考えて、一種の無気味さを感ずるのであった。

しかも、子どもは話題にしてもおかしくないときに、そのことに触れるわけではなかった。何の脈絡もなく不意に、唐突（とうとつ）にその言葉を口にする。それで一層、大人はギクリとさせられるのであった。

「先生、砂場で死んじゃった」

「先生は、殺されたんだって……」

春彦は花弁のように赤い唇を動かして、繰り返しそう言うのである。さすがに笑ってはいないが、喜怒哀楽には無縁の顔つきだった。深刻な面持ち、訴えるような目つき、と受け取れないことはない。

しかし、当人としては、何の意識もないのである。幼児の感情は、特に波打っていないのだ。大きく見開いた目、円らな瞳、可愛い出っぱりにすぎない鼻、甘えるようにシマリのない口許、繊細な感じの唇、白い肌、ピンク色の頬と、ただあどけないだけの五歳の男児の顔であった。

笑ったり泣いたりしていなければ、いつもそういう顔をしている。いわば表情のはっきりしない顔であって、それが無邪気さとか無心さとかに通ずるのである。殺人に触れるには、まったく相応しくない顔だった。

「わかったよ」

「もう、すんだことだろう」

「そのことは、もう忘れるんだ」

天知昌二郎にも、そんな言い方しかできなかった。一応は窘めているつもりだが、それが春彦に通じているかどうかはわからない。春彦は何の反応も示さずに、背の高い父親をぼんやり見上げている。

聖(セント)メリー保育園の若い保母が殺されるという事件があってから、すでに五日間がすぎている。最近の世間というものは、五日間もすれば殺人事件など忘れてしまう。興味すら、覚えなくなる。

聖メリー保育園殺人事件に強い関心を寄せているのは、世田谷の北沢(きたざわ)署に設けられた捜査本部の捜査員と聖メリー保育園の関係者、それに子どもたちの家族だけということになるかもしれない。

同じ聖メリー保育園の子どもたちでも、何事もなかったように無関心な連中もいる。当然のことながら、三歳未満の乳児たちには、まったく無関係な出来事であった。三歳以上の幼児にしても、半数以上がその事件を知らなかった。

事件を知っているのは、殆(ほとん)どが殺された保母と馴(な)れ親しんでいた幼児たちだった。『こぐま組』の幼児たちである。殺された保母花形(はながた)アキ子が、『こぐま組』の幼児たちを受け持っていたからであった。

その中でも、特に先生の死を深く印象づけられているのは、花形アキ子の死体を見つけた十数人の幼児だったのだ。砂場のすぐ脇(わき)の紫陽花(あじさい)の植込みの中に倒れ込んでいる花形アキ子の死体を発見したのは、『こぐま組』の幼児十数人であった。

春彦は『こぐま組』の一員であり、花形アキ子の死体を発見した幼児のうちのひとりでもあったのである。幼児たちはショックを受けないまでも、親愛なる先生の死が印象的な出来事だったことには違いないのだ。

この五日間、父親の顔さえ見れば春彦が繰り返しそのことに触れるのも、そうした強烈な印象を植えつけられているせいなのだろう。何も気にすることはないと、天知昌二郎は努めて思うようにしていた。

もっとも、天知昌二郎が春彦と顔を合わせるのは、ごく限られた時間ということになる。普段の日は、朝の七時十分から八時までの五十分間だけであった。それも天知昌二郎にしてみれば、無理して作る時間だったのだ。

天知の就寝時間は、早くて午前二時であった。朝の七時すぎは、最も眠いときである。だが、彼はその時間に、起きなければならなかった。宝田真知子が、訪れて来るからであった。

宝田真知子は、マスター・キーを持っている。それで、彼女が訪れたからといって、ドアの鍵をあける必要はなかった。天知が眠っていても、宝田真知子は部屋の中へはいって来るのである。

その時間は毎日、七時二十分と決まっていた。春彦はすでに起きていて、パジャマのままで遊んでいる。宝田真知子は春彦に声をかけながら、ダイニング・キッチンで簡単な朝食を作り始める。

春彦の洗面、着換え、朝食とすべて宝田真知子が面倒を見てくれる。八時になると、宝田真知子と春彦は手を繋いで部屋を出て行く。そのまま真知子は春彦を、保育園まで送り届けるのであった。

その間、天知昌二郎が眠っていたとしても、何の支障もきたさないのである。彼が起きたところで、まったくの役立たずだった。むしろ眠っていたほうが、天知の健康のためにはよかったのだ。

しかし、実際問題として、眠ってはいられなかったのである。天知は目覚まし時計によって、七時十分すぎには自分を叩き起こすことにしていた。宝田真知子が訪れる十分前には、寝乱れ姿を改めて寝室から出ているのだった。

天知昌二郎は三十六歳であり、春彦という子どもがいても現在は独身である。宝田真知子は二十八歳でも、未婚である限り娘には違いないのだ。天知も真知子も互いに、男と女であることを意識しなければならないカップルであった。

ブリーフだけの姿はもちろんのこと、パジャマのままの恰好というのも、真知子に見せるのは気が引ける。それに、寝室の中を覗かせることもできなかった。そのために天知はガウンなどをまとい、寝室を出て真知子が訪れるのを待ち受けようと、神経を使うのであった。

宝田真知子は、家政婦でも何でもなかった。雇用関係にはないし、親戚の娘といった縁故もない。真知子は天知父子が住んでいる宝田マンションの持ち主なのである。つまり大家と、借家の住人との関係だった。

真知子には、暇がありすぎる。それに、彼女は子どもが嫌いなほうではなかった。特に春彦が可愛いというので、真知子は面倒を見たがるのだ。ただそれだけのことから、真知子は春彦の母親代わりをつとめているのであった。

完全なる奉仕であって、一切の報酬を受けつけていない。一方的な好意によるものであり、それに対して天知には報いる術もないのだった。世話になりっ放しで、借りばかりを作っているわけである。

それだけに、天知としても甘ったれてはいられない。可能な限り自分も父親らしくして、宝田真知子に対しては感謝の意を表わさなければならない。だからこそ、彼は七時十分の起床時間を厳守するのであった。

だが、起きたところで、天知には何もできない。春彦の相手をするのが、精々であった。その結果として朝の五十分間だけが、父と子の対話によって埋まるのである。いや、対話というより、一緒に過ごすだけの時間と称すべきだろう。

天知昌二郎は、寡黙な男である。無口な行動派であった。興奮したり、アルコールに酔ったりしない限りは、極端に口数が少ない。彼を知る者は、『だんまりのアマさん』と呼ぶ。

春彦は、人見知りをしない子どもであった。肉親は父親ひとりだけだし、今日まで他人と接することが生活の大半だった。それが当然のことだと感じているし、他人を他人とは思わないのである。

　父親を慕う感情も、際限なく表わすということはなかった。父親とは短い間しか、一緒にいられない。そういうものだと、春彦は思い込んでいる。甘えられないことを、十分に承知しているのだった。

　それに、春彦も無口であった。男の子としては当然であろうが、そういう性格でもあるらしい。乳児のころから、滅多に泣いたことがない。泣くのも口数が多いのも幼児の自己主張だとするならば、春彦は孤独な子どもと言えるだろう。

　二人一緒にいるからと、春彦は急に父親に甘えたりはしない。いまのうちに聞いてもらおうと、ベラベラ喋ったりすることもない。いつもの春彦と、変わらなかった。父親に対して、思いついたことを口にするだけであった。

　天知のほうも、急に父親らしく振舞ったりはしない。春彦を抱いたり、どこかへ連れて行くと約束したりもしない。彼は芝居がかったことが何よりも嫌いだし、形式主義を最も軽蔑する男なのである。

　天知はこの機会にとばかり、子どもに説教じみたことを言ったりもしない。また春彦の口から、近況報告をさせることもなかった。彼はただ所在なさそうに、春彦と一緒にいるだけなのである。

寡黙な三十六歳の父親と、無口な五歳の息子は、何となく一緒にいて何となくボソボソと言葉を交わす。それが互いに精一杯の愛情の表現というふうに、傍目(はため)には受け取れるのであった。

一緒にいる時間が短いことで、かえって疎遠で冷たい仲にはなれない父子。黙っている分だけ余計に、気持ちが通じ合っている父親と息子。互いに素っ気なく見えながら、感じよく結びついている若い父親と幼い息子。

天知と春彦の二人を評して、宝田真知子はそういう言い方をしていた。天知が春彦の手を引いて二人で黙々と日暮れの街を歩いていたら、それはきっと涙を誘われるような光景となるのに違いないと、真知子は冗談半分に言うのである。

春彦だけが、簡単な朝食をすませる。八時になると、宝田真知子と手を繋いで部屋を出て行く。天知は、それを見送る。そのあと、彼は再びベッドにはいる。真知子と春彦が聖メリー保育園に着かないうちに、天知は二度目の眠りにおちている。

天知は午前十時三十分に、本格的な起床のときを迎える。食事は、抜きである。顔を洗ったあと、タバコを吸いながら最低五ヵ所には電話を入れる。それで、今日一日の行動予定が決まる。

洋服に着換える。仏壇がないので、亡妻の写真はテレビの上に置いてある。娘のように笑っている、若い妻の写真であった。妻の幸江(さちえ)は、四年前に病死した。春彦を生んで、一年後のことだった。

　産後、貧血で苦しんでいたが、急に心臓が悪くなったのである。それが更に突如として悪化し、明らかに発病したと思われてから、わずかに数時間後に急死したのであった。病名は、心筋梗塞（こうそく）ということだった。

　幸江はそのとき、二十六歳であった。色が白くて可憐（かれん）な感じを、春彦がそっくり受け継いでいる。だが、春彦は母親のことを、記憶していなかった。幸江の写真を見ても、春彦は特に興味を示さなかった。

　春彦にとっては写真だけの幸江よりも、身近に存在している宝田真知子のほうに、母親の匂（にお）いを強く嗅（か）げるようであった。この宝田マンションに越して来て以来、真知子と春彦の付き合いは一年と四ヵ月になるのだ。

　天知にしても、幸江にまつわる過去というものを、振り返ることは殆どなかった。むかし死んだ人、という懐かしさを覚えるだけのことである。忘れることはできないが、執着や未練はもうなくなっていた。

　その幸江の写真を、天知はチラリと見やる。出かける前のそれが習慣になっていて、今日も笑っているなと思うだけであった。天知は、寝室を出る。和室がもう一つとダイニング・キッチン、浴室にトイレという2ＤＫの部屋であった。

　春彦の部屋をはじめ一通り見て回って、戸締まりを確認する。春彦がいないこの部屋を、宝田真知子が訪れることはなかった。戸締まりの確認も、天知の仕事であった。彼は部屋を出て、ドアに鍵をかける。

それからの天知は、多忙を極めることになる。もう一つの異名の通り、『鬼の天知』になるのである。仕事の鬼に徹し、精力的に歩き回る。沈黙の行動派と言われるように、天知は休むことを知らなかった。

天知昌二郎は、フリーのライターである。ルポ・ライターとしては、すでにベテランということで知られている。正確な記事、重厚な内容、現代感覚にマッチした巧みな文章、正義の批評眼、真面目（まじめ）な取材態度といった点で、この世界での信頼は厚かった。

だんまりのアマさん。

鬼の天知。

と、若い同業者で天知を慕い、尊敬する者も少なくはなかった。だが、彼は決してこの世界の顔役になったり、若い同業者を集めてそのボス的存在になろうとしたりはしなかった。

別に一匹狼（おおかみ）を、気どっているわけではない。ライターに、横の線は無用である。横の連絡を密にするのは、ゴシップ記者のやることだと、天知は一つの信念を持っているのだ。それに性格的にも、孤独を好む男と言えるのであった。

最近は、署名原稿も多くなった。女性週刊誌『婦人自身』の一連の企画もの、一般週刊誌『週刊アントニム』の政財界探険ルポルタージュ、ほかに人物評、時の人インタビューなどは、『天知昌二郎』という署名入りに重きを置いていた。

新しい企画の打ち合わせ、スタッフ会議、現在進行中の仕事についての連絡会議、情報交換、その他の連絡や報告などがあって、天知昌二郎は二、三の出版社や雑誌社を回ることになる。

フリーのライターでも、天知の場合はその出版社の社員と変わらない。出版社の出入りもフリー・パスだし、廊下を歩きながら絶えず挨拶を交わしている。それも顔馴染みの、気安い仲間同士の挨拶であった。

編集部の部屋へも、当然という顔つきと足どりではいって行く。真っ直ぐ、編集長の席へ向かう。編集長が不在のときは、デスクのところへ足を運ぶことに決まっていた。長身の天知は無造作に、髪の毛を掻き上げながら歩くのが癖であった。

「よう、アマさん」

「早いですね」

「どうも天知さん」

「しばらくでした」

「先日は、お疲れさま」

と、編集部のメンバーから、次々に声がかかる。天知は、微笑を浮かべて頷く。天知の寡黙さと冷静そのものという人柄を、誰もが知っている。同時に人々は天知のそうした人柄に、好感と魅力を覚えているのだった。

天知が書いたものは、すべて大きな反響を呼び起こす。話題のタネとなり、評判にもなる。つまり、売り物になる記事を書くライターとして、編集部のメンバーも天知に対しては一目も二目も置いているのだった。


その日、天知昌二郎が水道橋にある東都出版社の『婦人自身』の編集部を訪れたのは、午後四時三十分であった。八月下旬の午後四時三十分には、白昼そのままの明るさと猛暑が残されていた。

編集部の部屋の冷房も、それほど涼しくは感じられなかった。部屋にはまだ三十人からの男女がいて、電話の応対と原稿の整理に追われている。ほかに訪問客や社外記者たちが、忙しく出入りしていた。

天知昌二郎は行ったことはないが、近くのビルにも『婦人自身』の編集部の分室が置かれているらしい。女性週刊誌のうちで、他の追随を許さない最高発行部数を誇る『婦人自身』だけに、その編集室の活気と忙しさは、落ち着いていられないほどであった。

編集長の席に、田部井の姿が見られた。当然であった。この日、天知は折り入って話があるからと、田部井編集長に呼ばれていたのだった。午後四時すぎには行かれると約束した天知を、田部井編集長は待ち受けていたのである。

「アマさん、しばらく……」

天知の姿に気づいて、田部井編集長は立ち上がった。田部井は、編集長の席のすぐ脇にあるソファを、天知にすすめた。応接用にしては簡素にすぎる席で、要するに編集長と話し込むためのソファであった。

田部井編集長は自分の回転椅子にすわったままで、天知だけが白いカバーに被われたソファに腰を沈めた。デスクの篠原が立って来て、田部井の背後から挨拶を送った。天知は会釈でそれに応じたが、表情は殆ど動かなかった。

「しばらくというほどでもないけど、もう半月は会っていないでしょう」

田部井編集長が笑いながらタバコに火をつけた。『婦人自身』の編集長にしては若いという感じだが、田部井の実力は大したものであった。プランナーとして定評があり、常に先取りをする読みの深さには誰もが感心させられる。

二年前に三十六歳で『婦人自身』の編集長を命じられたときも、異論を唱える者はひとりもいなかったという。度の強いメガネのレンズの奥でいつも目が柔和に笑っていて、妙に張り切ったりしないということでも部下の信頼を集めていた。

「そうですね」

天知は頷いた。彼の場合もまた、フリーのライターという感じではなかった。もの静かで、冷ややかなくらいに落ち着き払っていて、真夏であろうと三つ揃いの背広姿を崩そうとはしない。精悍で行動的なインテリという印象と、銀行員のような堅さが妙に一つに溶け合っているのだ。

「アマさんと半月も会っていないようでは、わが〝婦人自身〟も落ち目ってことになるなあ。どうです、もうそろそろ鬼の天知に戻ってくれてもいいんじゃないですか」

ヘビー・スモーカーの田部井編集長は、言葉とタバコの煙を別々に吐き出すということがなかった。

「さあね」

天知昌二郎は、気のない答え方をした。折り入って話がしたいと田部井から連絡を受けたとき、天知にはもう用談の内容がわかっていたのである。仕事の鬼、つまり鬼の天知に戻ってくれという要請なのだ。

だが、天知にはその要請に、応ずる気がなかった。天知はこの二週間、『婦人自身』の読物の柱とされている〈人生の標本〉の執筆を休んでいた。〈人生の標本〉は二年前から続けられているシリーズで、天知昌二郎の署名入りの読物であった。

このシリーズは大好評で、企画ものとして読者から最高の人気を集めている。天知のルポ・ライターとしての才能を、再認識させたのも、一つには〈人生の標本〉によるものだとさえ言われている。

それだけに、天知もこのシリーズには愛着があった。二週間、天知の代役としてほかのライターが〈人生の標本〉を書いているが、評判はあまり芳しくなかった。そのことが天知には残念だったし、当然『婦人自身』の編集部でも彼の復活を望んでいる。

しかし、それでも天知には二週間だけの休筆に留(とど)めて、〈人生の標本〉を再開するという意志がないのである。天知のやり方に、法律上の落度があったわけではない。また、道義的な責任を、問われることでもなかった。

彼自身、罪の意識もないのである。だが、やはり自分の書いた〈人生の標本〉が原因となって、二人の人間が死に走ったということであれば、天知が受けた精神的ショックが激しくないはずはなかった。

天知は人間として、〈人生の標本〉を平然と書き続ける気にはなれなかったのだ。二人の人間が死に走ったとは、具体的に次のようなことになる。

七月八日、環千之介(たまきせんのすけ)（53）が自宅において縊死(いし)。自殺と断定。

八月八日、その娘の環ユキヨ（26）が高知県の足摺(あしずり)岬の絶壁(ぜっぺき)下へ投身。自殺と断定。

2

六月二十五日に発売された『婦人自身』の〈人生の標本〉には、二つの見出しが掲げられている。まずメイン・タイトルとして『女性の弱みを衝く人気者の過去の素顔』とある。それに加えてのサブ・タイトルには、『環千之介氏をタレントに仕立て上げたマスコミの功罪』と記されている。

天知昌二郎の署名入りで、毎号の〈人生の標本〉と同じく六ページが費やされていた。使用されている写真が五葉で、この号の『婦人自身』では最大の売りもの記事であった。五大新聞の全国版の広告に、記事のメイン・タイトルとサブ・タイトルがそっくりそのまま掲載された。

環千之介は、いまを時めくタレントである。芸能人ではないが、売れっ子ぶりはまさにスターであった。六月二十五日の時点で、テレビが五本、ラジオが三本の番組にレギュラー出演していた。

それ以外にも、視聴者が主婦層と思われる朝と昼間のテレビ番組には、実にコマメに顔を出している。ほかに講演と雑誌の仕事があるから、神風タレントの過密スケジュールということだけでも有名な人物だった。

肩書は、『美容研究家』であった。本業として、『環総合チャーム・スクール』及び『環総合ビューティ学園』の校長、つまり経営者という立場にもある。環千之介がレギュラー出演しているテレビ番組のうちの一つは、環総合チャーム・スクールと環総合ビューティ学園がスポンサーになっていた。

環千之介は五十三歳だが、見たところは四十七、八であった。なかなかの美男子だし、気品のある顔をしていた。背も高くスマートであり、魅力的な中年紳士と言えるだろう。二十代の娘から三十代の人妻、更に四十代の主婦までが、環千之介のファンとして、あるいは信奉者として存在している。

環千之介は、弁舌爽やかである。声も悪くない。適当にやさしく、適当に厳しく、指導したり相談に応じたりする。その話術が巧みで、彼の説明を聞いていると、なるほどと納得しないではいられない。

美容に関心を持つ女で、環千之介の名前と顔を知らない者はいなかった。やや宣伝臭が強すぎるようだとか、売名主義のタレントだとか批判しながらも、女の大半は環千之介こそ美容研究家としての第一人者だと信じきっている。

それほど有名な環千之介だが、その過去や前歴に詳しい人間はいなかった。いまから十年ほど前に、環千之介は『減食に関係なく痩せて、肌を美しくする方法』を看板に登場している。

一口に言えば、特殊な入浴美容法であった。分あるいは秒単位で入浴を繰り返し、あとは摩擦によって垢を落とすだけの単純な美容法だが、これが大ヒットしたのである。同じ時期に、環式シワ取りテープ療法も、多くの女たちの関心を集めた。

分あるいは秒刻みで入浴を繰り返し、全身の摩擦によって垢を落とす。入浴と体操と肌の清潔とマッサージを併用し、更に特殊なテープによってシワを取る。それなりの効果もあってか、まず各テレビ局が一斉に紹介した。それに続いて、女性週刊誌をはじめとする全婦人誌が、その美容法を記事にした。

華々しいマスコミへの登場であり、たちまち美容研究家・環千之介の名前は全国に知れ渡った。最初のうちは公衆浴場を借りて、この美容法を実践していたのだが、間もなくその場所を貸しビルに移した。

そして、二年後には新宿に、環ビルを完成させたのであった。八階建てのビルだが、一階に本格的な美容のための浴場、マッサージ室が設けられた。二階には豪華なサロン、美容室、喫茶室、それに美容食専門のレストランなどがある。

三階と四階が、環総合チャーム・スクールの教室によって占められている。五階と六階は、環総合ビューティ学園の教室であった。七階と八階は、事務所、会議室、応接室、倉庫などである。

以後、この環ビルを中心に、環千之介の華麗な活動が続けられ、事業面でも隆盛を誇って来ていたのだ。知名度と信用度の点では、確かに美容研究家としての第一人者であった。事業家としても、成功したのである。

環千之介のやることは、すべてうまくいった。好運の波に乗り、順風満帆であった。彼自身の企画力、宣伝のうまさ、演出の巧みさも、もちろん大きく作用している。好運と才能が、左右の両輪となったのだ。

環総合チャーム・スクールにしても、大変な盛況が続いていた。このチャーム・スクールは、〈モデル・コース〉と〈タレント・コース〉、それに〈花嫁コース〉と〈奥さまコース〉に分かれている。

もう一つの環総合ビューティ学園のほうは、他人を美しくするプロの美容家、あるいはメイク・アップを職業にしようとする者、つまり専門家の養成所であった。この総合ビューティ学園もまた、一年に二回の入学期には、希望者が殺到した。

〈モデル・コース〉からは一流のモデルが何人か巣立っているし、〈タレント・コース〉からはミス日本をひとり、準ミス日本を三人、ほかに各種のコンテストのミス入賞者を五、六人も出していた。そういうことから環総合チャーム・スクールは有名にもなり、大勢の希望者を集めるだけの信用も得たのである。

また、メイク・アップをプロとしている人々の中には、環総合ビューティ学園の出身者が少なくなかった。チャーム・スクールもビューティ学園も、ともに環千之介が校長であり、彼の娘のユキヨが副校長を務めている。多くの講師は、各界の一流どころを揃えていた。

環千之介は、運転手付きの自家用車に乗って、テレビ、ラジオ、雑誌の対談、講演と忙しく動き回っている。大抵はそうした父親に、娘のユキヨが付き添っていた。秘書の代わりというわけではなく、ユキヨを売り込むためであった。

環千之介は、ひとり娘のユキヨを自分の後継者にするつもりでいる。もともと仲のいい父娘であり、別の見方をすれば同じ穴のムジナでもあった。千之介がユキヨを後継者にしようと考えたのは、当然のことと言えるのだった。

それでテレビやラジオの出演、講演会、雑誌の仕事へ、必ず千之介はユキヨを連れて行く。自然にユキヨは顔が広くなり、知り合いも多くなる。プロデューサー、ディレクター、雑誌の編集長、各界の有名人、地方の団体の責任者などが、ユキヨの存在を知るわけである。

千之介の後継者として、環ユキヨには一目置くことになる。千之介がテレビに出演するときは、必ず娘のユキヨを助手として使う。環総合チャーム・スクールとビューティ学園が提供する十五分間のテレビ番組では、ユキヨが司会を務めている。

そうしたこともあって、環ユキヨの名前も顔も世間に知られるようになっていた。千之介が登場しないテレビ番組にもユキヨは出演を依頼されるようになったし、婦人雑誌の美容記事の指導とかグラビアの撮影とか、結構、声がかかり始めていた。

千之介はかなり前に、離婚しているようであった。離婚の経緯について、世間はまったく知らなかった。とにかく、千之介は離婚以来、独身を通して来た。女関係についての噂も、あまり聞いたことがない。

美容研究一筋に生きていて事業熱心で、ひとり娘のユキヨをこのうえなく愛している男と、表向きはそういうことになっていた。それでいて魅力的な中年紳士だということも、多くの女性ファンを獲得する原因の一つになっているらしい。

その娘のユキヨは、二十六歳になっていた。素顔はともかくとして、化粧したユキヨはなかなかの美人であった。職業柄その点は当然なのだろうが、美しく見せるための技巧は超一流だった。それで環ユキヨと言えば誰もが、あのチャーミングな美人かと思う。

ユキヨは、独身ではない。結婚して、三年になる。それだけに若い人妻らしい魅力も具(そな)えていて、女っぽい美しさを感じさせる。チャーミングで知的な人妻に、成熟した女の色気がプラスされているのだった。

ユキヨの夫の日出夫(ひでお)は、三十二歳になっている。ユキヨはひとり娘だから、環家に婿入りしたわけである。名前も環日出夫であった。この日出夫は義父や妻とは対照的に、まったく表面に出ない男だった。

表面に出る必要がないし、たとえ望んでも出してはもらえないのである。環千之介の後継者はユキヨに決まっているのだし、将来も日出夫は環ユキヨの夫というだけの存在で過ごすことになるはずであった。

日出夫には、美容に関係しての特技はない。そのほうの才能も、野心もないのである。

日出夫はもともと〈株式会社環美容総業〉の就職試験を受けて、企画宣伝係に勤務するようになった男であった。

特に優秀な一面があるというわけではなかったが、如才ない男で人あたりがよかった。それに、ルックスが目立っていた。背が高くて、スタイルがいい。彫りの深い顔立ちは、ギリシアの美男子を思わせる。女の注目を集めるだけの、魅力を具えていた。

日出夫には、ユキヨのほうが熱くなった。ユキヨは積極的に日出夫に接近して、肉体関係に発展してからは更に夢中になった。ユキヨは、日出夫との結婚を望んだ。ユキヨそのものも魅力的だし、日出夫が女であれば玉の輿に乗るということになるのだった。

婿では不満などと言うはずもなく、日出夫はユキヨとの結婚を承諾した。この二人の結婚に、千之介は反対しなかった。可愛い娘が望んでいることだし、すでに肉体関係にまで進んでいるのではと、ただそれだけの理由で反対しなかったわけではない。

千之介はむしろ、有能な婿を嫌っていたのである。有能な男であれば、妻を押えつけようとする。環美容王国を乗っ取るという野心を抱き、自分が実質的な後継者になろうとするのに違いない。

有能な婿には、毒があると判断しなければならない。婿はタネ馬、ユキヨの玩具であればいい。そのほうが環千之介の世界にも波風は立たないし、後継者のユキヨも安泰である。千之介は、そういう考え方をしていたのだった。

その点、日出夫は無難な男であった。彼を婿に迎えたことで、環美容王国が揺らぐという心配は、まったくなかったのだ。日出夫は株式会社環美容総業の重役で、チャーム・スクールとビューティ学園の事務長ということになった。

しかし、それは名目だけであり、実権は何一つとして付与されていない。また、実力を発揮するような、日出夫ではなかったのである。彼は役員、事務長という肩書を持つサラリーマンで、まるで表面には出ない環ユキヨの夫であった。

日出夫とユキヨの間には、二年以上も子どもができなかった。だが、今年になってようやく、ユキヨは妊娠（にんしん）した。この六月から、ユキヨは仕事を控えるようになった。テレビや雑誌のグラビアから、彼女は姿を消した。腹のふくらみが、目立つようになったためである。

ちょうどそのころから、天知昌二郎は環千之介の過去についての取材を、始めていたのだった。取材を始める動機となったのは、『婦人自身』の編集部へ舞い込んだ一通の投書であった。

『婦人自身』の読者であって、三十一歳の主婦だという。便箋（びんせん）にしっかりした文章で、かなり衝撃的な内容が記されていた。投書としては良質のものと判断して、まずは田部井編集長、緑川（みどりかわ）副編集長、篠原デスク、それに天知昌二郎の四人だけで検討に取りかかったのである。

その投書の内容とは、次のようなことであった。

商品名　クイーン・オイル。
定価　二万円。
容器　香水の瓶ぐらい。
製造元　環美容研究所。
販売　環美容総業。

こういう化粧品を、ご存じでしょうか。今年にはいってから、環総合チャーム・スクールと環総合ビューティ学園の提供によるテレビ番組〈美しい変身〉で常時、宣伝されている化粧品です。

〈美しい変身〉では、環千之介・ユキヨ両先生が、自信をもってすすめられる化粧品だと、絶えず推奨されています。環千之介先生はほかのテレビやラジオ番組に出演されるごとに、必ず『クイーン・オイル』のことに触れられます。

その説明によると『クイーン・オイル』はスクワランとローヤル・ゼリーを、独特な方法によって混合したものだそうです。スクワランとは、深海鮫から採取した脂であるとのことです。

実は私も、この『クイーン・オイル』を二万円で買い求めました。ところが、それを知った主人に、叱られてしまったのです。香水ならいざ知らず、そんな少量のオイルを顔に塗り、二万円があっという間に消えてしまうのでは、あまりにも不経済だと主人は申すのです。

でも、それで肌が美しくなり、お化粧が映えるなら安いものだと私は反論しました。主人はそれにしても量の割りには高価すぎるし、まるで王侯貴族の化粧品だと、私を非難しました。

喧嘩になった挙句、主人は『クイーン・オイル』を分析してみようと言い出したのです。主人は、ある製薬会社に勤務しています。それで主人は『クイーン・オイル』の分析を、会社の研究室に依頼したのです。

その分析の結果を聞かされて、私は驚きの余り声も出ませんでした。深海鮫の脂もローヤル・ゼリーも、使われていないというのです。主なる成分は、ベビー・オイルと普通のハチミツだそうで、それに香料などを加えたものということでした。

何たることでしょうか。美容研究家の第一人者である環千之介先生を信用すればこそ、二万円も出して『クイーン・オイル』を買い求めたのです。それなのに、これではまるっきり詐欺ではありませんか。

同時に、美しくなりたいという女性の心を、美容研究家の第一人者が金儲けのために、無残にも踏みにじったのです。私はただ自分の愚かさを責めるだけで、環千之介先生を告訴したりするつもりはありません。

でも、何も知らずに美しくなるものと信じて、二万円を捨てている女性がほかにも大勢いることでしょう。そうした同性たちに警告を発していただきたく、あえて『婦人自身』の編集部にお手紙を差し上げる次第です。


まるで信じられないような、投書の内容であった。女性の最大の味方として、全国に無数のファンを持つ環千之介の詐欺行為なのである。事実だとしたら、一大スクープであった。だが、相手が人気最高の有名人だけに、慎重を期さなければならない。

田部井編集長はまず、『クイーン・オイル』の分析を命じた。全国各地で任意に買い求めた十本の『クイーン・オイル』を、大学の研究室へ持ち込むことになった。結果は十本が十本とも、当たり前のベビー・オイルとハチミツが、主成分ということであった。

『クイーン・オイル』の製造元である環美容研究所の取材が行なわれる一方、天知昌二郎は環千之介の過去を追跡することになった。天知は、十五年前に離婚した千之介の妻を捜し出した。

その別れた妻の口から、過去の垢がボロボロとこぼれ落ちた。それによると、環千之介の前身は美容師だが、薬科専門学校を中退していて漢方薬に強い興味を示していたという。だが、千之介はその知識を、悪いことに利用したのである。

環千之介には、なんと詐欺の前科が二つもあったのだ。その一つは、自家製のインチキ漢方薬を通信販売したのであった。千之介は間もなく、詐欺並びに薬事法違反で逮捕され、懲役一年に三年の執行猶予付きの判決を受けている。

もう一つは寸借詐欺で、このときは懲役一年の実刑を受けている。千之介には特殊な美容システムを作ろうという野心があり、その資金集めの焦りが寸借詐欺となったのだ。この詐欺事件が因で千之介は、妻に逃げられるという形で離婚したのである。

天知は、鬼になった。膨大な資料を整理し、裏付けを取り、巧みな構成と文章によって、正確な記事を書いた。それが〈人生の標本〉百回記念の『女性の弱みを衝く人気者の過去の素顔・環千之介氏をタレントに仕立て上げたマスコミの功罪』だったのだ。

その記事は、凄まじいほどの反響を呼んだ。『婦人自身』の六月二十五日発売の号は、三日目で完全に売り切れとなった。空前の大ヒットということで、『婦人自身』の編集部の全員が興奮状態にあった。

発売の当日に、早くも環千之介は行方不明となった。テレビ、ラジオの番組は、すべて、穴があいた。雲隠れしたのではなく、自宅に引き籠ってしまったのだ。日出夫・ユキヨ夫婦も、同じであった。

渋谷区元代々木町にある邸宅は固く門を閉ざして、一切の訪問客を拒み、取材に押しかけた報道陣の呼びかけにも応じなかった。新宿の環ビルも閉鎖されて、環総合チャーム・

スクールとビューティ学園は休講、株式会社環美容総業と環美容研究所は営業を停止した。
引き続き女性週刊誌、一般週刊誌がいろいろな形で、関連記事を掲載した。月刊婦人誌が、それを追いかけた。環千之介が関係していたテレビやラジオの番組も、釈明とお詫びを兼ねてそのことに触れた。

まさに、大センセーションであった。間もなく警察が、内偵(ないてい)という形で動き出した。詐欺事件と、みたのである。ついには新聞が、そのことを取り上げた。七月八日になって、警察では環千之介に任意出頭を求めた。

千之介は、明日には出頭すると答えた。だが、環千之介は七月八日の夜、自宅二階の書斎で首を吊ったのである。『美容研究家・環千之介の誇りを守りたい』という意味の遺書を残して、覚悟の自殺を遂げたのだった。もちろん、自殺の直接の原因は、美容研究家の第一人者として、不名誉な破局を迎えたことにある。しかし、この強か(したた)者をさらに弱気にさせていた原因が、もう一つあったのだ。

それは、健康上の問題であった。環千之介は去年から、直腸ガンの疑いがあるという医師の診断を、それとなく察していたらしい。そのことも、環千之介の絶望感を死に結びつける要因の一つとなったようだった。

その後も、環ビルは閉鎖されたままであった。元代々木町の豪邸も、無人の家のように静まり返っていた。三人もいたお手伝いは、いつの間にか消えてしまった。邸内にいるのは、日出夫とユキヨだけであった。

たまに日出夫がスポーツ・カーを運転して、食料品の買い出しに行くだけだった。そのほかに、人の出入りはまったくなかった。妊娠六ヵ月にはいったユキヨの姿を、二階の窓にちらりと見かける程度であった。


そのユキヨの電話が一度、『婦人自身』の編集部にかかったことがある。八月一日の午後であった。環千之介が自殺してから、二十四日がすぎていた。電話に呼び出されたのは、編集長の田部井だった。

「環ユキヨです。覚えているでしょうね」

喧嘩を売るような口調で、ユキヨの声が言った。

田部井は何度か、ユキヨに会ったことがある。娘を使ってほしいと、千之介から紹介されて知り会ったのだ。その後、『婦人自身』にユキヨは、五、六回登場している。それで田部井は、ユキヨの声をよく知っていた。

「ずいぶん、ひどい目に遭わせてくれましたね。この恨みは、死ぬまで忘れませんよ。でも、あなた方はそのわたしを、甘く見ているんじゃないかしら！　いまにごらんなさい。わたしは不死鳥のように甦って、あなた方を見返してやるわ。そうなったときには、〝婦人自身〟なんか、鼻も引っかけてやらないから！　覚えてなさいよ！」

一気にそう言って、ユキヨは荒々しく電話を切ったのであった。いかにも、気の強いユキヨらしい抗議の電話だった。しかし、それも結局はユキヨの、精一杯の虚勢であったようである。

それから一週間後の八月八日に、環ユキヨは、高知県の足摺岬の断崖の上から身を投げて、自殺したのであった。

八月五日に、ユキヨは千之介の骨壺を抱いて、日出夫とともに高知県の中村市へ向かった。環千之介は中村市の出身であり、菩提寺が市の郊外にあったのだ。その中村市郊外の菩提寺へ、納骨に向かったのである。

八月八日に日出夫と二人だけでささやかな法事をすませたユキヨは、その日の夜、見るからに凄まじい足摺岬の断崖の上から身を投げたのであった。

3

天知昌二郎には、その環ユキヨの自殺がこたえたのである。

環千之介の場合、自殺もやむを得ない。だが、その娘のユキヨまで死に追いやったとなると、天知としても心の上に大きくて重い痛みを置かずにはいられなかった。ユキヨはそのとき、すでに妊娠七ヵ月にはいっていたのだ。

ユキヨだけではなく、間もなく産声を上げるはずだった胎児まで、死なせてしまったのである。しかも、遺書の内容の半分は天知昌二郎を名ざしで非難し、恨みの言葉で埋まっていたのだった。

以来、二週間〈人生の標本〉の執筆を、天知昌二郎は休んでいる。気が重くて、書こうという意欲が、湧かないのだ。反響が大きすぎたこと、二人と半分の命を消したという結果、それに彼自身の精神的ショックが、一種の恐怖感に通じているのである。

「そろそろ、お願いしますよ」

編集長の田部井が、エントツのように煙を吐き出しながら言った。天知昌二郎は、黙っている。表情が動かない。考え込んでいる顔であった。

「あのシリーズは、アマさんじゃなければ駄目なんですよ」

「アマさんが生みの親と、育ての親を兼ねているんだからなあ」

副編集長の緑川と、デスクの篠原が、左右から言葉を投げかけた。

「真面目な話、この二週間の〝人生の標本〟に対しては、読者からの反響がゼロなんですよ」

田部井が灰皿を引っかき回すようにして、タバコを消した。

「しかし、まだ二十日も、たっていないでしょう」

ようやく、天知は顔を上げた。

「環ユキヨが、自殺してから……?」

田部井は、新しいタバコに火をつけた。

「今日で、十七日だ」

天知はポケットから、チョコレートを取り出した。銀紙に包まれていて、当たり前な板チョコであった。

「自殺したのは八月八日で、今日は二十五日か」

田部井は、机の上のカレンダーに、目を近づけて言った。

「正直な話、半年ぐらいは休むつもりでいるんだけどね」

天知はチョコレートの一片を、口の中へ入れた。

「冗談じゃないよ、アマさん!」

田部井が腰を浮かせて、天知をぶつような仕種(しぐさ)をした。

「そのぐらいの休業は、当然だと思うけどな」

天知は、苦笑した。笑うと、渋い二枚目になる。

「アマさんに、謹慎する理由なんかないんだよ。お願いだから、九月の一週には復帰してくださいよ。この通りだ」

田部井が小柄な身体(からだ)を二つに折って、天知の前に頭を下げた。

「たとえ正義と真実のためにという気負いがあったにしろ今度の場合、二人と半分の命で償わせるほどの被害者が出たわけではない。その点、事件の扱い方について反省したり、書く側の姿勢に関して勉強したりするべきだろうと考えたんだ」

天知は、目を伏せて言った。

そのとき、緑川の前にある電話機が、話を中断するように鳴り響いた。緑川が素早く、送受器を手にした。気のない声で無愛想に受け答えをしていた緑川が、不意に弾かれたように立ち上がった。

「アマさん……」

緑川が天知のほうへ、送受器を差し出した。

「おかしいな」

天知は、小首をかしげた。この時間に彼が『婦人自身』の編集部にいることは、誰も知らないはずなのである。

「環さんだそうだけど……」

緑川はこの場の声を聞かれないように、送受器を胸に押しつけていた。

「環……！」

「アマさんに電話をかけて来る環っていうと、いったい誰なんだい」

田部井と篠原が、顔を見合わせながら言った。

「もちろん、環千之介でもユキヨでもないだろう」

「当たり前ですよ」

「すると、ひとりしかいない」

「ユキヨの亭主ですか」

「日出夫は婿さんだからな、環と名乗るはずだ」

「しかし、どうして環日出夫がアマさんに、電話をかけてきたりするんです」

「わからんな」

「いまごろになって、文句をつけてくるってのも、おかしいでしょう」

「こいつは、只事（ただごと）じゃないぜ」

篠原とのそうしたやりとりのあとで、田部井は天知の顔へ目を移した。天知は、頷きながら立ち上がった。何となく、いやな予感がしたのである。天知は緑川から、送受器を受け取った。

クリーム色の送受器であった。田部井の机の上には、三台の電話機がある。そのうちの一台がやはりクリーム色で、それにはダイヤルがなかった。天知が出ようとしている電話と、親子になっているのだった。

「いいね」

天知に断わってから、田部井編集長はクリーム色の電話機に手を伸ばした。田部井も一緒に、電話の内容を聞くわけである。田部井と同様に緑川も篠原も、緊張した面持ちで天知を見守っていた。

「もしもし……」

天知は、電話に出た。

「天知昌二郎だね」

押し殺したような男の声が、天知の耳に伝わって来た。凄味を利かせようとしているせいか、震えを帯びた声であった。

「そうです」

天知は、表情を動かさなかった。

「間違いなく当人だろうね」

その男の声が、そう念を押した。高圧的な、口のきき方であった。

「当人ですよ」

天知は一瞬、苛立ちを覚えていた。

「おれは、環日出夫だ。そう言えば、わかるね」

はたして男は、そのように名乗った。

「存じ上げていますよ」

「ついでに訊くが、おれがいまどんな気持ちでいるか、わかっているかね」

「さあ……」

「やっぱり、わからないだろうな。あんたみたいに冷酷な男には、人間の気持ちがわかるはずはないんだ。だったら、教えてやろう。八月八日以来、おれは考えて考えて考え抜いたのさ。それで、ようやく結論が出た。おれは、鬼になりきる。そう決心したんだ」

「それで、ご用件は……？」

「まあ、聞くんだ。いいかい、鬼になるというのは、あんたに復讐するってことだ。ユキヨは、あんたに殺された。そのユキヨの腹の中には、おれの子がいた。おれはあんたに、愛する妻と子どもを殺された哀れな男なんだよ。おれはねえ、哀れな男として半月以上も泣いて過ごしたよ。しかし、いつまでも、哀れな男のままではいたくない。この悲しみと口惜しさを帳消しにするために、あんたに復讐してやろうという気になったんだ。男なら、当たり前だろう」

「話の腰を折るようですが……」

「話を聞くんだ」

「わたしには、ユキヨさんを殺した覚えなんてありませんがね」

「結果的には、殺したのも変わりないじゃないか。ユキヨはねえ、父親がすべてだったんだよ。ユキヨにとっては父親であり、師であり、誇りであり、希望であり、幸福な生活の源であり、心の支えだった。おれが嫉妬を覚えるくらいに、仲のいい父と娘だったさ。その父親が世間の侮蔑の声と嘲笑を浴びながら、自殺へ追いやられるということになった。

それがユキヨには、耐え難い苦痛となったんだ。ユキヨは、すべてを失ってしまった。父親のお骨を墓に納めたあと、いったいユキヨの心に何が残ったか。何も残りはしない。ユキヨはふと、父親のあとを追って、という気になったんだろう。生きていたって、茨の道を歩むだけだと、ユキヨは疲れきった心の中で思ったのに違いない」

「気の毒だとは、思っていますよ」

「挨拶は、それだけかね」

「ほかに、言いようがないでしょう」

「あんたにも、子どもがいるな」

「ええ」

「子どもは、可愛いだろう」

「もちろんです」

「おれだって、同じだよ。おれがどれほど楽しみに、赤ン坊が生まれる日を、指折り数えて待っていたか。あんたは、ユキヨとともにその赤ン坊さえ、おれから奪ってしまったんだぞ！」

　環日出夫は、急に怒声を発した。話が胎児のことになって、興奮したのに違いなかった。環日出夫は、洟をすすり上げた。泣いているのかもしれない。天知にも、口にすべき言葉がなかった。彼としても、最も痛いところを衝かれているのである。

環日出夫は、気をとり直したように、震える声で言った。

「おれは、あんたに復讐してやるんだ。そのためには、鬼になる。最も残酷なやり方で、あんたを苦しめてやる。いまのおれと同じ気持ちを味わわせてやる。おれの復讐の手段がどういうものか、あんたにも察しがつくだろう！」

また、感情が高ぶったのか、環日出夫はヒステリックな裏声になっていた。

「ちょっと、待ってくださいよ」

天知の表情が、ギクリとしたように固くなっていた。日出夫は一度、天知の子どものことに触れている。それに、現在の日出夫と同じ気持ちというのは、子どもを失った父親の苦痛を意味しているのではないか。

そうだとすれば、天知から春彦を奪うということのほかに、復讐の手段は考えられない。

天知は、そう直感したのである。まさか、そこまで無謀な暴挙に出ることはないだろうと否定しながら、天知は背筋が冷たくなるような緊張感を覚えていた。

「どうやら、察しがついたらしいね」

環日出夫が、荒々しい息遣いとともに言った。

「関係のない者に、手を出すようなことはやめてくださいよ」

天知は指先が白くなるほど、送受器を強く握りしめていた。

「だからな……」

「あんただって、関係のない者まで死に追いやっただろう」

「そんなことはない」

「そうは、言わせないぞ」

「自然の成り行きというものだ」

「おれの身になってみろ。そんなふうには、受け取れない」

「何よりもまず、話し合おうじゃないですか」

「断わる」

「とにかく、会ってください」

「そんな必要も、もうないんだ」

「どうしてです」

「もう、おれの復讐はスタートしているし、その第一段階においても成功しているんだからね」

「何だって……」

「時計を、見たらどうだ」

「そんな……」

天知は、時計に目を落とした。五時三十分であった。

聖メリー保育園では、園児を預かる時間は午後五時までということになっている。保護者の都合でどうしても五時までに、園児を迎えに行けないという場合を除いて、例外は認められないし時間も厳守される。

普通であれば午後五時に、宝田真知子が聖メリー保育園へ春彦を迎えに行く。いまごろは宝田マンション一階にある真知子の部屋で、春彦は遊んでいるはずだった。だが、今日は違うと環日出夫は、暗に匂わせているのである。

保育園では誰が迎えに来ようと、園児を矢鱈に引き継いでしまうようなことはしない。迎えに来る保護者は決まっているし、保育園側でもその顔を記憶している。入園の際に、送り迎えする者を、はっきり決めておくのだった。

春彦を送り迎えするのは宝田真知子だが、彼女ひとりだけに任せてはおけなかった。真知子にしても寝込んだり、旅行に出たりすることがある。そういうときには長年、真知子と一緒にいる家政婦代わりの小母さんが、春彦を送り迎えすることになっていた。

もちろん、天知に時間的余裕があるときは、彼が迎えに行くこともあった。だから春彦の場合、保育園側が当然のこととして引き継ぐ相手は、宝田真知子、家政婦代わりの小母さん、それに天知の三人だけに限られているのである。

しかし、何人かの決まった迎えの者が全員、都合がつかないときには例外が認められる。新顔の代理人が、迎えに行くのであった。そうしたときには、保護者が保育園にその旨を、電話で連絡することになっていた。

「聖メリー保育園には、おれが電話をしたよ。天知だと、名乗ってね」

環日出夫は一変して、今度はひどく冷静な口ぶりになっていた。やはり、彼はその手を用いたのである。電話による連絡には、当人であるかどうかわからないという欠陥があるのだ。

肉親とか、親しい間柄であれば、声を聞いてわかる。だが、初めて聞く声では、判断のしようもない。天知だと名乗って、それらしい口のきき方をすれば、電話に出た保母は信ずることになるのである。

「どういう言い方をしたんだ」

天知の口調が厳しく、また鋭くもなっていた。

「今日はいつもの女性たちの都合がつかなくて、わたしも行けそうにありません。それで急遽(きゅうきょ)、わたしの弟に春彦を迎えにやらせることにしましたので、どうぞよろしくお願いしますってね」

日出夫は答えた。

天知の目に、一つの光景が浮かんだ。保母と一緒に、春彦がいる。『こぐま組』の担任だった花形アキ子が殺されたので、新しい先生が受け持つことになったはずである。その新任の保母の顔を、まだ天知は知らないのだ。

だから、春彦と一緒にいる先生の顔や姿は、天知の想像の産物であった。そこへ、環日出夫が近づいて行く。日出夫は先生に、丁寧に挨拶する。日出夫は春彦に、宝田のお姉さんたちには用事があるので、代わりにおじさんが迎えに来たんだよと言う。

春彦は人見知りをしないいし、無口である。こんなおじさんは知らないなどと、言うはずがなかった。春彦は素直に頷いて、先生にさよならと手を振る。日出夫と春彦は、手を繋いで保育園を出て行く。

「それから、宝田真知子にも電話をしておいた。〝婦人自身〟の編集部の者で、天知さんに頼まれたと言ってね。今日は天知さんが保育園へ春彦君を迎えに行くそうなので、そのようによろしくお伝えくださいとのことづけですって、宝田真知子に連絡したんだ。宝田真知子は、春彦ちゃんがきっと喜ぶでしょうって、自分のことみたいに嬉しがっていた」

環日出夫の声が、次第に陰気になりつつあった。ちゃんと宝田真知子の行動を封じているのだから、やり方は完璧である。春彦、聖メリー保育園、宝田真知子などに関して、日出夫の調べは行き届いているようだった。

「真知子さんの自宅の電話番号まで、あんたは知っているのか」

天知は寒気とともに、立っていられなくなるような浮揚感を覚えていた。

「この十日の間に、何から何まで徹底的に調べ上げたのさ」

「あんたは本当に、春彦を連れ出したのか」

「当たり前だ。冗談や悪戯で、こんな電話をかけているんじゃない」

「それで春彦は、いまどこにいるんだ」

「おれと一緒にいる」

「電話に、出してもらおう」

「いま、そばにはいない」

「あんたはいま、どこにいる」

「そんなことを、教えるはずがないだろう」

「だったら、春彦を連れて来て、電話に出すんだ」

「おれの目的は、あんたを苦しめることだ。そんな好意的なことを、して差し上げるものかね」

「電話に出したくても、春彦がいないんじゃないのか」

「あんたはどうやら、おれの言っていることを本気にしていないらしいね。一つ、宝田真知子に電話して、確かめてみたらどうだ。いや、あんたがそうする前に、証拠を提示してやろう」

「どんな証拠だ」

「おれが〝婦人自身〟に電話をしたことだ。どうして、あんたが〝婦人自身〟の編集部にいることを、おれは知ったのか。あんたの息子の口から、訊き出したことなんだよ」

「春彦から……」

と、そこで天知は、絶句していた。思い当たることが、あったのである。今朝、春彦に今夜も遅くなるのかと、訊かれたのであった。そのとき、天知は、夕方になって『婦人自身』というところに寄ってから、真っ直ぐ帰ると答えているのだ。

春彦は日頃から、『婦人自身』という言葉をよく耳にしている。そのために春彦は今日の夕方、父親が『婦人自身』に寄るということを、鮮明に記憶していたのに違いない。日出夫からお父さんがどこにいるか知らないかと訊かれて、春彦は記憶していたことを喋ったのだろう。

それは確かに、春彦が日出夫と一緒にいるということの証拠であった。天知には初めて、春彦が拉致されたという実感が湧いた。半信半疑の気持ちを捨てて、どうやら重大な事実であることを、認めなければならないようであった。

「信ずる気になったかね」

環日出夫が、疲れたというように溜息をついた。

「あんたの方こそ、本気なのか！」

天知は思わず、声を張り上げていた。周囲の顔が一斉に、彼のほうへ向けられた。

「本気だよ」

「あんた、自分が何をやっているのか、わかっているのかね」

「もちろんだ」

「誘拐(ゆうかい)という犯罪行為なんだぞ」

「承知のうえだ」

「それで、春彦をどうするつもりなんだ」

「おれの子どもを、あんたは殺したんだ。そのことに対する復讐じゃないか。どうするかは、わかりきっているだろう」

「まさか、春彦を……」

「殺してやる」

「待て、待ってくれ！」

「慌(あわ)てるな。すぐに、殺すとは言っていない。時間をくれてやる。髪の毛が真っ白になるような苦しみを、あんたにジワジワと味わわせてやるんだ。この半月間、おれが苦しんだのと同じように……」

「馬鹿なことをするな！」

「まあ、声がかれるまで、叫ぶのもいいだろう」

「あんたは、狂っている！」

「正気だよ」

「無茶なことをするな！」

「おれは鬼になったと、言ってあるはずだ」

「警察に、黙っているとでも、思っているのか！」

「いや、別に……。当たり前の誘拐とは違って、おれの目的は殺すことにある。警察に通報をしようがしまいが、そっちのご勝手さ。しかし、仮に警察がおれの居場所を突きとめたとしても、踏み込む寸前に春彦の命はなくなっているよ」

「とにかく、待ってくれないか」

「ああ、待ってやろう。あと五日間は、春彦を殺さずにおく。八月三十日の午後九時に、春彦を処刑する。それ以上は、一分だって延期しない。それまで、あんたは身を削られる思いで、苦しみ続けることになる」

「卑怯だ、卑劣だぞ！」

「八月三十日の午後九時だ。頭の中に、叩き込んでおけ」

それが環日出夫の、最後の言葉であった。電話は、一方的に切られていた。何の余韻も含みもなく、やりとりはいきなり断たれたのである。完全なる断絶で、もうどうすることもできないのだった。問答無用の通告に、終わったのであった。

天知は力なく、送受器を置いた。同時に田部井編集長も、送受器を投げ出した。天知の土気色の顔に、脂汗が浮いていた。田部井の顔からも、血の気が引いている。電話の詳しい内容を知らない緑川と篠原が、不安そうに二人の色の悪い顔を盗み見ていた。

「役員会議室は、使ってないだろうね」

田部井が、篠原に訊いた。

「ええ、もうこの時間ですから、使ってないでしょう」

篠原が、時計を見て答えた。

「アマさん、行こう」

田部井が、天知を押しやるようにした。

「われわれは……?」

緑川が、一緒に行っていいのかどうかを、確かめた。

「いや、いまは二人きりのほうがいい」

田部井が背中で言って、足早に歩き出した。天知も、そのあとに従った。歩きながら彼は、顔の脂汗を拭き取った。何とかしなければならないと思う一方で、天知は孤独の黒い水を湛(たた)えた淵(ふち)へ引き込まれつつあった。

荒野の彼方に消えた春彦を求めて、風の中を歩いて行く自分の姿を、天知は胸のうちに見いだしていた。

4

役員会議室は、五階にあった。重役会などが、開かれる部屋である。絨毯(じゅうたん)が敷きつめてあり、壁もふっくらとした布張りだった。その壁には額絵のほかに、東都出版社を創立した先代社長の写真が飾られている。

中央に楕円形のテーブルが据えてあって、その周囲を十脚ほどの椅子が囲んでいる。テーブルの上には、三台の電話機が置いてあった。オブザーバーの席としてか、壁沿いにも椅子が並べてある。

田部井と天知は、隣り合わせのアーム・チェアに腰を沈めた。田部井は灰皿を引き寄せると、タバコを二箱とライターを置いた。無人の部屋だったせいか、冷房がよく利いている。だが、窓には西日が、射していた。

天知は、電話機のほうへ乗り出した。直通に切り替えてから、ダイヤルを回した。一縷の望みを託しての電話であり、悪い夢であってくれるようにと、天知は祈るような気持ちでいた。

「はい、宝田です」

真知子の声が、電話に出た。何も知らないとはいえ、屈託がなさすぎるように明るい声であった。

「天知です」

天知は、目を閉じて言った。

「あら、どうなすったのかしら。いま、どこにいらっしゃるの？」

真知子の口ぶりが、やや不満そうであった。その一言が、すべてを物語っている。やはり、夢ではなかったのだ。あるいはという期待は、あっさりと裏切られたのであった。

「東都出版社にいるんですよ」

天知は手足から、力が抜けてゆくのを感じた。

「水道橋の……？」

真知子もふと、怪訝そうな声になっていた。

「そうなんです」

「だって五時前には、下北沢へ帰っていらしたんでしょ」

「そして保育園へ、春彦を迎えに寄ったはずだというんですか」

「当然だわ」

「あなたのところへ、ぼくが春彦を迎えに行って、保育園から連れて帰るという電話があったんですね」

「ええ。天知さんに頼まれたって、〝婦人自身〟の編集部の人から、電話をいただきましたけど……」

「そうですか」

「だから、わたしは遠慮して、春彦ちゃんを迎えに行きませんでした。てっきり天知さんが春彦ちゃんを連れてお帰りになると思っていたし、でもそれにしては帰りが遅いなあってさっきから時計ばかり気にしていたんですよ」

「それが、大変なことになってしまったんですよ」

「何があったんですか」

「ぼくは、あなたのところへ電話を入れてくれなんて、誰にも頼んではいないんですよ」

「それ、どういうことなの？」

「つまり、あなたを保育園へ来させまいとして、そんな電話をかけたんですよ」

「誰がそんな、馬鹿げたことをしたんです。天知さんはまだ水道橋にいらして、それじゃあ春彦ちゃんはどうなってしまったのかしら！」

「春彦を連れ去るために、保育園やあなたのところへ偽電話をかけたんですよ」

「何ですって……！　春彦ちゃんを連れ去るなんて、それはいったいどういうことなんですか！　まさか、わたしを驚かせようとして、言っているんじゃないでしょうね」

「春彦は、誘拐されたんです」

「誘拐……？」

「ええ」

「嘘（うそ）……！」

「いや、本当なんです。いま春彦を誘拐したという男から、電話がありましてね」

「本当なんですか」

「ええ」

「じゃあ警察、警察へ……！」

「ちょっと待ってください」

「でも、ねえ天知さん、どうしましょう。どうしたらいいいんです」

真知子が、泣き出しそうな声で言った。電話口でおろおろしている彼女の姿が、目に見えるようであった。

「帰ってから、詳しく話します。それまでは、何もしないでいてください」

それだけ伝えて、天知は電話を切った。何から何まで、環日出夫の言った通りだった。彼が本気だということを、改めて思い知らされた。いずれにしても、これで春彦が環日出夫に誘拐されたということは、事実として確定したのであった。

隣りで田部井が、タバコを吸い続けている。早くも会議室の中が、紫色に煙り始めていた。天知は椅子に浅くすわり直して、背に凭れかかった。方向は天井を見上げることになるが、彼は目を軽く閉じていた。

「アマさん、まずは落ち着くことだ」

忙しくタバコを吸いながら、田部井は両足を小刻みに動かしていた。彼のほうが落ち着けずに、貧乏揺すりをしているのである。

「うん」

目をつぶったままで、天知は頷いた。心臓の鼓動が、早く激しくなっていた。全身が、熱っぽい。血が煮えたぎり、その熱さのために寒気がするような気分だった。だが、頭の一部だけが、冷たく冴えきっているようであった。

とても、冷静にはなれない。しかし、気持ちが動転してしまって、いたずらに感情的になったり、思考が混乱したりということはなかった。必ず春彦を生きているうちに取り戻す、という明確な意志がある。その意志が、冷たく冴えている頭の一部分に、置かれているのだった。

「警察に、連絡するかい」

田部井が言った。

「それは、環日出夫の言う通り、どっちでもいいことだ」

天知は、目を開いた。

「そうだろうか」

「そうなんだ」

「しかし、警察の捜査というものも、大切なんじゃないのかね」

「しかし、警察が春彦を救出するというのは、とても不可能なことだ」

「居場所を突きとめて踏み込んでくれれば、その直前に春彦君を殺す。つまり、あの男の言う通りか」

「警察には一応、犯人逮捕という成果があるだろう。だが、春彦は死んでいるんだ」

「確かに、そういうことになる」

「ぼくにとっては、あの男が逮捕されようがされまいが、そんなことはどうだっていい。ぼくの目的は、春彦を死なせないこと、ただそれだけだ」

天知は、表情のない顔で言った。目だけが熱っぽく、キラキラしていた。圧倒されたように、田部井は口を噤んだ。

「まったく、ほかに例を見ないような誘拐事件だからな」

やや間を置いて、田部井はそう付け加えた。

確かにその通りで、当たり前な誘拐事件とはまるで違っている。可愛いから、自分の子どもにしたかったから、あるいはどうしても欲しかったからと、幼児を連れ去る単純誘拐は、警察の力に頼るほかはない。

まず誘拐された子どもが、殺されるという心配もなかった。その子どもの居場所を突きとめて、連れ戻せばいいのである。そうなれば一切を、警察に任せることしかないのだ。警察の力でなければ、居場所を突きとめることもできない。

子どもを連れ去って、身代金を要求する営利誘拐にしても、結局は警察に頼ったほうが無難だということになる。まず第一に、身代金の要求とか、人質との交換の場所の指定とかで犯人から連絡が入る。

その犯人の声を録音したり、逆探知で犯人が電話をしている場所を突きとめたり、声や言葉つきから犯人の割り出しに努めたり、あるいは身代金の受け渡しの場所で犯人に接近したりするのは、警察でなければできないことであった。

犯人にしても、余程の事情がない限り、人質を殺すことは避けようとする。人質を消してしまえば、犯人のほうが絶対的に不利な立場へ追いやられるからである。それに、人質の幼児を殺した営利誘拐犯を待っているのは、極刑だということを意識するためであった。

犯人に誘拐した幼児を殺すまいという気持ちがあれば、何よりもまず居場所を突きとめることが先決である。また、要求した身代金さえ手にはいれば、人質は必ず親許へ返すということであれば、犯人逮捕に重点を置くようになるだろう。

それらもまた、警察に任せなければ、どうすることもできない。だから、いくら犯人に警察へ知らせたら人質の命はないぞと脅されても、被害者は必ず警察に届け出ている。警察は犯人を刺激しないように、非公開で捜査を始めることになる。

しかし、春彦を誘拐した環日出夫の目的は、まるで違っているのだった。春彦そのものが欲しかったわけでもなければ、身代金という大金が目当てでもないのだ。春彦を殺すことが、目的なのである。

誘拐犯人はハンで押したように、警察へ知らせたら人質の命は保証しないと、脅すことになっている。だが、環日出夫に限っては、そういう台詞(せりふ)を吐かなかった。彼は警察に知らせようと知らせまいと、そっちの勝手だと言いきったのである。

そのことだけでも、あまり例のない誘拐事件だという点を裏付けているのだ。また誘拐の罪が重いことの一つの理由に、親を苦悩と悲しみのどん底へ陥れて、精神上の責め苦を強いるのは非人道的すぎるという点が挙げられる。

だが、環日出夫はまさに、その非人道的な効果を期待しているのであった。春彦を誘拐して、五日後に殺す。その五日間に天知が、発狂しそうな地獄の責め苦を味わう。それが環日出夫の、最大の狙いなのである。

これほど、残酷な拷問はなかった。日出夫は復讐の鬼と自称しているが、正常な人間ではとてもできないことであった。誘拐犯人はみずから名乗り、環日出夫だとわかっているのだった。

それでいて、どうすることもできないのである。警察の力にしても、同じことであった。居場所を突きとめたところで、春彦は日出夫の手のうちにある。日出夫は、いつでも春彦を殺せるように、準備を整えているのに違いない。

一瞬のうちに、春彦は殺されてしまうだろう。警察に踏み込まれたからと、日出夫がひるむとは思えない。最初からそれなりの覚悟はできているはずだし、彼の唯一最大の目的は春彦を殺すほかにないのである。

「どっちでも構わないんだったら、警察に届け出ようじゃないか」

田部井が顔を上げて、大きな声を出した。

「まあね」

天知は、腕を組んだ。

「その代わり、公開捜査にはしないでくれって、特に頼み込むんだ。おれのほうから、北沢警察署に届け出るよ」

田部井は短くなったタバコで、灰皿を掻き回しながら、もう新しいタバコを唇の間にはさんでいた。

「お願いしますよ」

天知は腕組みをしたまま、前方の壁の一点を凝視していた。

「しかし、できることとなると、それだけじゃないかな。あとはもう、どうにもならんねえ」

田部井は指先で、メガネを押し上げた。

「いや、一つだけ方法がある」

天知が重そうに、唇を動かした。

「何があるんだね」

興味深そうに、田部井は天知を見やった。

「春彦を死なせずに、取り返す方法だ」

天知の彫りの深い顔に、挑戦する男のような厳しさが見られた。

「そんな方法が、あるのかい」

灰皿を押しやりながら、田部井は天知のほうへ乗り出した。

「環日出夫に春彦を殺すことを、思い留まらせるんだ」

「そりゃあ、そうできれば理想的な解決方法だがね」

「そうするんですよ」

「できるのかね」

「できる」

「はっきり、聞かせてくれよ」

「環日出夫はなぜ、春彦を殺すという形で、ぼくに復讐する気になったのか」

「そりゃあ、アマさんによって環ユキヨが、死に追いやられたのだという妄執からだろう。日出夫流の解釈によれば、ユキヨとその腹の中の子どもを、アマさんが殺したということになる」

「それは、誤解ということになる」

「決まっているじゃないか。ユキヨは自殺したんだし、アマさんに復讐するなんて逆恨みもいいとこだ」

「その誤解を誤解だとわからせれば、環日出夫は春彦を殺すことを思い留まるはずだ」

「そりゃあアマさん、無理というもんだよ。日出夫は誤解を誤解ではないとして、今回の暴挙に出たんだろう」

「いや、そういう意味の誤解を、言っているんじゃないんですよ」

「だったら、どういう意味での誤解なんだね」

「環ユキヨが自殺したのであれば、ぼくに復讐するために春彦を殺すという日出夫の気持ちは、動かないでしょう。しかし、ユキヨが、自殺したのではなかったとしたら、日出夫がぼくに復讐するというのは明らかに筋違いだ」

「おい、ちょっと待ってくださいよ、アマさん……」

「ユキヨが環千之介のあとを追って自殺したというのが事実でなければ、日出夫はひどい誤解をしているってことになる」

「じゃあ、ユキヨは自殺したのではなかったと、おっしゃりたいんですか」

「仮にユキヨの死は、他殺だったとする。その事実をぼくが立証すれば、日出夫は春彦を殺さないはずだ。ぼくに復讐する理由もなくなるし、春彦を殺しても意味はないと気がつく」

「そりゃあ確かに、そうなるでしょうよ」

「そういう意味で、誤解であることをわからせると、言っているんですよ」

「しかし、実際問題として、そんなことが可能なのかね」

「そうするほかに、春彦を救う方法はない。それを可能にしない限り、世界中の軍隊が救出のために出動しようと、春彦は助からないだろう」

「でもね、それを可能にすると言っても、そういう事実がなければ、どうすることもできないじゃないか。ユキヨが実は自殺したのではなく、殺されたのだという事実がないんだったら、それを立証するなんてまったく無茶な話だよ」

「多少の無理は、承知のうえだ」

「自殺を他殺にデッチ上げたんじゃあ、日出夫だって信用するはずはないしね」

「とにかくやってみるほかはない」

「意味はないよ。環ユキヨは、間違いなく自殺したんだから……」

「そう、断言できますかね」

「環ユキヨの場合は、百万人が百万人、自殺ということで納得するさ。自殺して当然というくらいの動機があるんだし、自筆の遺書も見つかっている。時期的に言っても、自殺する場所にしても、極めて自然だったじゃないか」

「しかし、一つだけ望みがある」

「何だね」

「ユキヨが自殺するところを見た者が、この世にひとりもいないということだ」

「そりゃあアマさん、誰かが見ている前で自殺する人間のほうが、はるかに少ないんじゃないかね。夜の九時の足摺岬の断崖の上には、誰も近づかないだろうしね」

「目撃者が、この世にひとりもいない。そうなれば一切が推定によるものだし、絶対に真実であるとは言えないでしょう」

「それは、屁理屈(へりくつ)というもんだよ」

「田部井さんは、ユキヨには自殺して当然というくらいの動機があると言われましたけど、実はそのニュースを目にしたとき、ぼくは意外に感じて、おやっと思いましたよ」

「どうしてだね」

「その前に……。環ユキヨの遺書の写しが、編集部にありますか」

天知は初めて、田部井のほうへ顔を向けた。無表情であったが、真摯(しんし)な眼差(まなざ)しであった。孤独の淵から、這(は)い上がる足がかりを得た男の顔だった。あまりにも、必死になりすぎている。

「持って来させよう」

見ていられなくなって、目をそらしながら田部井は送受器を取り上げた。

5

環ユキヨの死は、いわばビッグ・ニュースであった。六月の下旬から詐欺行為と暗い過去をすっぱ抜かれた環千之介の一件で、マスコミは沸きに沸いていたし、世間も興味と好奇の目を向けていた。

更に警察が動き始めて、環千之介の自殺というショッキングな事件に発展した。それから一ヵ月めに、今度は娘の環ユキヨが自殺を遂げたのである。従って、劇的なニュースとして、世間の注目を集めるだけの値打ちは十分にあったのだ。

そのために新聞も、自殺のニュースとしては珍しく、大きな記事に扱っていた。環ユキヨが自殺したのは、八月八日の夜九時前と推定された。同じ高知県の高知市では九日、十日、十一日と恒例の『よさこい祭』が始まろうとしていた。

足摺岬には、民宿のほかに、二十数軒の観光旅館がある。その半数以上が、白亜の足摺灯台、展望台、ジョン万次郎の銅像などがある岬の南端の付近に集まっている。そのうちの『ホテル足摺新館』を、日出夫とユキヨ夫婦は予約していた。

夫婦は中村市で法事をすませたあと、足摺岬に二泊して、それから東京へ帰るつもりだったのだ。足摺岬で世間の目を逃れての二日間を過ごし、手足を伸ばして命の洗濯をするつもりでいたらしい。

ホテル足摺新館には、一足先にユキヨが到着した。午後五時三十分に、白とピンクの縞模様の妊婦服に妊娠七ヵ月の身体を包んだユキヨが、ホテル足摺新館に姿を現わした。法事の跡始末のために遅れた日出夫も、八時すぎにはホテルについていた。

その日出夫が女中の給仕で遅い食事をとっているとき、ユキヨは散歩したいと言って部屋から姿を消した。ユキヨはそのまま、ホテルを出て行ったのである。時間は、八時四十分であった。

それっきり、ユキヨは戻って来なかった。心配した日出夫は、何とかならないものかとホテル側に泣きついた。だが、夜のことでもあり、近くを捜し回るという程度の手しか打てなかった。

そのうちに日出夫は、ユキヨのバッグの中に遺書があるのを見つけた。大騒ぎになった。ホテルから土佐清水（とさしみず）警察署へ通報したが、夜とあってはどうすることもできなかった。土佐清水署の警官たちは夜明けを待って、まず足摺岬南端の絶壁の下を捜索した。

断崖の下へ身を投げることが可能な場所は、灯台を中心として何ヵ所かあった。その中で最も投身の前例が多く、自殺防止の看板も立っている断崖の下で、ユキヨの死体は発見された。

こうしたニュースに接したとき、天知昌二郎は足をすくわれたような衝撃を受けた。罪の意識はないにしろ、自責の念に捉われずにはいられなかった。誤報であってほしいとも思ったし、目と耳も塞（ふさ）ぎたいという気持ちにもさせられた。

だが、同時に何か割り切れないものを、感じたというのも事実であった。何かの間違いではないかと、心の隅に小さな呟きがあったのだ。自殺したという事実を認めながらも、その気になったユキヨに意外性を覚えたのである。

それが、おやっという気持ちだったのだ。

その後、あらゆるデータによって、ユキヨの自殺はそれらしく扱われ、既成の事実とされてしまった。この事件にはそうした形で終止符が打たれ、ユキヨの死は過去のこととなった。

それならそれで、いいわけである。何も異論をはさむ必要はないし、余計なことに目を向けても意味はない。自殺だというなら、それでいいわけであった。天知もユキヨの自殺を事実として、素直に受け入れることにしたのだった。

だが、いまは違う。もしユキヨの死が自殺によるものでなかったとしたら、日出夫の復讐は、とんだお門違いということになる。天知の責任ではないし、恨みの対象にもならないのである。

日出夫にしても、ユキヨの死にはほかに原因があったと知れば、天知への復讐の気持ちを捨てるはずだった。もちろん、春彦を殺すこともない。ユキヨの死が自殺によるものではないと立証すれば、春彦は無事に戻されるのである。

春彦を救うには、そうするほかに方法はない。

そう思いついたとき、一旦は過去に投げ捨てた割り切れない気持ちというものが、再び天知の胸に甦ったのであった。ユキヨが自殺したと知ったとき、一瞬、首を突き出してすぐに引っ込んだ矛盾というものを、天知はもう一度、掘り起こす気になったのである。

「八月一日に、ユキヨから編集部へ電話がかかったでしょう」

天知は、遠くを見やるような目で、そう言った。

「ああ、あの電話ね。おれが電話口に、呼び出されたんだよ」

田部井編集長が、全身で頷いた。

「抗議の電話だった」

天知はチョコレートを取り出して、それをテーブルの上に置いた。

「えらい見幕で、怒鳴られたよ。どっちかといえば抗議の電話には馴れているほうだが、おれは改めて逆上した女は恐ろしいと思い知らされたよ」

田部井はタバコを吸いながら、しきりにメガネを指先で押し上げていた。

「まず、その電話がユキヨの自殺を、否定しているような気がしたんだ」

「どうしてだね」

「それから一週間後に自殺する人間にしては、抗議の内容が生臭すぎるように思えるんだよ」

「うん」

「まだ、この世に十分すぎるくらい未練を持っている人間が、生きるための抗議をしたという感じだ」

「この恨みは、死ぬまで忘れない。わたしのことを、甘く見てるんじゃないか。いまに見ていろ、不死鳥のように甦ってお前たちを見返してやる。そうなったときには、〝婦人自身〟なんて鼻も引っかけてやらない。まあ、こんなことを叫んでいたが、確かに生臭い捨て台詞ってやつだな」

「死を暗示するどころか、これから先、ずっと生きているということを前提に、ものを言っているんじゃないかね」

「この電話での言葉に限っては、自殺するつもりでいる人間が口にしたものじゃないね。ユキヨは将来を見つめているし、前向きの姿勢で抗議しているんだ」

「そのユキヨが、一週間後に自殺した。どう考えても、不自然じゃないか」

「だがね、アマさん。大きなトラブルに直面してショックを受けた人間の心というのは、非常に不安定なものだ。いま楽観的に笑っていたかと思うと、三十分後には絶望感に捉われて泣き出すという工合だ。一種の躁鬱（そううつ）状態にあっても、それが当然ということになるんだよ」

「八月一日の時点では、ユキヨに自殺する気なんてまるでなかった」

「そうなんだ」

「それで、生臭くて、生きのいい抗議の電話をかけて来た」

「それと同じ人間であるはずのユキヨが、一週間後には急に死んでしまいたくなった。そういうことだって、よくあるんだよ。環境によっても、心理状態は急変する。ちょっとした刺激によって、急に弱気になったり、気持ちがさっぱりしたり、がっくり来てしまったりするのさ」

「それは、わからないことじゃない」

「ユキヨの場合は、中村市へ行って父親の法事をすませた。お骨を墓に納めて読経を耳にしているうちに、まるで分身みたいだった父親の死の実感が湧いた。南国の空も海も山も美しく、大都会にいるときのような闘争心を和らげるとともに、やさしく懐ろに押し包んでくれる。ユキヨは急に空しさと、この世の煩わしさを感じて、父親の故郷にいて父親のあとを追おうという気持ちになった」

「それが人間の気持ちの自然な推移であって、少しも不思議ではない」

「おれは、そう解釈するね。現に日出夫だって、女房の心の中を察することができなかったんだろう。ユキヨの死体が見つかったとき、自殺したなんて信じられない、妻はいつもと変わらなかったし、死ぬなんて素振りにも見せなかったと言いながら、泣きくずれているんだ。自殺した者の遺族は、殆どがそういうことを言う。つまり、自殺者の心を前もって、読みとることはできないんだ。結局、死に魅入られたように、衝動的に自殺を図るからじゃないのかね」

「ユキヨは八月八日の夕方、足摺岬のホテルについたときに、自殺を決意したらしいと推定されているしね」

「そうだ。少なくとも遺書は、ホテルについてから書かれたものなんだからな。ユキヨがそれらしいものを書いているのを、係の女中が見ているんだ」

「田部井さん、ユキヨの心理状態が不安定だったことは、まあ認めてもいいと思う。しかし、人間の性格というものは、絶対に変わらないんだ」

「どういう意味かね」

「ユキヨの心理状態つまり感情は不安定だったとしても、彼女の性格つまり意志は不変であったということだ。性格的に自殺ができる者と、できない人間とがいる。ユキヨの場合は、間違いなく後者だ」

「そうかね」

「ユキヨは気性が激しいだけではなく、自己顕示欲と自己主張が非常に強い。そういう人間には、特に女には自殺ができないと断言してもいい。ユキヨのように性格的に自己中心の女は、反省とか敗北感とかいうものを知らないし、自惚(うぬぼ)れに近い自信を捨てることができない。自己過信の人間には、本気で自殺しようなんて思いも寄らないことだ」

「それは、アマさんの主観というものだろう」

吐き出した煙の中から、田部井が言った。そこで二人は、口を噤(つぐ)んだ。会議室のドアがあいて、デスクの篠原が姿を見せたからであった。篠原は田部井の前に罐ジュース二本と、ホチキスでとめた原稿用紙を置くと、すぐに会議室を出て行った。

田部井は原稿用紙を、天知のほうへ押しやった。十枚ほどの原稿用紙には、鉛筆で書かれた大きな字の羅列があった。電話で聞きながら、走り書きしたユキヨの遺書の写しなのである。

板チョコの断片を口に入れながら、天知は原稿用紙に目を走らせた。彼は終わりから三枚目の原稿用紙を、田部井の顔の前に差し出した。田部井はタバコの煙を吹きつけて、原稿用紙の字に目を凝らした。

「そのあたりから、読んでみてくれませんか」

そう言って、天知は立ち上がった。

「途中からでいいんだな」

田部井は原稿用紙を教科書のように両手で持つと、遺書の一部を声に出して読み上げた。

「その点ではたしかに、マスコミの恩恵を被ったと認めるべきでしょう。しかし、わたしたちもまた女性週刊誌などに多くの話題を提供し、読者サービスに努めたものと自負しています。特に父の場合は雑誌の読者の獲得、発行部数の伸びに大きく貢献しているはずです。いわば、あなたたちとわたしどもは、持ちつ持たれつの間柄にあって、共存共栄を図るべきものなのです。その無言の諒解を一方的に破棄したやり方は、この世界のルールを無視した卑劣な行為です。わたしには、断じて許せません。特に正義の美名に隠れてペンの暴力を振るう天知昌二郎なる卑劣漢、成り上がりのライターは即刻この世界から抹殺さるべき下郎です。わたしはわたしの命に代えて、天知なる男を葬ってやろうと決意しました。わたしとわたしの胎内の新たな生命と、天知なる男の職業生命と、そのどっちが高価なものであるかを世間に問いたいのです。わたしとわたしの胎内の新たな生命が消えても、天知は世間の非難や批判を受けずにすむものでしょうか。もし、天知に何ら制裁が加えられないとしたらなおさらのこと、この世への未練はありません。死んでよかったと、思うことでしょう。わたしは天知と、刺し違えて死ぬつもりなのです。わたしとわたしの赤ちゃんが死んでも、天知が許されるようであれば、わたしはあの世から復讐の刃を投げつけてやります。天知を呪い殺すとともに、あなたたちにも必ず報復します。やがて天知もあなたたちも、お腹にわが子をかかえた女の死の執念の恐ろしさを、思い知ることでしょう……」

田部井は読み上げるのを中断すると、罐ジュースの栓を抜いてラッパ飲みにした。やりきれない気持ちになって、喉が渇いたのに違いなかった。

「そこまでで結構だ」

窓際に立っていた天知が、振り返って言った。

「何度読んでも、気味が悪くなるような遺書だよ」

田部井は原稿用紙を投げ出すと、ほっとしたように長い溜息をついた。

「それが正真正銘の、遺書と言えるだろうか」

天知はゆっくりと、田部井の背後に近づいた。

「決まっているじゃないか。ユキヨの筆跡であることも確認されているんだし、内容にだって疑問はない。ご迷惑をかけました、さよならなんて、遺書でないものでも利用できるような簡単な走り書きとは違うんだ。中身が濃すぎるくらいの、立派な遺書だよ」

田部井は栓を抜いてない罐ジュースを、天知のほうへ突き出した。

「遺書にしては、しつこいし、生臭い」

天知は、罐ジュースを押し返した。

「ああ、凄まじいもんだよ。日出夫もこの遺書を読み返しているうちに刺激されて、復讐の鬼の心境へと、気持ちが盛り上がったんだろうよ」

「もう一つ、遺書にしては文章や表現が堅すぎる」

「遺書としては、やや論文調だな」

「それに、あなたたちという呼びかけがあるけど、それは誰を指しているんだろう」

「当然、われわれ〝婦人自身〟の編集部に、呼びかけているのさ」

「何人かの関係者に宛てて、何通かの遺書があったというわけじゃない。遺書は、それ一通しか見つからなかった。するとユキヨは〝婦人自身〟の編集部にしか、遺書を残さなかったということになる」

「そうか」

「不自然だ」

「うん」

「これは手紙だと、ぼくは解釈した」

「手紙……？」

「封筒に入れて、切手を貼って出す手紙だ。田部井さん宛に、出すつもりでいた手紙だと思うんだがね」

「おれに宛てた手紙かい」

「手紙として読んでみると、文章も表現もぴったりの感じだよ」

「なるほどねえ」

「前半は抗議の繰り返し、後半は脅迫の手紙だ」

「脅迫か。妊娠七ヵ月のユキヨに自殺すると意思表示をされたんでは、われわれとしても知らん顔はしていられないからな。こっちからユキヨに手を差し伸ばして、何とか話し合おうってことになるだろう」

「ついては、再出発する美容研究家・環ユキヨの売り出しに、〝婦人自身〟は全面的に協力せよという要求に持ち込む。そいつを狙って、まずユキヨはあんた宛に出すための抗議と脅迫の手紙を書き上げた」

「じゃあ、このまま無視するつもりなら、自殺という形で報復してやるぞ、という女からの脅しの手紙だってわけだ」

「その手紙が、遺書として利用され、通用してしまったんじゃないか」

「アマさん、こいつはひょっとすると……」

田部井は、天知を見上げた。硬ばった顔になっていた。

「ユキヨには、敵が多かった。環千之介が消えたとなれば、ユキヨに対して牙を剝く敵もいたはずだ」

天知は田部井に背を向けて、窓際へ戻って行った。

「ユキヨの死は自殺じゃなかったと、その事実が立証できれば、春彦君を救えることになる。その可能性も、何とかありそうじゃないか」

「何とか、しなければならない」

「よし、おれたちも全面的に協力する。アマさんに対しても、そうする義務があるしね。情報集めと資金面の援助は、任せてもらおう」

「お願いする」

「ただ、問題は……」

「時間だろう」

「そうなんだ。日出夫は八月三十日の午後九時に、本当に春彦君を殺すつもりなんだろうか」

「多分、本気だと思う。いや、間違いなく殺す気だ。ユキヨとその胎児が死んだと推定されている九時という時間を選んで、あの男は春彦を処刑するつもりなんだ。それまでの時間、あの男はぼくが苦しむのを、楽しもうというんだろう」

「こっちからは、連絡できないんだし……」

田部井は立ち上がると、二つ三つ掌でテーブルを叩いた。

もう、すっかり夜になっている。天知は水道橋から小石川方面の、意外に華やかな夜景を眺めやった。後楽園のあたりが、特に明るかった。後楽園では、ナイターが行なわれているようだった。

動き始めるのである。一旦、行動を開始したら、もう一分一秒も疎かにはできなかった。天知昌二郎は時計に目をやりながら、胸を締めつけられるような緊張感を覚えていた。時間は、八時二十六分であった。

八月三十日の午後九時まで、残り時間は百二十時間と三十四分という計算になる。

第二章　残り91時間30分

1

宝田マンションの二階A号室は、眠ることなく朝を迎えていた。

真夜中でも人の出入りが激しかったが、同じマンションの住人から苦情が出ることもなかった。気がつかない者もいるし、何かあったらしいと承知のうえで、沈黙を守っている住人もいるのだろう。

同じマンションの住人でも互いに没交渉という点では、ここもまたご多分に洩れずと言えるのだ。それぞれが他人の生活に無関心であり、何があっても傍観者の立場を崩さないのであった。

宝田マンションは、四階建てである。二階から四階まで各階四部屋ずつ、全部で十二部屋を賃貸ししている。その十二部屋が、残らず塞がっていた。壁が厚く、しっかりした造りで、隣室の音声が聞こえるといったことはなかった。

そのこともまた、住人たちの孤立主義を助成しているのかもしれない。それに家族構成に、近所付き合いをするような共通性が欠けていた。たとえば、幼児がいるのは、天知昌二郎のところだけだったのだ。

男ひとりだけの所帯が二、女ひとりだけが四、男女二人が四、大人ばかり三人の所帯が一、それに天知父子だと、宝田真知子に聞かされたことがある。二階A号室がマンションで最も入口に近いということもあって、ほかの部屋にはあまり影響を与えなかったのに違いない。とにかく夜明かしをしたのは、二階A号室だけだったのだ。

天知が田部井を伴って、宝田マンションの二階A号室に帰りついたのが、二十五日の午後十時であった。十時三十分には、北沢署捜査一係の係官が到着した。更に十分遅れて、警視庁捜査一課の係官が姿を見せた。

ダイニング・キッチンを応接間代わりにして、真知子が天知の妻のように茶菓の接待に精を出した。十時四十五分から、事情聴取が始まった。天知が事実関係を、田部井が環千之介の一件から今日に至るまでの背後関係を、それぞれ詳しく説明した。

それが、二十六日の午前三時に終わった。それから意見の交換があって、北沢署に特別捜査本部を設け、非公開捜査を始めることに決まった。午前四時三十分に、三人の刑事を残して警察はそっくり引き揚げた。

　ダイニング・キッチンのテーブルの上には、すでに電話の逆探知用設備と録音テープがセットされていた。身代金を要求する営利誘拐と違って、誘拐犯人から電話がかかるという望みはなかった。

　だが、万が一にも環日出夫から電話がかかったならということで、それだけの設備を整えたのである。居残った三人の刑事も、その万一に備えて待機することになったのだ。報われない仕事だった。

　午前五時になって、蒼白（そうはく）な顔で真知子は、一階の自分の部屋へ戻って行った。気分が、悪くなったのである。無理もなかった。少女時代から虚弱体質で、そのためにいまだに結婚もしないでいる真知子なのだ。

　恐らく生まれて初めて、徹夜をしたのに違いない。春彦のことで、ひどいショックも受けている。そのうえ、神経が張り詰めたままで、忙しく立ち働いたのであった。倒れないほうが、むしろ不思議だったのである。

　午前五時から、天知と田部井は打ち合わせに取りかかった。使える部屋は、ひとつしかなかった。春彦の部屋だった。天知と田部井は、畳の上にすわり込んだ。幼児なりの生活の匂いが、そっくり残っていた。

　小さなベッドのほかに、一人前に揃（そろ）えた勉強机と椅子（いす）、作りかけのプラモデル、子ども用の野球道具一式、卓上ピアノ、小型のテレビなどが目についた。壁のハンガーにはシャツと野球帽が掛けてあり、ベッドの上には畳まれたパジャマが置いてある。

昨日からこの部屋に、春彦がいなかったということを、簡単に信ずる気にはなれない。いまごろは保育園にいると言われたほうが、嘘とは感じられないだろう。耳をすますと、悪戯っぽくクックックと笑っている春彦の声が、聞こえて来そうであった。

だが、春彦は誘拐されたのであり、いまごろはどこでどうしているだろうかと、そういうことは考えたくなかった。天知は、無意味な感傷を嫌うのである。そして彼は、感傷的になる自分というものが、更に嫌いだったのだ。

いま春彦がどこでどうしているかを考えてみても、どうにもならないのであった。そんなことは、どうでもよかった。要は、結果だった。最終的に春彦を救出できれば、それで文句を言うこともない。

いまは、断崖の上に立っている。前へ進むほかはない。後退しても、足を置くところがなかった。目標を定めて、行動するだけであった。行動に必要なのは意志であって、感傷は行動しない人間のためにある。

その目標とは、何なのか。

環ユキヨを、殺した犯人であった。生前のユキヨの行動、その性格、遺書に利用された彼女の手紙などを根拠に一応、自殺否定の足がかりを得た。だが、そんなデータを示したからと言って、環日出夫が納得するはずはなかった。

いまや日出夫は、利害や損得を超越した人間になりきっている。復讐の鬼と自称するように、正常な人間ではなくなっているのだ。彼は全国の警察の追及を受ける中で、誘拐した五歳の幼児を惨殺するつもりでいる。重罪を覚悟のうえというより、日出夫は死ぬ気でいるのかもしれなかった。

そうした人間の気持ちを変えさせるには、決定的な説得力を必要とする。説得力を裏付けるための、明白な根拠というものがなければならない。それが欠けていて、日出夫が納得するはずはなかった。

ユキヨの自殺を、否定する足がかりを得た。次は、誰がユキヨを殺したのか、ということになる。その犯人を日出夫の目の前に、引きずり出さなければならないのであった。まずユキヨを殺す可能性を持つ者、それが目標となるのだった。

最低の条件として、次の三つがある。

1　夜の足摺岬の断崖の上に立っても、ユキヨから警戒されない人物。

2　ユキヨの手紙を読んで、それを遺書に利用するために、彼女のバッグの中に忍ばせておくことができる者。

3　ユキヨの行動について、詳しく知っている人間。

この三つの条件に当て嵌まるだけでも、目標はかなり限定される。

天知は〈人生の標本〉に環千之介のことを書くために、膨大な資料を集めている。自分の足で歩き回り、大勢の人たちから話も聞いた。それで彼には、ユキヨの周囲の人間たち、プライベートな繋がりから環王国の人脈に至るまで、知らないことはないくらいだった。

田部井にもわかっていることが多いし、その点についてはやはり情報通であった。そこで二人は互いにピック・アップして、それを突き合わせてみることにした。ユキヨの関係者で、三つの条件に当て嵌まる人物のリストである。

天知は、三人の名前を書いた。田部井が記名したのは、五人であった。田部井が選んだ五人の中には、天知が記名した三人も含まれていた。その三人については、天知と田部井の意見が完全に一致したのだった。

その三人を一応、目標に絞ってもよさそうである。絶対的な三つの条件に叶っているのだから、少なくともまったくの見当違いということにはならないだろう。その三人のほかに可能性を求めるのは、やや困難ということになるのであった。

枝川秀明　四十四歳。

株式会社環美容総業の、専務取締役であった。環千之介の信任厚く、その右腕と言われていた。経理面はすべて、枝川秀明に任された。環王国の陰の実力者と、評判を取っていた男である。

株式会社環美容総業だけではなく、総合チャーム・スクール、ビューテイ学園、美容研究所、環ビルなどすべての事実上の経営者だったのだ。もちろんユキヨとも、個人的に親しい間柄であった。

千之介の後継者になってからのユキヨとしては当然、枝川秀明のバック・アップなしにやってゆけるものではない。そうしたことも考えてか、ユキヨは枝川秀明を頼りにしていたし、相談を持ち込んだりもしていたようである。

この枝川秀明について、天知と田部井は次のような分析を下した。

「枝川は例の三つの条件に、完全に当て嵌まる」

「枝川だったら、再起するために〝婦人自身〟を利用しろと、ユキヨを煽動したとしても不思議じゃないね」

「彼にすすめられたらユキヨも素直に、遺書に利用された抗議と脅迫の手紙を書くだろう」

「問題は、ユキヨを殺す動機があるかどうかだ」

「枝川はもともと黒幕的存在だし、経理経営面をひとりで牛耳っていた。環千之介の自殺という絶好のチャンスが、到来したんだからな」

「それでユキヨを、あと追い自殺という形で消してしまえば、すべての企業は枝川の意のままになる」

「枝川の息のかかったロボットを、環王国の後継者に迎えればいいんだ」

「そうした野心があったのではなく、逆の場合も考えられる。予期しなかった環千之介の死によって、枝川の長年にわたる経理上の不正がバレたということだ」

「その不正に気づかれるかもしれないという不安を、ユキヨに対して持っていた。それなら、いっそのことユキヨを消してしまって、美容王国をわがものにしようという野心家に早変わりした」

「いずれにしても枝川については、ユキヨを殺す動機なんか何が何でもありはしない、ということにはならないよ」

「動機の点では、いちばん濃厚だろう」


鶴見麗子（つるみれいこ）　二十五歳。

環総合チャーム・スクールと、ビューティ学園の専任講師であった。彼女自身、チャーム・スクール一期生で、ミス・ハイティーンに入賞した経験を持っている。一時、テレビ・タレントとして売り出したこともあったが、二年前に引退して環総合チャーム・スクールなどの専任講師となった。

その美貌（びぼう）とスタイルは見事なもので、華やかな雰囲気を持っている。弁も立つし、ポーズなどを作るのがうまい。美のシンボルとして考えるなら鶴見麗子こそ、環王国の後継者に相応しいという呼び声も高かった。

鶴見麗子は、環千之介の遠縁に当たる。もし千之介に娘がいなければ、鶴見麗子が後継者に選ばれたかもしれない。しかし、ユキヨという実の娘がいるのであり、鶴見麗子を後継者とすることなど、千之介は夢にも考えていなかったのに違いない。

鶴見麗子は、元代々木町の環邸によく出入りしていた。ユキヨとも、親しい間柄である。環王国にあっては、ユキヨに次いでスター的な存在だったのだ。千之介から特別な扱いを、受けていたということになる。

ユキヨは鶴見麗子に対して、あまり好意的ではなかったようである。容姿の差は明らかだし、逆に年齢は一つ違いと接近している。ユキヨには、ライバル意識のようなものがあったのかもしれない。

ただ鶴見麗子が枝川秀明に可愛がられていることもあって、ユキヨには多少の遠慮があったようである。しかし、気性の激しいユキヨと、気の強い鶴見麗子のことだから、内心でどのように反目し合っていたかは、容易に想像がつく。

天知と田部井の、鶴見麗子についての分析は、次のようなことであった。

「鶴見麗子もまあ、三つの条件を満たすことになるだろう」

「その三つの条件については問題ないが、麗子がユキヨを殺すということは、まず考えられないだろう」

「ユキヨが死んで、麗子が損をするということはない」

「どちらかと言えば、得をするほうだ。しかし、わざわざ殺してというほどの、利益はないはずだ」

「ただし、麗子が単独でということでなければ、可能性は十分にある」

「枝川秀明と組めば、ユキヨの死後、麗子が新しい王国の後継者になるというのも、あながち夢ではなくなるだろう」

「枝川のロボットには、なれるはずだ」

「麗子は一般的な意味で、枝川に可愛がられているわけじゃない。麗子は枝川と、肉体関係にある」

「麗子が枝川の愛人だという噂(うわさ)は、部内者なら全員が知っていた」

「麗子の場合、考えられるのは枝川の共犯ということだけだろう」

「麗子の単独犯行は、あり得ないよ」

「だったら、あくまで枝川と結びつけて、調べてみるべきだ」

十文字敏也(じゅうもんじとしや)　三十六歳。

この男は、いわゆる部外者である。環美容王国には、まったく関係がない。しかし、ユキヨの私生活に関して、知らないことはないという男であった。古くから千之介と面識があり、まだ十代のころからのユキヨをよく知っていた。

ユキヨは十文字敏也のことを、『おにいちゃん』と呼んでいた。また十文字敏也は大学の先輩ということで、ユキヨと結婚した日出夫とも親しくなった。三人で食事をしに出かけることが多かったし、十文字敏也と日出夫が飲みに行く機会も少なくなかった。

十文字敏也は、いわば夫婦共通の友人であった。私生活においては、最も親しい間柄なのである。十文字敏也ならユキヨの私室だろうと、無断ではいり込むことが許されると言われていた。

十文字敏也は横浜に住み、妻と二人の子どもがいる。切れ者という評判だが、彼の職業は『桜トップス』の取締役で企画室長であった。『桜トップス』は全国規模のスーパーで、上位の三社のうちに数えられている。

通産省あたりは商店の業種別として三つに分けるのに、小売業、百貨店、セルフ・サービス店、という呼び方をしている。このセルフ・サービス店というのがスーパー・マーケットのことである。

最近、デパートと対等あるいはそれ以上の商売をするようになったのが、全国規模のチェーン・ストア、つまり全国的にチェーン店を持つスーパー・ストアであった。全国に百以上のチェーン店を持つスーパー・ストアは三社だけだが、『桜トップス』もその中に含まれている。

すでに百十二ヵ所の子チェーン店を確保しているが、その凄まじい進出ぶりは驚異的であった。デパートにとっての脅威はもう過去のことであり、現在ではライバル二社との鎬を削る発展競争になっていた。

十文字敏也は三十六歳の若さで、そうした『桜トップス』の取締役企画室長に就任している。それだけでも、十文字敏也の辣腕ぶりと実力のほどが窺える。とにかく、遣り手らしい。

十文字敏也について、天知と田部井は次のように分析した。

「いつ、どこに一緒にいようと、ユキヨから警戒されない人物。ユキヨの手紙を読んで遺書に利用できることを思いつき、彼女のバッグの中にそれを忍ばせておける人間。ユキヨの行動を、詳しく知ることができる者。この三つの条件に、誰よりもぴったり当て嵌まるのが、十文字だろうね」

「その点は、間違いない」

「しかし、利害関係はないから、ユキヨを死なせても、十文字が得をするということはない」

「利害はない。もし十文字がユキヨを殺すとしたら、動機はまったく異質のものということになるだろう」

「痴情怨恨か」

「怨恨はないと思う。一種特別な関係と思えるような仲のよさだったし、ユキヨはずっと十文字のことを、〝おにいちゃん〟と呼んでいたんだからね」

「痴情というのも、あまりピンと来ない。殺さなければならないほど深刻な、痴情のもつれというのはあり得ないだろう」

「七、八年前から、兄妹みたいな仲が維持されて来たんだからな」

「十文字とユキヨは、かつて肉体関係にあったような気がする」

「同感だ」

「父娘、夫婦、兄妹の親密さとは質が異なっていて、ある一面ではそれ以上に馴れ馴れしい仲だという話も聞いている」

「ユキヨにとって初めての男が、十文字だったんじゃないだろうか」

「そうかもしれない。十代のユキヨが幼すぎて、精神的にあるいは情操面で発展を見なかった。それで、いつの間にか肉体関係も、尻切れトンボになってしまった。しかし、ユキヨには初めての男としての親しみ、動物的な馴れ馴れしさ、何の柵もない間柄というものを、十文字に対して感じている」

「そういう男女の関係は、よくあるんじゃないのかね」

「肉体関係は清算したのに、別れないで仲よく付き合っている男女だろ」

「そうなると、第三者には見当もつかないようなところに、殺し合う動機が埋まっていたりするな」

「いずれにしても、十文字は精力的で行動力のある男らしい。会おうとしても、なかなか摑まらないそうだ」

「よく働き、よく遊ぶというタイプだな。横浜の自宅には、殆ど帰らないという噂も聞いた。会社が彼のために、都心のホテルの一室を長期契約で借りているんだそうだよ」

「女関係は……？」

「モテる男だが、それほど派手ではないらしい。お堅いのではなく、特定の彼女がいるためなんだろう」

「〝桜トップス〟の取締役というのはわかるが、企画室長ってどんな仕事をしているんだろう」

「企画室というのは、要するに隠密行動をとる連中が所属しているらしい」

「隠密行動とは……？」

「つまり、社外秘の仕事に、従事しているということなんだろう」

「すると十文字は、そうした社員たちの総責任者ってわけか」

「まあ、この十文字にはユキヨ殺しの動機なし、と見ていいだろう。しかし、ユキヨや日出夫の私生活に、深く食い込んでいた男として、見逃すことはできない」

殺人という事実があって、そこに何人かの容疑者が浮かび上がる。それが、普通である。ところが、天知と田部井が試みていることは、いささか異常であった。自殺を他殺だと仮定して、犯人になり得る人間をリスト・アップしたのだった。

だが、それは決してコジツケでも、いいかげんな当て推量でもなかった。最初に設けた三つの条件を満たす人間でなければ、犯人ではあり得ないという大前提があるからだった。結局、三つの条件を完全に満たす人間は、枝川秀明、鶴見麗子、十文字敏也の三人だけということになったのだ。

この三人以外には、犯人になり得る者はいないと断定してよかった。自殺とみせかけてユキヨを殺した犯人は、絶対にこの三人の中にいる。もし三人が三人ともシロだとするならば、ユキヨの死はやはり自殺だったということになるのである。

八月八日前後のこの三人の行動について、徹底的に調べるのが、田部井の当面の仕事であった。田部井はその調査のために、『婦人自身』編集部の機動力をフルに活用する気でいた。

午前七時には田部井が、宝田マンションの二階A号室から姿を消した。

2

午前八時に、北沢署から連絡があった。

午前六時に北沢署に非公開捜査の特別捜査本部を設置すると同時に、渋谷区元代々木町の環邸を捜査本部員が急襲した。しかし、予期されていた通り、環邸は無人の家であった。捜索令状を取ってから改めて家宅捜索を行なう予定だが、恐らく前日のうちに環日出夫は春彦を連れて行方をくらましたものと思われる。

そういう連絡であった。

環邸には三台の乗用車があるが、そのいずれもガレージ内に残されたままだった。環ビルに置いてある千之介の専用車をはじめ、会社の乗用車、ライトバン、小型トラックなどもすべて揃っていて、一台も持ち出されていなかった。

現在、二十三区内のハイヤー会社、都内の全タクシー会社、それにレンタ・カーの事業所に問い合わせ中である。もし、何の収穫も得られないようであれば、列車あるいは飛行機で遠くへ飛んだという可能性も強まることになる。また逆に、都心に潜伏しているということも考えられる。

なお今日中に、環日出夫を全国に指名手配する。更に、春彦の写真も配布し、父子にも見える二人だけの旅行者に留意するよう全国に手配する。ただし、これらはあくまで、警察部内だけに手配するものである。

こうした連絡もあった。

午前九時に、天知はマンションを出た。ワイシャツ姿で、サンダルを突っかけていた。行くアテが、あるわけではなかった。外の空気を吸いに、歩いてみようと思い立っただけである。

今日も、暑くなりそうだった。頼りない空の青さだが、それでも晴天であった。日射しを遮る雲もなく、それでいてねっとりと蒸し暑いのだ。まだ残暑どころか、夏の盛りの油照りであった。

眠くはないが、目が痛かった。一睡もしていない身体は、しきりと汗をかくものだった。食欲はなくても、すぐに水を飲みたくなる。天知は板チョコをしゃぶりながら、足の向くほうへ歩き続けた。

宝田マンションは、北沢二丁目の北の端に位置している。北沢三丁目に接していて、通りの向こう側は大原六丁目であった。南へ三百メートルほど行くと、下北沢の駅にぶつかる。

下北沢駅の周辺は二十数年前から、すでに盛り場の様相を呈していた。大邸宅の多い屋敷町ではなく、より庶民的な住宅街の中心地となっていたのだ。井の頭線と小田急線が交差する駅であり、サラリーマンにはこのうえなく便利な住宅地であった。

それに、このあたりの住宅地としての歴史は古く、借地が常識の時代から家を建てて住んでいる者が多かった。かつての地主というものは、土地を売りたがらなかった。それに加えて長年、土地を借りている住民の権利もある。

それで、この周辺での土地の売買ということは、活発に行なわれなかった。その点が、新興住宅地とは、まったく違っている。二十数年前から、私鉄沿線の郊外の住宅地、駅前の盛り場という土地柄が、深く根をおろしていたのだ。

その下北沢駅周辺も、いまでは市街地の盛り場に近くなっていた。郊外の駅前の盛り場が、その方面の中心街に変貌（へんぼう）してしまうのだ。それでもまだ、かつての住宅地の名残りはあるし、庶民的な駅前の商店街の雰囲気も消えてしまってはいなかった。

しかし、古きものは追放されるという時代の流れに、やがてここも抗しきれなくなるだろう。土地の売買が活発に行なわれるようになれば、たちまち中都市の繁華街ぐらいにはなるに違いない。

駅周辺の土地を買収して、大手のデパートが支店を出すという噂もある近ごろであった。また、そのデパートが完成する前に、全国チェーンのスーパーが進出を狙（ねら）っているとか、よくありそうな話も聞かれるようになっていた。

井の頭線の下北沢駅を北に見て、線路のすぐ南側に聖メリー保育園があった。南東を、小田急線が走っている。以前はそこに、大きな教会があった。いまでも、教会の建物の一部が残っていた。

　その教会の牧師の娘が、聖メリー保育園の園長であった。娘といっても、すでに五十をすぎていた。高林寿美子（たかばやしすみこ）というその園長も、クリスチャンとして信念の人であった。彼女はお祈りやお説教よりも、実際的な慈愛と奉仕をと思い立って、私立の保育園を始めたのである。

　天知はふと気がつくと、その聖メリー保育園の前に立っていた。彼の意志というよりも、自然に保育園の前へ出てしまったのだ。五百坪ほどの敷地に、三棟（むね）の瀟洒（しょうしゃ）な建物が並んでいる。

　建物の外はすべて、遊び場に開放されていた。水溜まりと変わらない深さのプールと、浜辺の一部みたいに広い砂場がある。敷地を囲んでいる白塗りの柵（さく）に沿って、銀杏（いちょう）と欅（けやき）の木が何本となく並んでいた。

　緑がたっぷりとあって、地上の木陰も広かった。見た目には蟬（せみ）の声でも聞こえて来そうだが、駅周辺の騒音がむしろ変化のない静寂のように感じられた。屋外に、保育児たちの姿はなかった。

「九時三十分から、プールで遊ぶんだよ」

　と、春彦が言っていたことを、天知は思い出した。

三歳以上の保育児は、九時三十分までが屋内での自由遊びで、九時三十分からは屋外へ出て集団遊びをする。そんなふうに、春彦から聞かされていたのである。そんな話に耳を貸していたつもりはないのに、不思議に記憶しているものだと、天知は胸のうちで苦笑した。


十時三十分から零時三十分までが、昼食の準備と昼食。

零時三十分から午後一時までが、昼寝の準備。

午後一時から二時三十分までが、昼寝と目覚め。

二時三十分から三時までが、片付けとおやつの準備。

三時から三時三十分までが、おやつの時間。

三時三十分から五時までが、自由遊び、一日のしめくくり、そして帰宅。

そのように思い出そうとすれば、天知には簡単に思い出すことができるのであった。聞いていないようでいて、いつの間にか春彦の話が頭の中に刻み込まれていたようである。春彦がいなくなって、初めて気がついたことだった。

ここに春彦の一日の生活があったのだと、今更のように天知は感心していた。家に帰れば、眠っている時間のほうが長い。母親のいない春彦にとっては、この保育園での一日が最高に充実しているときだったのに違いない。

鉄筋コンクリート三階建ての二棟の建物が、保育児たちの屋根のある世界なのだろう。

間もなく保育児たちは、彼らの屋根のない世界へ出て来るはずである。夏休みには関係のないこの保育園には、七十人の保育児がいると聞いていた。

認可されている私立保育園で、保母は園長のほかに十二名いるという。平均四年以上の勤続で、いわばベテランの保母さんばかりだと、宝田真知子が言っていた。八月二十日に殺された花形アキ子が二十三歳で、最年少の保母さんだと、これもまた宝田真知子の話だった。

花形アキ子は、『こぐま組』を受け持っていた。その先生の死について、春彦が何度も口にしていたことを、天知は思い浮かべていた。彼の目は、敷地の東側の柵へと移りつつあった。

広い砂場が、その柵の近くまで続いている。欅の木の下に、紫陽花の茂みがあった。ほかに紫陽花は、見当たらなかった。あの紫陽花の茂みの中で死んでいた花形アキ子を、子どもたちが見つけたのである。春彦もそのうちの、ひとりだったのだ。

一棟だけ木造二階建ての建物から、二人の男が出て来た。背広を着た男と、もうひとりはワイシャツ姿であった。一目で、刑事だとわかる。昨夜遅く宝田マンションの二階A号室にも、顔を見せていた刑事たちのような気がする。

春彦の誘拐事件のことで、聞き込みに来たのに違いない。園長や保母から話を聞くために、何組もの刑事が入れ替わり立ち替わりこの保育園を訪れることになるだろう。二、三日中には保育園の関係者や保育児の保護者全員の耳に、春彦の誘拐事件が聞こえて、大騒ぎになるかもしれなかった。

天知は、聖メリー保育園に背を向けた。マンションへ、戻るほかはない。どこへも、行くところがない。動きたくても、動けない。時間がすぎてゆくと、彼はふと思った。胸の奥が、キリッと痛んだ。焦りの痛みだろうか。

天知は歩きながら、顎を撫で回した。髭のザラッとした感触があった。いつもより、伸びるのが早いようである。もう、無精髭の感じだった。暑かった。汗が流れる。雲の上を歩いているように、自分の身体が頼りなかった。

マンションの中へはいって、ほっとしながら天知は、正面のドアに目をやった。一階だけが、まったく違う造りになっている。事務所のような部屋のほかは、そっくり宝田真知子の住まいなのである。

最初から、そのように建築されたのだ。広いリビングのほかに、四部屋ほどあった。贅沢な住まいだった。そこに真知子は、家政婦代わりの小母さんと、二人だけで住んでいる。ほかに、事務所へ老人が、通って来ていた。大して用もない管理人の仕事を、隠居の小遣い稼ぎに引き受けている老人である。

天知は白いドアの、チャイムを鳴らした。工合が悪くなった真知子のその後の様子を、訊いてみようと思ったのだった。五十すぎの肥満体の小母さんが、ドアをあけて天知を迎え入れた。

玄関のすぐ奥が、二十四畳の広さのリビング・ルームになっている。そのリビングのソファに、真知子がすわっていた。クッションを一つ頭の後ろに置き、もう一つを胸にかかえるようにしていた。

「起きてて、いいんですか」

天知は、リビングの奥へ向かった。冷房が利いていて、身体が引き締まるようだった。汗が冷たく、感じられた。

「四時間ほど、寝ましたわ」

真知子は、弱々しく笑って見せた。水色のネグリジェの上に、白いガウンをまとっていた。

「もっと、眠らなきゃあ……」

天知は向かい合いの椅子に、腰を沈めてから言った。

「だって、眠りが浅いんですもの。すぐ、目が覚めてしまうの」

真知子はぐったりとなっていて、姿勢を正すという気力もないようであった。

「疲れているからですよ」

天知は二本の親指で、目を指圧した。瞼(まぶた)は重くないが、ぱっちりと目を見開いているのが辛かった。

「とても、寝ている気にはなれません」

「疲れすぎて、興奮しているんでしょう」

「違うわ。当然のことだけど、気が気じゃないんです」

「ご迷惑ばかりかけて、申し訳ありませんね」

「とんでもないわ。わたくしの責任だと、思っているんです」

「あなたに、責任なんかありませんよ」

「いいえ、あんな電話に簡単に騙されたわたくしが、誰よりもいけなかったんだわ」

「不可抗力です」

「やっぱり母親と違って無責任だったんだって、つくづく後悔したし、反省もしています」

「そんなふうに、気に病まないでください」

「今さら、反省したって、追っつかないけど……」

「責任なんて、誰にもないことなんですからね」

「でも、落ち着いていらっしゃるのね」

「騒ぎ立てたところで、どうにかなることじゃないでしょう」

「そんなふうに冷静でいられる男の方って、わたくしには羨ましいわ。こうして何もできない身体のくせに、気持ちだけはヒステリックになっているんですものね」

真知子は苛立たしげに、抱きかかえていたクッションを、ソファの端へ投げ出した。蒼白な顔色ではない。だが、透き通るような、顔の皮膚であった。頬にうっすらと、赤味が射している。

熱っぽいのか、双眸が潤んでいた。腺病質な女を、絵に描いたようであった。生まれつき、身体が弱いのだ。中学時代までは虚弱体質ということで、体育の時間を強制されずに自由参加になっていたという。

小児結核をやっているし、十九のときから肺結核で一年ほど入院した。すぐに発熱して、寝込むことが多かった。一人前に丈夫になれたのではないかという自覚を持ったのは、二十五をすぎてからであった。

真知子は群馬県の桐生市の生まれで、家は名のある織物問屋だった。母親と早く死に別れて、真知子は男手一つで育てられた。その父親の過保護のせいもあり、ひとりっ子の気弱さも原因の一つだったのだろうか。とにかく意気地なしで、病気に負ける癖がついているという。

二十二ぐらいまで、ガラ子と呼ばれるほど痩せ細っていた。骨と皮だけで、同性の前でも裸にはなれないくらいだった。とても子どもを生めるような身体ではないし、結婚は望めないと真知子自身も父親も諦めてしまったのである。

結婚できなければ一生、食べるのに困らないような策を講じなければならない。その点を苦にした父親が三年前に、真知子名義で宝田マンションを完成させたのである。その後間もなく、父親は病死した。

遠い親戚のほかに、縁者はいなかった。暢気に優雅な生活をしていると見る者もいるが、自由な分だけ孤独だし、経済的に恵まれている分だけ将来への希望に欠けていると、真知子はよく言っていた。

いまでも、痩せている。女らしい円味に乏しい身体を、真知子は和服でごまかそうとしていた。出かけるときは、必ず和服姿であった。美少女をそのまま大人にしたようで、容貌は魅力的である。

うちに秘めた情熱というものを感じさせるし、女の神秘性に通ずる陰影がその雰囲気にあって、男の目を引かないはずはなかった。だが、二十八という年も考えてか、真知子に結婚を望む意志はないようだった。もちろん未だに、結婚生活に耐えられる健康にも自信が持てないのである。

「その後、何か……？」

二階のA号室を示して、真知子が天井へ目を走らせた。

「変化もないでしょう」

天知は、運ばれて来た紅茶に、レモンを浮かせた。

「どうにか、できないんでしょうか」

真知子は白い前歯で、唇を噛んだ。花弁のように、繊細で美しい唇だった。

「いまのところは、どうにもならんでしょう」

天知は紅茶に口をつけた。

「だって、このままじゃあ……。気が狂いそうだわ」

真知子は長めの髪の毛を、手に巻きつけるようにして引っ張った。

「見殺しには、しないつもりです」

天知は表情のない顔を、真知子へ向けた。真知子は目を大きく、見開いていた。それがいまにも、泣き出しそうな顔に変化をつけていた。

「だったら、どうなさるんです」

「警察も、動き始めています」

「でも、春彦ちゃんの身に何かが起こったら、それでおしまいじゃありませんか」

「そうさせないように、何とかするつもりですよ」

「天知さんが、ご自分で……?」

「手がかりがあり次第、ぼくも動きます。いまはスタート・ラインに立って、ピストルが鳴るのを待っているところなんです」

「じゃあ、春彦ちゃんを捜しに行くんですね」

「そういうことに、なるかもしれません」

「お願いですから、わたくしも連れて行ってください」

「構いませんがね」

「居ても立ってもいられない気持ちだし、無事に救い出された春彦ちゃんを真っ先に抱きしめたいんです。必ずわたくしを、連れて行ってほしいわ」

「ええ」

「約束してください」

「ええ」

「あまりにも春彦ちゃんが、可哀想すぎるわ。何の罪もない春彦ちゃんを……」

「よく、わかりました」

天知は途中から、うわの空で受け答えをしていた。真知子はまだ何か言っているが、天知はもうそれを耳に入れていなかった。彼はまったく、別のことを考えていたのだ、天知はふと、花形アキ子はどうして殺されたのだろうかと、思ったのである。

何の脈絡もなく、花形アキ子の死を念頭に置いたのであった。強いて言えば、春彦だけではなく花形アキ子という保母さんにしても、突如として不幸に襲われ取り返しのつかない結果となったのではないかと、そんな考え方をしたせいかもしれなかった。

花形アキ子が殺された事件も、まだ未解決のままであった。犯人の手がかりはおろか、殺された動機さえ摑めずにいるらしい。花形アキ子は八月十九日の晩、聖メリー保育園に泊まることになっていた。

　聖メリー保育園では、当番制で保母一名が午前七時までに出勤することになっていた。八月二十日がその早番だったので、花形アキ子は保育園に泊まることにしたのである。花形アキ子の下宿先はやや遠く、都下の小金井（こがねい）市であった。

　それで、これまでも花形アキ子は早番の前夜に限り、聖メリー保育園に泊まり込むことにしていたのだ。聖メリー保育園には、宿泊が可能な職員室が設備されていた。園長の住まいとも離れているし、夜遅くなってからの花形アキ子の行動については何もわかっていなかった。

　翌二十日の朝、早番のはずの花形アキ子の姿は、誰の目にも映じなかった。急用でもできて下宿先へ帰ったのではないかと、関係者は楽観していた。だが、午前九時ごろになって、保育児たちが花形アキ子の死体を見つけたのである。

　花形アキ子は、鈍器で後頭部を一撃されて気を失ったところを、彼女自身のパンティ・ストッキングで締め殺されたのであった。パンティ・ストッキングを剝（は）ぎ取られていたことから、最初は暴行殺人という見方が強かった。

　しかし、鑑識と解剖の結果、ともに暴行された形跡なしと断定された。パンティ・ストッキングは、それを凶器に利用するために剝ぎ取っただけのことらしい。あるいはそれ以前に、花形アキ子の意志によって脱ぎ捨てられたものかもしれなかった。

推定死亡時は前夜の十二時から、午前一時ごろまでの間ということだった。花形アキ子は洋服を着たままで靴をはいていたが、バッグのようなものは持ち出していなかった。夜遅くなってからの園内の紫陽花の茂みがあるあたりは、完全な闇の中に溶け込んでしまう。近くを人が、通りかかることもない。

ラブ・シーンを演ずるには、またとない場所であった。パンティ・ストッキングを脱ぎ捨てるところまではいったが、それ以上の行為を花形アキ子が拒んだことから争いになり、逆上した相手の男が犯行に及んだという推定もなされていた。

しかし、捜査はそれ以上、進展していないのである。花形アキ子には恋人も、特に親しくしているボーイフレンドもいなかったのだ。通りすがりの変質者の犯行、というふうにも考えられなかった。

場所は保育園の敷地内であって、通行人がはいり込むこともない。また夜遅く、花形アキ子がひとりで、そこに立っていたというのもおかしな話だった。やはり誰かと、密会していたということになる。

夜の十二時や午前一時の闇の中で、一緒に過ごしていても不安を感じない相手でなければならない。花形アキ子の交際範囲はあまり広くないし、波瀾には無縁の平凡な生活と日常であった。

どうして花形アキ子は、殺されなければならなかったのだろうか。なぜ犯人は、彼女を殺したのか。春彦の身に起こったことのように、それもまた突発事故というものなのだろうか。

そんなことをぼんやり考えていた天知の目に、ソファの上に横になった真知子の姿が浮かび上がった。すわっているのも辛くて、真知子は身体を横たえたのに違いない。彼女の目から溢（あふ）れそうで流れ落ちない涙が、大粒の宝石のようにキラキラと光っていた。

真知子に貼られた病名、というものはなかった。しかし、だからといってただ漠然（ばくぜん）と、身体が弱いというだけですまされる真知子ではなかった。彼女は医師から、〈再生不良性貧血〉の傾向にあると、宣告されていたのである。

幼いときからの病気の繰り返しに、投与されすぎた各種の薬剤が原因の〈再生不良性貧血〉だが、それが本格化すれば不治でないにしろ難治だという。

「いまは何も考えずに、横になっていてくださいよ」

天知は立ち上がりながら、見たくない時計に目を落としていた。

3

正午に、電話待ちの係官が交替した。三人の刑事が引き揚げて、人数がひとり減った二人の刑事と交替したのである。天知の部屋の電話は、三台になっていた。一台は従来のもので、天知が所有している電話だった。

あとの二台は、特別に引かれた臨時の電話であった。捜査本部と、電話局へ連絡用の電話である。その電話機は、もう何回か鳴っていた。しかし、天知所有の電話のほうは、完全なる沈黙を続けている。

「少し眠ったほうが、いいんじゃないですか。目が真っ赤ですよ」

若いほうの刑事が、天知に言った。三十前後で背が高く、サングラスをかけている刑事だった。映画やテレビ・ドラマに、登場する刑事を彷彿(ほうふつ)させる。

「そうね。いざというときのために、休養をとっておいたほうがいいですよ」

四十に近い小太りの刑事が、そのように同調した。上着は脱いでいたが、三つ揃いの背広で、なかなかのオシャレという感じであった。

「ええ」

天知はダイニング・キッチンにいるのが悪いような気になって、何となく自分の部屋へ足を運んだ。部屋に引き籠(こも)って、ベッドに横になったところで、眠れるはずはないのである。だが、ものは試しと天知は、ベッドの上に転がった。

もちろん、刑事たちは天知がこれから、独自の行動を起こすなどとは思っていないのだ。ましてや、環ユキヨの死を他殺と見て、その犯人を探り出すことによって春彦を救出しようと、途方もない計画でいるとは想像も及ばないだろう。

警察には、必ず環日出夫の潜伏先を突きとめてやろうという意欲がある。春彦を無事に救出するという、信念すら持っているのに違いない。だからこそ、あくまで正攻法で日出夫からの電話を、辛抱強く待つという態勢もとっているのである。

春彦の死は、警察にとって一つの結果となる。やるだけのことはやったし、やむを得なかったという結果であった。しかし、天知の場合は、そうはいかないのだ。春彦を、死なせてはならないのである。

捜査本部は一方で、環日出夫の身辺捜査に全力を尽くしていた。日ごろ、環日出夫と接触がある者、勤め先の人間、知人に対する聞き込みである。ほかに環日出夫の行動範囲を、シラミつぶしに歩き回ることになる。

しかし、目的は共犯者を捜したり、誘拐の動機を洗ったりすることではなかった。あくまで環日出夫の立ち回り先、あるいは潜伏場所を探り出すことに目標を絞っているのであった。そのための手がかりを得るべく、聞込み捜査を続行しているのである。

だが、容易に手がかりは、得られないようであった。環日出夫の単独犯行であって、計画的に実行に移したのであれば、身近な人間にも当然、気づかれないようにする。誰かに相談したり、協力を頼んだりすることではないのである。

環日出夫からの電話待ちとともに、捜査本部が全力を投入している聞込み捜査も、簡単には実を結びそうになかった。

　テレビの上の写真が、天知の目に触れた。幸江がいつものように、明るく笑っていた。何も知らないのだろうが、まったく暢気なものだと、天知は思った。今日のこの事件に接するくらいなら、笑った顔の写真でいたほうが、はるかに気楽ではないか。

　天知は幸江の写真に、目でそう言ってやった。何も聞こえないのか、幸江はまったく同じ顔で笑っている。天知は幸江にも、春彦にも裏切られたような、孤独感を覚えていた。

　彼は腹這いになると、目の前にチョコレートを置いた。

「聖メリー保育園も、まったくご難続きじゃないか」

「そうですねえ」

　二人の刑事の声が、鮮明に聞こえた。ドアがしまっていても、ダイニング・キッチンでの音や声は筒抜けなのである。

「園長さんも、頭をかかえていたな」

「今日で北沢署の捜査本部に呼ばれたのは、二度目だってこぼしていましたね」

「それも今日は、保育園児の誘拐事件の捜査本部。五日前には保母さん殺しの事件の捜査本部と、まったく違うところへ呼ばれたんだからね」

「いいかげん、うんざりするでしょう」

「参考人だろうと園長さんにしてみれば、捜査本部の雰囲気なんて、何よりも苦手なんじゃないのかね」

「まあね」

「北沢署だって、同時に二つの捜査本部が設けられたのは、初めてのことじゃないか」

「そうかもしれません」

「因縁だね。同じ聖メリー保育園で立て続けに事件があって、北沢署に二つの捜査本部が設けられるなんて……」

「それでいて、殺しと誘拐事件には何の関連もなくて、まったく別個のヤマだというんですからね」

「まあ、関連の持たせようがないだろうな。どう分析しても、結びつかんからね」

「特に誘拐事件のほうは、犯人（ほし）も動機も狙いもはっきりしています」

「単純な事件だ。保母さん殺しとは、まるで、接点がない」

「環日出夫が春彦ちゃんの誘拐を容易にさせるために、保母さんを殺したってことにはなりませんか」

「そういう意見もあったけど、いささか強引すぎるだろう」

「殺された花形という保母さんは、〝こぐま組〟の受け持ちだったんだそうです。春彦ちゃんは、その〝こぐま組〟でした。当然、花形という保母さんは、春彦ちゃんのことについて詳しかったし、責任も強く感じていたはずです」

「環日出夫が代理人として迎えに来たとき、花形という保母さんだったら、疑ったり怪しんだりしたはずだ。そういうわけなんだろう」

「このおじさんを知っているかって、花形という保母さんなら、春彦ちゃんに念を押したと思うんですよ」

「花形という保母さんがいたのでは、春彦ちゃん誘拐の成功率はぐんと低くなる。それで環日出夫は誘拐五日前に、花形という保母さんを殺した」

「ちょっと無理ですかね」

「それだけのことのために、人間ひとりを殺すだろうか」

「あり得ないかな」

「それじゃあ、古くなった橋を修理するために、鉄橋を新設したってことにも等しいじゃないか」

「花形という保母さんを殺すくらいなら、もっとほかの確実な誘拐方法を考えたでしょうね」

「そうさ」

「それに環日出夫と保母さんは、面識のない男と女だった。見知らぬ男の呼び出しに応じて、花形という保母さんが夜中にあんな暗いところへ、出向くってことはまず考えられませんね」

「その通りだよ」

天知も当然そうだと、部屋のドアへ目を向けた。日出夫が花形アキ子を殺すなど、あり得ないことであった。理屈抜きでも、そういうことになる。日出夫は何事もなければ、警察には縁のない男だった。

日出夫・ユキヨ夫妻ではなく、ユキヨ・日出夫夫妻に甘んじていた男なのである。どちらかと言えば、気の弱い小心者だったのだ。根っからの悪党でも、凶暴な男でもない。どうにもならないところまで追いやられて切羽詰まったとき、感情が爆発して逆上と執念に捉われたといった場合に、初めて人を殺すことも可能になる。日出夫は大した動機もないのに、人を殺せるような男ではなかった。

ダイニング・キッチンでの、刑事たちのやりとりはなお続けられている。天知は板チョコの一片を口に入れると、聞くとはなしに話し声を耳に受けとめていた。

「何といっても気の毒なのは、高林という園長さんだよ」

「しかし、話もわかるし、しっかりしていますね」

「ああ、女丈夫だよ」

「信念の人だそうですからね」

「ところが、その女丈夫も大分、弱気になっているようだ。さっきも捜査本部で、信念を曲げようかなんて弱音を吐いていた」

「信念を曲げるって……？」

「つまり、聖メリー保育園を、放棄するってことさ」

「経営を放棄するんですか」

「いや、廃業するんだろう」

「どうしてです」

「もともと、営利事業じゃないんだ。高林園長は特に社会奉仕を重んじているから、赤字でも経営を続けてゆくぐらいの意気込みはあったんだそうだ。ところが今年にはいってから、保育園の敷地五百坪の買収工作が盛んになった」

「あの土地は、園長が所有しているんですか」

「いや、借地なんだそうだ」

「すると、地主が売りたがっているわけですね」

「地主が立ち退きを、迫っているんだよ。もちろん、それ相応の金は出す、という買収工作なんだがね」

「しかし、信念の人は、首を縦に振らなかったんでしょう」

「四十年前からあの土地を借りている借地権を主張して、女丈夫は頑として譲らなかったんだ。毎日のように押しかけて来る人海戦術にも、弁護士を通じての強談判にも、土地の有力者による懐柔策にも、いやがらせの電話攻勢にも負けずに、園長は一蹴し続けて来た。まあ、それだけでも、かなり参るだろうけどね」

「あまり、若くはないし……」

「そこへもってきて、まずは保母さん殺しの事件、そして保育園児の誘拐事件だろう。園長さんも、がっくり来たらしいんだな」

「嫌気がさしたってところですか」

「無理もないさ」

「しかし、園長さんはどうして、立退き移転の話に応じようとしないんです」

「そこが、信念の人たる所以だよ。ここに現在、大勢の子どもたちを預かっている保育園がある。その保育園を不便なところへ追い払って、金儲け主義の企業が跡地にビルを建てる。それでは人間優先ではなく、物質優先ではないかと、園長さんは正論を吐くんだそうだがね」

「企業が進出するための、土地買収工作なんですか」

「そうらしい」

「金儲け主義の企業とは、何を指しているんです」

「スーパーだよ」

「ああ、下北沢駅の周辺に進出することで、某有名デパートと競い合っていると、噂されているスーパーですね」

「大手のチェーン・ストアだ」

「〝桜トップス〟でしょう」

「そうそう、全国規模の大手のスーパー、第三位とか聞いたな」

「いや、〝桜トップス〟は現在、激烈な二位争いをやっているという評判ですよ。最近の週刊誌で、読んだんですけどね」

「聖メリー保育園が消えて、下北沢駅南側にデパート顔負けのスーパーのビルが建つってわけかい。まあ、時代の流れってもんだろうかねえ」

そこで、刑事たちの声は、天知の耳にはいらなくなった。聞き取ろうとする意志が、萎えたからである。天知は立ち上がって、改めてベッドに腰かけた。予期しないときに、思わぬ企業名を耳にしたと、彼は思った。

『桜トップス』——。

店舗の数だけでも百を越えているこのチェーン・ストアのスーパーの、取締役のひとりに十文字敏也がいるのである。十文字敏也は同時に、環ユキヨを殺すことができた三つの条件を具えている三人のうちのひとりなのであった。

『桜トップス』を、十文字敏也の代名詞と考えたら、どういうことになるだろうか。聖メリー保育園と十文字敏也は、明らかに関係を維持しているということになるのだった。とんでもないところに、十文字敏也の名前が浮かび上がったのである。

『桜トップス』は某有名デパートの機先を制するとともに、業界第二位のランクを競うために、何としてでも下北沢駅前への進出を果たしたいらしい。それで土地の買収に最もトラブルが少ないと思われる駅の南側の一帯に目をつけて、用地の確保にとりかかったのだろう。

地主は土地の売買を承諾したが、借地人が簡単に応ずるはずはない。そのために、硬軟とりまぜての工作が必要になる。札束攻勢もあるし、あらゆる方面からの圧力、場合によっては脅し、いやがらせという手段を用いることもある。

市場開発、事業開発のために先鞭をつける人間を、日本人が好きな横文字で『ディベロッパー』と称している。開発する、発展させるという意味のディベロップからの言葉なので、開発者と解釈してよかった。

企業進出のための用地を確保するのに、いろいろな工作を行なう者もディベロッパーということになる。このディベロッパーは普通、下請けの会社が受け持つことになる。だが、『桜トップス』の場合は、社内にディベロップ機構が置かれているのだ。

企画室というのが、それに違いなかった。社外秘の仕事に従事し、会社にじっとしていることはなく、隠密裡に行動している。そう聞いただけで、企画室こそディベロッパーの本拠だとわかる。

下北沢駅の南の一帯の土地を確保するのにも、この企画室のメンバーが主として動くことになる。しかし、その土地の大半を占める聖メリー保育園の園長が、頑として話し合いに応じなかった。

さすがのディベロッパーたちも、この信念の女傑・高林寿美子には手を焼き、即決は断念したというところなのだろう。手を変え品を変えの工作に必死の思いを続けたディベロッパーたちの総責任者は、十文字敏也ということになるのである。

天知は、十文字敏也が身近にいた、というふうに感じた。直感ではあったが、十文字敏也へ銃口を向けてもいいのではないかと、天知は思った。十文字敏也と聖メリー保育園との接点を、彼は重く見たのである。

次の瞬間、天知は弾かれたように立ち上がっていた。

ダイニング・キッチンで、電話が鳴り始めたのである。その音質で、天知所有の電話のベルだとわかった。彼はダイニング・キッチンへ、小走りに出て行った。二人の刑事が緊張の面持ちで、突っ立っていた。

すでに録音テープが回り始めていたし、若いほうの刑事は電話局と連絡をとり合っていた。年輩のほうの刑事が、電話に出るようにと、天知に目顔で知らせた。天知は、送受器を手にした。

「もしもし……」

天知の声は無意識のうちに、低く小さくなっていた。

「ああ、アマさん。おれだよ」

対照的に、張りのある声が、そう言った。田部井編集長であった。親子にした電話に出ていた刑事が、首を振りながら送受器を置いた。電話局と連絡をとり合っていた刑事も、息を吐き出して電話を切った。

「何か、わかりましたか」

天知は気を取り直すように、送受器を右手から左手へ移した。

「あっさりと、それも決定的な情報を摑んだよ」

田部井が言った。バックが、騒がしかった。『婦人自身』の編集部から、電話をよこしているのである。

「誰のことで……?」

天知は訊いた。

「枝川秀明と鶴見麗子だ」

「二人、一度にか」

「そうだ。結論から言うと、この二人はシロだぜ」

「そう」

「完璧(かんぺき)なアリバイがある」

「簡単に、説明してくれないか」

「ずばり八月八日の夜七時から、枝川秀明と鶴見麗子は揃って、東京は品川のホテルにいた」

「ホテルに……？」

「婦人月刊誌の〝主婦生活〟のインタビューに、二人は応じたわけなんだよ。〝環美容王国の今後〟というテーマで、二人は編集者たちと話し合い、食事をすませ午後九時すぎに送りの車に乗り込んでいる」

「間違いないだろうか」

「〝主婦生活〟の編集長と直接、話し合ったんだから絶対に間違いない。取材に関係した三人の記者、カメラマン、速記者も八月八日だったことを、ちゃんと記憶していて証明してくれたよ」

「ホテルにも念のために、問い合わせたほうがいいな」

「完全主義者のアマさんには、そう言われるだろうとわかっていたからね。ホテルにも問い合わせたよ」

「結果は……？」

「やはり、間違いなしに、八月八日の午後七時から九時まで、小宴会室を〝主婦生活〟が借りている」

「そうなると、絶対だな」

「絶対だよ。だから、枝川秀明と鶴見麗子のアリバイも、完璧っていうことになる。東京と四国の足摺岬の距離ってものを、考えてくれよ」

「環ユキヨが死んだのは、八月八日の夜九時前だ」

「同じ八月八日の夜七時から九時まで、枝川秀明と鶴見麗子は東京・品川のホテルにいた」

「光の速さで東京と足摺岬の間を往復しない限り、絶対に不可能だったってことになるね」

「この二人は、環ユキヨの死に無関係さ。つまり、シロだ。三人のうちから二人は、早々に消去されたわけだよ」

「残るは、ひとりだけか」

「これで十文字敏也に、決まったようなもんじゃないか。もし、十文字敏也もシロだということになったら、ユキヨ他殺説は引っ込めなければならなくなるぜ」

「十文字については、まだ情報は摑めないのか」

「目下、努力中だ」

「彼に関しては、〝桜トップス〟の企画室長としての行動を含めて、公私ともに徹底的に調べてもらいたいね」

「オーケーだ」

「どうやら、目標が定まったようだ。いよいよ、行動を開始するよ」

「若いのをひとり、付けようか」

「いや、結構だ」

「だったら、足を提供しよう。これからすぐにハイヤーを回すから、自由に乗り回してくれ。それから運転手に、軍資金を持たせるからね」

「すまん」

「おれと篠原がずっと待機しているから、何かあったらいつでも電話を入れるんだ。じゃあ……」

田部井は電話を切った。

このほかにはいないということで厳選した三人のうちから、枝川秀明と鶴見麗子が消えた。残るはただひとり、十文字敏也だけであった。その十文字敏也は、もう一枚の鏡にも映っているのである。

もはや銃口を、定めるだけではなかった。十文字敏也に、照準を絞ってもいいときが、訪れたのであった。

4

天知昌二郎は留守にすることを、二人の刑事に申し出た。この近くをぶらぶらするといった外出ではなく、数日間かの旅行になるかもしれないと、天知は付け加えた。年輩の刑事が、そのことを捜査本部に連絡した。

天知には、いてもらわないと困るのである。環日出夫から電話がはいったとき、その応対に出て話を長引かせるのが、天知のつとめであった。刑事が電話に出たのでは、すぐに切られてしまう。

しかし、天知には日出夫からの連絡はないと、確信があったのだ。今日、明日のうちは、沈黙しているのに違いない。万が一、電話をかけて来たとしても、逆探知を警戒して日出夫は長話をするはずがない。

自分にはほかに、何としてでもやらなければならないことがある。それは、わが子を救うためにやることで、誰にも禁じたり妨害したりする権利はない。天知は、そのように主張したのだった。

捜査本部としても、天知を強制的に拘束するわけにはいかなかった。一時間ほどやり合った結果、電話がかかった場合には適当な代理人を出すという条件付きで、話はまとまった。天知はその代理人として、宝田真知子を指定した。

午後二時に、田部井が回してくれたハイヤーが来た。天知は最小限度の旅行用具、着換えなどをアタッシェ・ケースに詰め込んだ。クリーム色の背広に着換えてサングラスをかけると、刑事たちが居残っている自分の住まいを出た。

ピストルが鳴って、スタート・ラインを飛び出したのである。ゴールに達するまで、休息も中断も許されない。ひたすら走り続けて、限られた時間内にゴール・インしなければならないのであった。

天知は、ハイヤーに乗り込んだ。運転手が田部井からの預かりものだと、白い封筒を差し出した。かなり分厚い封筒で、中身は札束という感じであった。天知は代わりに、メモ用紙を運転手に手渡した。

メモ用紙には、『小金井市緑町十八番地・大久保酒店』と書かれていた。花形アキ子の下宿先であった。北沢署の捜査本部の主任と電話でやり合ったついでに、教えてもらったのである。

ハイヤーは、走り出した。クーラーの涼しさに、走る車のリズムが加わって、何となく心地よくなる。こういう時間を利用して、睡眠を取っておいたほうがいいと思う。眠れ、と天知は自分に囁いた。

瞼が重くなる。針で刺されたように、眼球の裏側が痛む。思考力が麻痺したように、頭の中に靄が広がる。だが、それでいて、眠れなかった。眠りに引き込まれそうになると、なぜかはっとなるのであった。

甲州街道から高井戸へ抜けて、環状八号線を北へ向かい、五日市街道に入った。五日市街道を一路、西へと走り続ける。杉並区を抜けて、武蔵野市へはいった。車の列が続いていて、信号も多かった。

　無意味なことをしているのではないかと、天知の胸を不安がよぎる。花形アキ子についてはもう五日間以上もかけて、捜査本部の専門家たちが調べ尽くしている。今さら、天知が大久保酒店へ出向いたところで、いったい何があるというのだろうか。

　環ユキヨの他殺を立証するために、花形アキ子の死について調べる。それが、とんでもない見当違いだとしたら、貴重な時間を無駄に費やすことになる。わざわざ、遠回りをするわけであった。

　小金井市にはいった。ハイヤーの運転手も不案内らしく、どうやら行きすぎたようである。小金井橋で左折して、しばらく走ってからもう一度、左へ曲がった。逆戻りする恰好(かっこう)で、ようやく緑町へ出た。

　小金井住宅の東側の道路に、大久保酒店は面していた。北に亀久保公園、南に電波研究所があった。頭をはっきりさせる意味もあって、天知はチョコレートのカケラを口の中に入れた。

　大久保酒店は、かなり大きな店構えであった。奥がモルタル造りの、二階建てになっている。天知は、ハイヤーから降り立った。暑かった。顔をしかめて、酒屋の店の中へ足を運ぶ。炎天下から急に店の中へはいったせいか、奥のほうが真っ暗に見えた。

「花形アキ子さんのことで、ちょっと……」

天知は、立って来た白っぽい人の姿に、会釈を送った。

「どうも、ご苦労さまです。暑いのに毎日、大変ですねえ」

女の声が、そう言った。四十七、八の色白の女が近づいて来て、愛想よく挨拶に応じた。大久保酒店の、おかみさんなのに違いない。何度となく刑事たちの訪問を受けていて、もう馴れっこになっているという感じである。天知のことも頭から、刑事だと決め込んでいる。

「今日は、どんなことを、お尋ねでしょうか」

おかみさんは、酒瓶がぎっしり並んでいる棚を背にして、長身の天知を見上げた。

「花形アキ子さんの人柄、趣味、つまり私生活についてなんですがね」

天知は咄嗟に、そう答えていた。

「そうですねえ。もう何度も申し上げておりますけど、アキ子さんの人柄は一口に言って、真面目ってことに尽きますねえ」

大久保酒店の主婦は、すぐに具体的な応答にはいった。馴れているということもあるが、喋るのが嫌いではないのである。

「どう、真面目なんです」

天知は、味噌とも醬油ともつかない匂いを、嗅いでいた。

「まず、ものの考え方ですね」

「ほう」

「アキ子さんが長野県から東京へ出て来たのも、保母さんとしての自分の能力を試したいということだったんですからねえ。近ごろの娘さんには、なかなかできないことですよ。いまの人ってのは、体裁がよくて、楽で、威張っていられて、派手で、お給料がいい職業というのを望むでしょう。保母さんというのは、その逆ですからね。苦労ばかり多くて、地味で、縁の下の力持ちでしょう。お給料だって、安すぎるくらいです。アキ子さんは、そういう保母さんを、自分の職業として希望したんだから、そりゃあ、もう立派なものですよ」

「そうですね」

「これはね、いい思いばかりしたがって、ふらふらした考え方でいる娘さんには、絶対にできないことです。アキ子さんのように、しっかりした考え方を持っていて、生き方とか理想とかが、はっきり決まっている娘さんでないと、駄目なんですよ」

「よく、わかります」

「わたしも知っていますけどね、近ごろは自分勝手な母親が多くなりましたからね。自分の子どもを預かってもらっているのに、保母さんにお礼の言葉どころか挨拶もしない母親がいるんですからね。当たり前だって顔をして、威張っているんですよ。それで、ちょっとした事故でもあろうもんなら、保母さんの責任だって大騒ぎするんですからね」

「なるほど……」

「わたしだったら、自分の子も満足に育てられないくせに、一人前の口を叩くなって言ってやるんですけどね。そうすると、そういう母親に限ってわたしは働いているんだ、勤労女性だって威張るんですよ。自分が勤労女性なら、保母さんだって勤労女性じゃないですかねえ。まあ、そういう母親がいるうちは、どう立派な理屈をコネようと、日本の女は一人前にはなれませんよ」

　立て板に水で、大久保酒店の主婦の話は、少しずつ脱線してゆくようであった。花形アキ子には、天知も何回か会っている。確かに、見るからに真面目そうであった。容貌は十人並みだが、知的で女っぽかった。それに、均整がとれている肉感的な肢体が、印象に残っている。

「外泊するようなことは、まるでなかったんですね」

　天知は訊いた。

「保育園に早朝当番で泊まる以外には、ただの一度もございませんでした」

　大久保酒店の主婦は、強調するように全身で頷いた。

「ボーイフレンドさえも、いなかったそうですね」

「わたしの嫁に行った娘の親友の妹さんということで、一年半前からアキ子さんに二階の一部屋をお貸しするようになったんですが、そりゃあもう徹底していましたね。帰宅時間はハンで押したようだったし、お休みの日は洗濯に読書と決まっていましたよ。電話は長野の身内の方以外に、一本もかかったことがありません」

「そうですか」

「アキ子さんには、殺される動機なんてないんですよ。それだけに、わたしも口惜しくってねえ」

「趣味は、どうでした」

「趣味ってのは、特になかったようですよ。まあ、強いて言えば、旅行ってことになるんですかねえ」

「旅行には、よく出たんですね」

「よくって言っても、四ヵ月に一度ぐらいで、それも一泊旅行でしたけどねえ」

「ひとりで、旅行するんですか」

「もちろん、ひとりです。本当に旅行が好きな人は、ひとり旅をするもんだって、アキ子さん自身も言ってましたよ」

「どんなところへ旅行するのか、わかっていたんですか」

「そりゃあもう、アキ子さんは連絡先として必ずわたしに、目的地と旅館と電話番号をメモして、渡して行きましたからね」

「だいたい、どの辺へ行くんです」

「一泊旅行ですから、いつも近くだったみたいですよ」

「関東地方ってことですね」

「そうですね。今年の四月の初めのお休みには、千葉県の九十九里浜へ行ったし、この八月には群馬県の湯檜曾温泉だったんですけど……」

「今月になって、旅行に出かけているんですか」

「はい。それが結局は、この世の思い出の旅行になってしまったんですけどねえ」

「八月のいつごろだったんです」

「十六、十七でした。十六日の土曜に、保育園が終わったその足で出かけて、翌日の日曜日、十七日の夜にはここへ帰って来たんですよ」

「群馬県の湯檜曾温泉ですね」

「そうです」

「泊まった旅館、わかりますか」

「本家旅館というところです」

「本家旅館ね」

目をつけるべき材料が、これ以外にあるとは思えないと、天知は判断を下していた。花形アキ子の生活範囲と人間関係は、珍しいくらいに限定されている。そこから、ほんの少しはみ出しているとすれば、それは旅行ということになるのだった。

「何か、ほかには……？」

大久保酒店の主婦が、ものたりなさそうに質問を促した。

「いや、これで結構です。どうも、お世話さまでした」

天知は、頭を下げた。

「そうですか。どうも、ご苦労さまです」

大久保酒店の主婦は、酒屋のおかみさんの声に戻って、愛想よく挨拶を返した。最後まで天知を、刑事として扱っていた。

天知は、大久保酒店を出た。そのときすでに、天知はこのまま群馬県へ向かおうと心が決まっていたのである。休息は、許されない。即決で次の行動へ、移らなければならないのであった。

「少し遠いんだけど、行ってもらえますかね」

ハイヤーに乗ると同時に、天知は運転手に言った。

「どこへでも、参りますよ」

まだ三十代の運転手は、振り返って笑顔で答えた。

「群馬県の湯檜曾温泉なんだけど……」

天知は、タバコを取り出した。

「だったら、少し急ぎましょうか」

運転手はそう言いながら、走り出した車にスピードを加えていた。

天知は、タバコに火をつけた。昨日の夕方から、吸っていないタバコだった。それに胃袋の中には、液体しか入れてなかった。タバコを吸うと、目眩（めまい）を伴った麻痺感が、頭の中に広がった。

そのぼんやりした頭で、天知は同じことを繰り返し考えていた。強盗とか強姦（ごうかん）とかいう目的の殺しでない限り、その動機は必ず被害者の人間関係にある。花形アキ子の場合は、強盗や暴行が目的の殺しではない。

そうだとすれば、花形アキ子を殺した犯人は、彼女の知り合いの中にいなければならない。だからこそ、夜中に保育園の遊び場の隅（すみ）へ花形アキ子を呼び出して、彼女を殺すこともできたのである。

だが、アキ子の知り合い、つまり人間関係については、捜査本部が徹底的に洗っているはずなのだ。それでもなお、容疑者が浮かんで来ない。それは多分、第三者の気づかないところで、アキ子と接触を持っている知り合いが、犯人だからなのに違いない。

たとえば、十文字敏也である。

十文字敏也と花形アキ子は、まったく無縁の間柄ではない。聖メリー保育園と『桜トップス』との間に重大な接点があったのだから、聖メリー保育園の保母と『桜トップス』の責任者に何らかの繋がりがあったという見方もできるのだ。

しかし、だからと言って花形アキ子と十文字敏也が知り合いだとは、世間の誰もが思わないのである。アキ子と十文字が、具体的な接触を持っていないからだった。だが、それはあくまでアキ子の日常生活においては、ということなのであった。

つまり、アキ子が日常生活の範囲外で、十文字と接触を持っている限り、二人の関係に気づく者はいないのだ。アキ子の日常生活からはみ出ている部分、それは彼女の旅行しかないのである。

大久保酒店の主婦は、アキ子がひとりで旅行するものと思い込んでいる。九十九パーセントそのはずだという推測に基づいて、断定してしまっているのである。しかも、目で確かめたわけではないし、それを絶対とすることはできないのだ。

目的地に到着するまではひとり、帰りもひとりだが、行った先では二人というのは決して珍しいことではない。アキ子にはボーイフレンドもいなかったし、男関係については清潔すぎるくらいだったという。

しかし、特定の恋人がいて、それを秘めたる関係にしていれば、結果的に男には堅かったということになる。十文字敏也にも、同じことが言える。妻との仲は疎遠になっていて、どこへ行ってもモテる男なのに、女には堅いという評判なのだ。

それは十文字敏也に特定の愛人がいて、その女との関係を表面に出すまいとしているからなのではないか。秘めたる関係は、男女のどちらかが一方的にそう心掛けて、成り立つものではない。男女が互いに努めて、秘めたる関係を継続させることができるのである。

十文字敏也。

花形アキ子。

この二人が互いに努めて、秘めたる関係を持続させていたのではないだろうか。アキ子は八月十六日に群馬県の湯檜曾へ向かい、一泊して十七日に帰京している。そして三日後の二十日に、アキ子は殺されたのであった。湯檜曾への小旅行とアキ子の死に、因果関係があると、天知は見たかったのだ。

湯檜曾温泉の本家旅館に、アキ子は男と二人で泊まっていた。その男の名前は、十文字敏也だった。甘すぎるかもしれないが、天知はそうした結果を、期待しないではいられなかったのである。

五日市街道から府中街道へはいり埼玉県の所沢市へ出る。更に所沢インターチェンジから関越道路にはいり、森林公園道路をへて荒川を渡り、熊谷を抜けたあたりで天知は浅い眠りに落ちた。

5

国道十七号を北へ向かってからのハイヤーは、かなりのスピードで走ったようである。

車の渋滞にも、引っかからなかったらしい。眠りから浮かび上がって薄目をあくたびに天知は疾走を続けているハイヤーを感じ取る。

前橋(まえばし)、沼田(ぬまた)、月夜野町(つきよのまち)をすぎて、十七号線から水上(みなかみ)道路へはいる。そのあたりで、天知は完全に目を覚ました。うつらうつらしただけだったが、疲れがすっかり抜けたようである。一睡もしていない昨日からの不足分を、十分に補ったように思えた。

七時であった。まだ、明るかった。前方に峨々(がが)たる山脈(やまなみ)が横たわり、凹凸の激しい山岳のシルエットが、夕暮れの空に浮かび上がっている。群馬県と新潟県を分ける越後(えちご)山脈であり、朝日岳、清水峠、七ツ小屋山、一ノ倉沢、谷川岳、万太郎山と名の知れた山々が連なっていた。

振り返っても、もう赤城(あかぎ)山や榛名(はるな)山は見えなかった。水上温泉をすぎた。明るくても、日射しはない。すでに太陽は、山の彼方に落ちているのである。山と緑とスケールの大きい田園風景とが、東京をはるか遠くに感じさせた。

利根(とね)川の上流と分かれて、支流の湯檜曾(ゆびそ)川沿いに北上する。初めて来たところだが、天知にも湯檜曾温泉に関する多少の知識はあった。上信越高原国立公園にあるので、標高は五百メートル以上の高原地帯だった。

ハイヤーはクーラーをとめているが、避暑地にいるように涼しかった。湯檜曾川に臨み、湯量の多い温泉として知られていた。谷川岳が眼前にあって、一ノ倉沢の山麓(さんろく)まで舗装道路が続いている。

冬は雪に埋もれて、スキーヤーで賑わう。天神平をはじめ、有名なスキー場が幾つもある。八幡太郎義家に敗れた安倍貞任の子孫が発見して、〈湯のひそ村〉と名付けたということを、天知は何かの案内で読んだ記憶があった。

湯檜曾川が両岸の緑に守られて、美しい水の帯になっている。緑に映える澄みきった水の流れに、天知は久しぶりに本来の『川』というものを見たような気がした。岸辺に釣り人の姿があり、川瀬がオレンジ色のきらめきを見せていた。

両側に温泉旅館と商店が建ち並ぶ町中へはいると、すぐに『本家旅館』という看板が目についた。ハイヤーは、駐車場にもなっている旅館の前庭に滑り込んで、正面の玄関前に停まった。

天知は、車を降りた。涼風が頬に、ひんやりと触れた。夏の夕暮れを、彼は感じた。空や山にある残光に郷愁をそそられるうちに、地上には闇が訪れ始めていた。天知は、旅館の建物を振り仰いだ。

和風の三階建ての本館と、洋風コンクリート造り四階建ての新館が棟を接している。十日前に、このうちのどこかに花形アキ子が泊まったのだ。彼女はどの窓から外を眺め、同じ部屋の中に誰がいたのだろうか。

天知は、旅館の中へはいった。正面にロビーがあり、その右端にフロントが見えている。

天知は黙ってロビーに上がり込むと、フロントのほうへ足を運んだ。すでに到着すべき客は、部屋に落ち着いている時間だった。

ロビーに人影はなく、フロントにTシャツを着た青年がいるだけであった。青年が気づいて、いらっしゃいませと言う前に、天知は、名刺をカウンターの上に置いていた。

『婦人自身・特派』とある名刺を、天知は選んだのだった。

「至急、お尋ねしたいことがあって、東京から車を飛ばして来たんです」

天知は、表情のない顔で言った。

「はあ」

フロントの青年は戸惑った顔で、天知と名刺を交互に見やった。

「十日前に、ここに泊まった女性のことで、是非とも知りたいんですがね」

「お客さまですか」

「そうです」

「十日前ですね」

「八月十六日に来て、一泊しただけなんですが……」

「十六日ですか」

「名前は花形アキ子、二十三歳。もっとも、その名前で泊まっているかどうかは、わかりません」

「ちょっと、お待ちください」

　青年は天知に背中を向けると、整理棚の中の箱を引き出して、宿泊者カードを調べ始めた。十日前の宿泊者カードだから、調べるのに手間がかかるはずはなかった。間もなく青年は、そのうちの一枚を抜き取った。

「確かに、お泊まりになっています」

　青年は横顔を見せて、宿泊者カードに目を落とした。

「花形アキ子、二十三歳となっているんですね」

　天知の胸のうちで、何かがぐらっと傾いた。花形アキ子の名前で泊まっているのであれば、彼女はひとりだったという可能性が強まるのである。

「はあ。ご到着は八月十六日の午後八時三十分、ご出発は八月十七日の午前十一時となっています」

「ひとりで、ここに泊まったんですか」

「ご予約もご宿泊も、御一名さまとなっておりますから、おひとりでお泊まりになったんでしょうね」

「連れは、いなかったということになるんですね」

「そうですね」

「この旅館についてから、誰かと一緒になるということは、考えられませんか」

「ほかのお部屋のお客さまと、ご一緒になるという意味ですか」

「ええ」

「でも、おひとりさまで一つのお部屋に、お泊まりになっているんですから……」

「それがつまり、最初から示し合わせていて、ひとりずつ部屋をとっておきながら、実は二人一緒になるとかするんですよ」

「さあ……。お客さま同士が示し合わせたことってなりますと、わたしどもとしてもタッチできませんからね」

「恐縮ですが、同じ十六日の夜、ここにひとりだけで泊まった客がいるかどうか、調べてもらえませんか」

「長期滞在なら、おひとりだけのお客さまも、珍しくはないんですが……」

青年はそう言いながら、再び宿泊者カードの整理と点検を始めた。静養とか著作とかを目的に、ひとりで何日間も滞在する客なら珍しくないという。逆に一泊か二泊する客に、ひとりだけというのは、滅多にいないのだろう。

温泉とはそういうものなのだ。男と女のいわゆるご同伴、家族連れ、若者のグループ、それに団体が客の大半なのである。ビジネス・ホテルと違って、ひとりだけで来る必然性が稀薄(きはく)なのであった。

従って、花形アキ子のような客は、予約なしでは敬遠されがちである。同時に、ひどく目立つ存在にもなる。秘めたる関係であれば、目立つようなことはしたがらない。最初からアベックの客として予約しておき、一緒に同室で過ごしたほうが、むしろ秘めたる関係には相応しい。

「ひとりも、いらっしゃいませんね」

向き直って青年が言った。

「花形アキ子のほかには、ひとりだけで泊まった客はまったくいない」

天知は、肩を落とした。

「ご住所が、東京都小金井市緑町十八番地の、花形アキ子さま。このお客さまおひとりだけです」

青年は宿泊者カードを、元の箱へ戻そうとした。だが、それでもう諦めてしまうということは、あり得なかった。今回に限って、執念深くというのではない。普段の取材活動と同じで、天知にしてみれば当たり前のことだったのだ。

「係の女中さんに、会わせてもらえませんか」

天知は言った。

「この、お客さまのですか」

青年の表情が、心持ち固くなった。客でもないのに、厚かましく注文ばかりすると、うんざりしたのに違いない。

「お願いしますよ」

天知は真摯な眼差しで、青年の顔を見守った。

「ちょっと、お待ちください」

仕方がないというように、青年は宿泊者カードにある係の女中の名前を確かめてから、電話機に手を伸ばした。

天知は、フロントの前を離れた。やはり、甘すぎたようである。密会のための旅行ではないか、という期待はあっさりと裏切られたのだった。十六日の夜、この本家旅館にひとりで泊まったのは、花形アキ子だけであった。示し合わせておいて一緒になるという相手も、いなかったことが立証されたのだった。

花形アキ子は、名前も住所も年齢も、ごまかしてはいなかった。後ろめたい気持ちが、まったくなかったのだ。心身ともに健全で、ひとり旅を唯一の趣味としている若い女が、この本家旅館に泊まったというだけのことなのである。

天知はふと、古美術品のようなものが陳列されているガラス・ケースの前で、足をとめた。説明書を読むと、本家旅館の由来を物語る古い品物だということだった。『湯のひそ村』と名付けた、湯檜曾温泉の発見者である安倍貞任の子孫が、この本家旅館の祖先であり、それで、『本家』を屋号としたと記してあった。

陳列所には、その由緒ある武具や家宝が並べてあるという。陳列所はどこにあるのだろうかと、あたりを見回した天知の目に、小走りに近づいて来る和服姿の女が映じた。五十前後の女で、気品のある顔をしていた。

「菊子でございますが……」

女が、小腰を屈めた。和服姿が、板に付いている。

「あなたが、係の女中さんですか」

天知は言った。

「はい。十六日にお泊まりのお嬢さまの、係でございました」

菊子という女中は、アキ子のことをお嬢さまと表現した。それはアキ子が、ひとりで泊まりに来た娘だということを、意味しているのだった。

「十日前のことでも、はっきり覚えていますか」

「お名前は最初から覚えようとしませんので、存じ上げておりません。でも、お食事のお給仕をして差し上げながら、あれこれとお喋りを致しましたので、はっきり覚えております。東京で、保育園の保母さんを、なすっていらっしゃるとかで……」

「そうです」

「それで、どんなことをお尋ねでございましょう」

「彼女がここで、誰かと一緒にならなかったかどうかを、知りたいんですよ」

「あのお嬢さんは、おひとりでいらしたんですから……」

「この旅館に知っている人間が、泊まっているはずはないというんですか」

「はい」

「ここで誰かと会ったとしても、偶然だったってことになりますか」

「そういう偶然でしたら、ないこともございませんけどね。お知り合いの方と旅館の中でぶつかって、やあ、おう、なんて声をかけ合うお客さまを、わたくしなども何度か見ております」

「思わぬときに、よくそういうことがありますね」

天知は、苦笑した。

「ちょっと、待ってください。あのお嬢さんも、あのとき……」

菊子という女中は、眉根を寄せて考え込む顔になった。目が忙しく動き、すぐにその口許が綻びかけた。

「偶然、誰かと会ったんですか」

天知の顔つきが、一瞬にして厳しくなった。

「そうでした、間違いありません」

菊子という女中は、小さく手を叩いた。

「同じ晩に、泊まり合わせた客ですね」

「いいえ、ここのお客さまではないんです。それで、ちょっと思い出せなかったんですけど……」

「ここの客ではない……？」

「お帰りになるときでした」

「すると、十七日ですか」

「はい。ご出発が十一時ごろだったと思いますけど、わたくしもお見送りしようと、ご一緒して外へ出たんです。その通りのところまで参りましたとき、ちょうどそこの信号が赤になって車が停まりました。同時に、あっと叫んでお嬢さんは、その車に駆け寄ったんです」

「つまり、知っている人間がその車に、乗っていたってわけですか」

「そうなんです」

「車は、乗用車ですか」

「はい」

「車の型とか色とかを、覚えていませんか」

「さあ、それはもう若い方たちとは、違いますから……」

「ナンバーは、群馬県のナンバーでしたか」

「それも、見ておりません。ただ、東京へ帰るところなんです。だったら乗っていらっしゃいって、お嬢さんと助手席のご婦人が話している声を耳にしました」

「すると、東京へ帰る車ってことになりますね」

「そうだと、思いますよ」

「助手席には、女性が乗っていたんですか」

「はい」

「ほかには……？」

「男性が運転席にいて、ほかには誰も乗っていませんでした」

「それで彼女は、その乗用車に乗り込んだわけですか」

「はい。後ろの座席にすわったお嬢さんが、走り出した車の中からわたくしに手を振って……」

「それだけのことですね」

「はい」

「その乗用車の男と女ですが、どんな印象を受けました」

「どんな印象かっておっしゃられても、離れたところから窓ガラス越しに見ただけですしねえ」

「でも、年の見当ぐらいは、つくんじゃないんですか」

「恋人同士というお若い方には、見えませんでしたねえ。揃ってサングラスをかけていて、ご夫婦って感じでしたよ。ドライブを楽しんでいるハイカラなご夫婦だって、わたくしは思いましたけど……」

「ほかに何か、気づいたことはありませんか」

「さあ、別に……」

「そうですか、じゃあどうも、お手数をかけました」

天知は歩き出しながら、菊子という女中の手に紙包みを押しつけた。一目で、チップとわかる紙包みだった。

「いいえ、いけません。こんなことを、なすっちゃあ……」

と、追って来る女中を振り切って靴を突っかけると、天知は玄関の外へ走り出ていた。それを待っていたように、ハイヤーのライトが光の帯を放った。天知は駆け寄って、ハイヤーに乗り込んだ。

「東京へ、戻ってください」

天知は、運転手に言った。ハイヤーは半円を描いて、すぐに通りへ出た。もうすっかり、夜になっていた。山懐ろにある温泉の町に、彼は独特の旅情を味わえる夜景を見た。その夜景に、天知は別れを告げた。

収穫はあった。だが、その値打ちについては、まったくわからない。たまたま知っている夫婦の車を見かけて、花形アキ子は東京までそれに便乗したというだけのことかもしれない。

あるいは、その夫婦との邂逅(かいこう)が、アキ子の死の遠因になったというふうにも考えられる。ただ天知としては密会の相手ではなかったにしろ、花形アキ子が旅先で何者かと接触を持ったということを、重視しないではいられないのであった。

いずれにしても、湯檜曾温泉には背を向けたのである。次の幕開きへと、突っ走らなければならない。時間は、容赦(ようしゃ)なく経過する。まだ余裕はあるし、焦るべきではないと、天知は自分に言い聞かせた。

途中、ドライブ・インに寄った。天知自身のためではなく、運転手の空腹を考えてのことだった。天知は昨日の昼食以後、初めての食べものを口の中へ入れた。だが、食欲はなく、ラーメンを流し込んだだけであった。

東京都内へはいり、やがて北沢二丁目の宝田マンションに帰りついた。ハイヤーが、入口の階段で停まった。エンジンの音と震動がやんで、ふうっと溜息(ためいき)をつきたくなるような虚脱感に襲われた。

「どうも、お疲れさまでした」

運転手が、運転席のドアをあけた。天知は、時計を見た。一時半であった。八月二十七日の、午前一時三十分である。

八月三十日の午後九時まで、残り時間は九十一時間と三十分だった。

第三章　残り57時間0分

1

二階A号室には、三つの人影があった。

そのうちの二人は、電話待ちの刑事だった。また新顔と交替したらしく、その二人の刑事とは初対面であった。天知は二人の刑事と、挨拶を交わした。環日出夫からは、電話がかからないという。

そんなことは、わかりきっている。別に、失望することではなかった。それよりも気がかりだったのは、環日出夫が何を足に使ったのか、一切不明ということであった。東京二十三区内のハイヤー会社からは一台の車も、環日出夫に提供されていないというのである。

これまで環家から、ご用命を承っていたというハイヤー会社には、もちろん声がかかっていない。フリの客が、ハイヤーを呼ぶということはないので、誰かの名前を騙ってその人間がいつも利用しているハイヤー会社に、電話をするほかはない。

だが、それらしい連絡を受けたハイヤー会社はなかったし、日出夫と春彦に該当するような二人連れの客を乗せた車もないというのである。目的地が記録にはっきり残ってしまうハイヤーは、日出夫のほうで避けたのに違いない。

レンタ・カーも、借りていないようであった。環日出夫の免許証では、一台のレンタ・カーも貸し出されていないのである。タクシー会社からも、手がかりは得られなかった。日出夫と春彦らしい客を乗せて遠くまで走ったという運転手からの報告は、ただの一件もなかったのだ。

どうやら日出夫は、自動車を利用していないようである。三台の自家用車をそっくり残して行ったのも、会社の車を持ち出さなかったのも、車を使うと潜伏先が容易に知れてしまうという不安があったからなのだ。

精々、都心を走るタクシーを、利用したという程度ではないのか。東京駅、上野駅、あるいは空港まで、タクシーに乗った。そのあとは列車か飛行機で、東京を離れたということになる。

そうでなければ、都心部に潜伏しているのである。いずれにしても潜伏先は、東京を遠く離れた地方か、逆に都心のホテルかに違いないと、捜査本部では見ているらしい。結論としては現在のところ、日出夫と春彦の行方について手がかりなしということだった。

二人の刑事のほかに、田部井編集長が来ていた。田部井もかなり、憔悴した顔になっていた。寝不足と、無精髭のせいである。顔の肉が萎んだためか、普段よりも更にメガネがずり落ちていた。

「宝田真知子さんから、心細いので来てほしいって電話をもらったんで、十時ごろからここにいたんだがね」

田部井が天知を、春彦の部屋へ迎え入れて言った。部屋にはコーヒーのセットと、サンドイッチを盛った大皿が置いてあった。真知子が、サービスしたのだろう。

「本当に、すみません」

天知は頭を下げたついでに、春彦のベッドにがっくりと腰を落とした。

「真知子さんには、一時間ほど前に引き取ってもらったよ。死人みたいな、顔色をしているんでね」

田部井は、タバコに火をつけた。彼の前にある灰皿には、すでに吸い殻が山積みにされていた。

「真知子さんは、しきりと憤慨していたよ。アマさんが、約束を破ったというんでね」

田部井は、冷たくなったコーヒーを、口の中へ流し込んだ。

「約束……？」

天知は、またチリチリ痛むようになった目を、天井へ向けた。

「どこかへ行くときは、必ず真知子さんを連れて行くって約束したんだろう」

「約束させられたんだ」

「それにしても、約束は守ってやらんと……」

「遊びじゃないんでね」

「真知子さんにしたって、必死なんだろうよ。あれだけ春彦君の面倒をよく見ていたんだから、真知子さんには除け者にされたくないという気持ちが強いんだ。無理もないと、思うがね」

「旅行というほど、遠くへ出かけたわけではないし……」

「どこへ、行って来たんだね」

「湯檜曾温泉だ」

「群馬県の湯檜曾温泉かい」

「そうだ」

「何のために、と訊きたいところだが……。まあ、アマさんのやることだから、好きなようにさせて、知らん顔をしていたほうがいいだろう」

「明日、いや正確に言えば今日ってことになるが、遠くまで行かなくちゃならない」

「どこへ、行くんだね」

「足摺岬だ」

「ちょっと、待ってくれよ。足摺岬まで行くには、日帰りってことは絶対に不可能なんだぜ」

「わかっている」

「往復で、二日がつぶれるんだ。あと四日しか残っていないのに、そのうちの二日をつぶしてしまっていいのかい」

「足摺岬まで行ってみなければ、ユキヨの死が他殺だと立証するどころか、その手がかりさえも摑(つか)むことはできない」

「しかし、四日のうち二日をつぶすのは、何たって大きすぎる」

「だから、急いでいるんだ。それで、高知行きの飛行機の航空券を、何とかしてもらいたいんだけどね」

「そいつは何とでもするが、その前に話があるんだ」

田部井はすわり直すと、深刻な顔つきになった。

「何か、あったのか」

天知は殆(ほとん)ど無意識のうちに、ポケットからチョコレートを引っ張り出していた。

「十文字敏也だよ」

田部井は指先で、メガネを押し上げた。

「十文字が、どうしたんだ」

天井から田部井へ、天知は視線を移した。

「当然、十文字と会ってみたいだろう」

「もちろんだ」

「スタンバイしたよ」

「本当かい」

「あの男、何とも摑みようがないんだ。謎の男だよ。いつ、どこで、何をしているのか、まったくわからない。常に居所不明だし、連絡のとりようもない。〝桜トップス〟の企画室に電話しても、そう伝えます、お返事はのちほど、という返事しかもらえないんだ」

「〝桜トップス〟企画室とは、どんな仕事をしているのか、の正体が読めたかい」

「〝桜トップス〟の企業進出、市場開発のための先遣部隊さ。新しい店舗を建設するための用地確保などでは、目的のために手段を選ばずで、かなり熾烈なことをやっているらしい。そのディベロッパーたちを、自在に操っているのが十文字敏也ってわけだ。辣腕、切れ者、凄腕、やり手ってのも、いわば当然のことなんだよ」

「思った通りだ」

「私生活についても、よく飲む、食べる、そしてモテるそうだ。寂しい思いでいるのは、妻や子どもたちだってことになる」

「奥さんと二人で、ドライブに出かけたりするようなことは、絶対にないんだろうか」

「考えられないことだ。徹底した亭主関白だそうだし、彼の女房を見たことがないって周囲の者たちが言っているというからね」

「女の関係についても、具体的なことはわからないのか」

「特定の愛人がいるってことは、噂や評判から推して確かだと思う。ところが、その愛人がどこの何者かってことになると、知っている人間はひとりもいない」

「いつ、どういう場所で、愛人と密会するんだろう」

「彼が借りきっているホテルの部屋で、会っているんだろうな。しかし、愛人をその部屋に、泊めるようなことはしない。それで誰にも知られずにすむ、ということになるんじゃないのか」

「秘密主義か」

「いかなることにおいても、シッポを出さない男というんで有名らしい」

「しかし、そういう十文字敏也との会見の場を、よくスタンバイできたね」

「こうなったら、奥の手を使うほかはないだろう。正式に〝婦人自身〟の編集部から、インタビューを申し入れたんだ。テーマが〝第一線で実力を示す三十男の魅力〟の、大特集ということにしてね」

「ペテンかい」

「いや、その大特集は、実際にやるつもりだよ。各界の三十代の実力者を、十人ほど選んでね。その中のひとりとして、十文字敏也を組み入れたってわけだ」

「十文字は、インタビューに応ずるというのか」

「それが拍子抜けするくらい、あっさりオーケーってことになってね。もちろん、インタビューはうちの取材記者がやる。それにカメラマンとおれとアマさんが、参加すればいいんだよ。当然、アマさんの質問も、許されるってわけさ」

「いつなんだ」

「明日、いや正確に言えば、今日の正午から二時間の約束だ。場所は九段のニューグランド・ホテル、つまり十文字が長期契約で部屋を借りきっているホテルだよ」

「日時の変更は、無理だろうか」

「駄目だ。こっちも無理に割り込んだんだし、今日の正午から二時間という以外には、五分の時間もとれないと言われているんでね」

「十文字敏也には、どうしても会わなければならないだろう。しかし、足摺岬へも早く行かなければ核心に触れるのが遅れて、取り返しのつかないことになる」

「十文字敏也に会ってから、足摺岬へ向かえばいいだろう」

「しかし、確か高知行きの飛行機は一日一便で、それも朝早く出発するんだと思うけどね」

　天知は板チョコの一片を、舌に包むようにした。それも一種の習慣になっていて、殆ど意識せずにやることであった。

「何とか、考えてみよう」

田部井は革カバンを引き寄せると、その中を引っかき回して、小型の時刻表を取り出した。田部井が開いた時刻表を、天知も覗(のぞ)き込んだ。航空時刻表のページを、田部井の指先が滑ってゆく。

やはり東京から高知までの直行便は、午前八時発の全日空機しかなかった。午後の便は大阪発十七時二十分の、東亜国内航空のYS機があるだけだった。今日中に足摺岬へ行きつくには、それに乗り込むほかはない。

十五時三十分に出発する大阪行きの全日空に乗れば、何とか間に合いそうである。十文字敏也と会ったあと、九段のホテルから空港へ向かえばいいのだ。天知は十文字との会見に、参加することを決めた。

「航空券二枚は、必ず確保するよ」

時刻表をしまいながら、田部井編集長が言った。

「二枚……?」

天知は、眉間(みけん)に皺(しわ)を寄せた。

「真知子さんの分だ」

「いや、ひとりのほうがいい」

「連れて行ってやれ。あんなに、気を揉んでいるんだから……」

「彼女は、身体が弱い。強行軍には、耐えきれないんだ」

「動いていたほうが、余計なことを考えずにすむ。ここへひとり残して行ったら、真知子さんは本物の病人になってしまう」

「いまは彼女の心情なんかに、構ってはいられない」

「連れて行けば、必ず何かの役に立つ。同行者とは、そういうもんだよ」

「貴重な時間なんだ。足手まといに、なられたんでは困る」

「その辺のことは、真知子さんも十分に承知しているさ」

「しかし……」

と、天知は立ち上がった。だが、天知の次の言葉を遮るように、電話のベルがけたたましく鳴った。時間は、二時をすぎている。こんな真夜中に、電話がかかるはずはなかった。当たり前な相手からの、当たり前の電話ではないと、誰もが直感していた。

刑事のひとりが、録音テープにスイッチを入れた。もう一方の刑事が、電話局に連絡している。天知と田部井は、ダイニング・キッチンへ出て行った。あるいは環日出夫が電話をかけて来たのかもしれないと、テーブルに近づきながら天知は思った。

「どうぞ……」

刑事のひとりが、天知を見て頷いた。

天知は、送受器を握った。ベルの音がやんで、全員の顔が緊張感に険しくなった。

「もしもし……」

天知はさりげなく、眠たそうな声で呼びかけた。

「眠っていたのかね」

いきなり男の声が、事務的な口調でそう言った。環日出夫の声であった。天知は親子電話に出ている刑事に、日出夫に間違いないと目顔で知らせた。その刑事が肩を叩いて、同僚に合図を送った。

「あんたかい」

天知は、心臓のあたりを手で押えた。

「まあ、眠れるわけはないだろう。どうだ、少しは思い知ったかね」

日出夫の声に、笑いは含まれてなかった。憎しみをこめている声が、妙に暗くて固い感じであった。

「春彦は、無事なのか」

天知は、目を閉じていた。直接、日出夫の声を耳にすると、春彦の無事を祈りたいような気持ちに、させられるのだった。

「約束は守る。八月三十日の午後九時までは、あんたの息子に手を出さんよ」

日出夫は、溜息(ためいき)をついた。

「電話に、出してくれ」

「眠っている」

「いいから、声を聞かせてくれ」

「少しは思い知ったかと、その点を確かめたかっただけだ。じゃあ、これで……」

「待ってくれ」

「何だ」

「話がある」

「電話を、長引かせようって魂胆か」

「違う」

「じゃあ、すぐに話したらどうだ。話さないなら、電話を切るぞ」

「あんたは、とんでもない誤解をしている。あんたの奥さんは、自殺したんじゃない。殺されたんだ。いま、その事実を立証しようと、調べを進めているところだ。聞いているのか」

「聞いている」

「だから、もう少し時間が欲しい。三十日までにはとても無理だし、期限をもっと先へ延ばしてくれ」

「馬鹿馬鹿しい。苦しまぎれに、子ども騙しの作り話とはな」

そう言い終わったとたんに、日出夫の声はプッツリと途絶えた。電話を、切ったのである。

「もしもし……」

念のために、天知は呼びかけてみた。だが、応答はなかった。代わりに、ツーと通話音が聞こえて来た。天知は向かい合いの刑事と、同時に送受器を置いた。逆探知は、無理である。話していた時間は、一分そこそこだったのだ。

果たして、電話局との連絡を保っていた刑事が、首を振りながら送受器を投げ出した。これが最後の電話だということを、日出夫は特に通告しなかった。だから、もう一度ぐらい電話をかけて来るだろう、という望みは捨てきれない。

しかし、そう何度も電話をかけて来るはずはないし、今日や明日には期待できないことであった。この次の電話はその効果を計算すれば、春彦を殺すという当日に、かけてよこすのではないだろうか。

刑事がテープを巻き戻して、天知と日出夫の声のやりとりを再生した。ひどく生々しい声を、天知は耳にした。先方は、静かであった。磁気テープは日出夫の声のほかに、何の物音も捉えていなかった。

電話のバックの音声の特徴から、日出夫の居場所を想定することは不可能であった。それに、日出夫が潜伏先から、電話をするとは限らない。場所を変えて、電話をかけるかもしれないのだ。

『――聞いているのか』

『聞いている』

『だから、もう少し時間が欲しい。三十日までにはとても無理だし、期限をもっと先へ延ばしてくれ』

『馬鹿馬鹿しい。苦しまぎれに、子ども騙しの作り話とはな』

と、そこで日出夫は、冷ややかに電話を切っている。興味も示さないし、問題にしていないのだ。当然である。いきなりユキヨの死は他殺だと電話で言われて、それを真に受けるはずはなかった。

窮余の一策として、そんな話を持ち出したものと解釈する。一蹴(いっしゅう)され、一笑に付されても仕方がない。電話での提案は、絶対に通用しないのである。提案よりも、むしろ結果であった。

日出夫の目の前に、事実を突きつけるほかはない。要するに日出夫からの再度の電話など、待つ必要もないのだと、天知は思った。

2

冷房が利きすぎていて、寒いくらいであった。そのせいか、上着を脱いでいる者は、ひとりもいなかった。それに、誰もがよく食べた。食べると身体が温まると、無意識のうちに知恵を働かせているのだろう。

天麩羅（てんぷら）の皿に箸（はし）をつけていないのは、天知昌二郎だけであった。胃袋が空っぽなうえに、睡眠をとっていない。食欲もないし、油物となると味見するだけでも億劫（おっくう）になるのだった。それでいて、チョコレートだけは食べられるのである。

天知は、時計を見た。一時四十五分であった。あと十五分だった。二時ぴったりに、十文字敏也は席を立つことになっている。天知もここを出て、空港へ急がなければならなかった。

九段のニューグランド・ホテルの地階にある天麩羅屋で、奥の座敷を借りきっていた。床の間を背にして、十文字敏也がすわっている。正面を見て右側に『婦人自身』の取材担当の編集者と天知、左側に田部井編集長がそれぞれ着座していた。

カメラマンはすでに、撮影を終えて引き揚げてしまっていた。取材担当がメモしながら、インタビューを続けている。それに対して十文字敏也は、ユーモアをまじえて簡潔な即答で応じていた。

田部井のタバコの煙が、座敷の中を青く染めていた。彼は忙しく吐き出す煙の中から、十文字敏也を鋭く観察しているのだった。十文字が口にする一言一句を、田部井は聞き逃すまいとしている。

天知にしても、同じことであった。滅多に会えない相手だし、敵として十文字を観察する唯一のチャンスなのである。十文字の本心、真意というものを見抜きたいと、天知の神経は異様に張り詰めていた。

十文字敏也は、なるほど魅力的な男であった。三十六歳としては、その落着きぶりが本物である。何があっても驚かない、誰にも負けないという男の頼もしさを絵に描いたようであった。

何も、肩を怒らせているわけではない。ちょっとした仕種(しぐさ)も表情も、極めて自然であった。笑うと甘いマスクになるが、渋い中年の二枚目という雰囲気である。作りものではない貫禄が、具(そな)わっているのだ。

喋(しゃべ)り方も、ときには情熱的に、ときには皮肉っぽくと変化に富んでいて、いかにも頭がいいという感じであった。ただ企業の利潤や計算に強いばかりのエコノミック・アニマルではなくて、文学的なロマンチシズムにも通じている一面を窺(うかが)わせる。

男のロマンについて語ったり、特異な人生観を披露(ひろう)したりした。適当にバタ臭く、日本の男の本質は失っていないというタイプである。博学であって、冷めていて、ひどく男っぽいのだ。

美男子というより、好男子である。一人前の男になりきった顔をしていて、その魅力には深味があった。さぞモテることだろうと、同性にも察しがつく。軽妙洒脱(しゃだつ)な話術だけでも、魅せられる女は少なくないだろう。

「秘密主義が、お好みだ、ということを聞いたんですが……」

「現代人はね、何もかもさらけ出すという生き方をする必要はないと思う。自分のすべてを知っているのは、自分だけでいいんじゃないんですか」

「つまり、孤立主義にも通ずるんでしょうか」

「個人的にはね」

「と、申しますと……？」

「企業や組織の中で、孤立するわけにはいかない。しかし、個人としては、孤立してもいいわけでしょう。常に孤立していて、その自分をじっと見つめる。そこに現代人の孤独と、特権的な喜びがあるんじゃないかな」

「でも、そうなると誤解を招くことが、多くなるんじゃないですか」

「人間の評価はね、その行動と実績に対して下されるものなんです。だから、そういう結果を見極めないで誤解する人、そんな人間に誤解されようと痛痒は感じないんじゃないかな」

「わが道を行くですか」

「そう、それでいいんですよ。ぼくはね、何でも腹を割って話し合おうとか、スキン・シップというのが嫌いなんだ。安っぽいし、甘っちょろいですよ。本当の生存競争には、相互理解なんて通用しません」

「厳しいですね」

「それに謎の部分というのは、人間の魅力になりますよ。神秘的な女性って、魅力があるでしょう。男性も、同じです。何を考えているかわからない、どういう生き方をしているのかもわからない。そういう男性ってのも、なかなか味があっていいじゃないですか」

「他人を信じますか」

「他人はおろか、実の親も実の子どもも信じません」

「女性は、どうでしょう」

「なおさら、信じませんね」

「どうして、信じないんですか」

「誰だって、自分がいちばん可愛くて大切なんです。これを否定したら、人間は生きてゆけません。また、それが当然なんです。だから、信じられるのは自分だけです。何も人間同士、信じ合うことはないでしょう」

「だったら、愛も否定なさいますか」

「愛というのも、信じ合うことと同じでね。うまくいっているときは、愛している、信じているということになる。しかし、うまくいかなくなると、愛なんてものは消え失せてしまう。要するに愛するとか信じ合うとかいうのは、贅沢なものなんですよ」

「すると、十文字さんは……」

「ぼくはね、自分を愛し、神を信ずるだけです」

「神ですか」

「そう」

「十文字さんにとって、神とは何なんでしょうか」

「運命、そして宿命です」

　取材担当者と十文字敏也のやりとりの一部に、そうした受け答えがあったのだった。だいたい、そのような調子で、インタビューは続けられている。天知はまだ一言も、口をはさんでいなかった。

　この男が足摺岬で、環ユキヨを殺したのだろうか。天知は繰り返し、そう胸のうちに呟いていた。人殺しという陰惨な印象は、彼にまったく当て嵌まらないのである。だが、十文字ほどの男なら、二人の自分を巧みに使い分けることが、できそうな気もするのだった。

　何よりも不思議なのは、十文字があっさり『婦人自身』からのインタビューの申し入れに、応じたことであった。なかなか摑まらないほど多忙な男であり、秘密主義であまり正体を見せたがらない十文字が、なぜ二時間も割いて女性週刊誌の取材に応ずる気になったのだろうか。

　環ユキヨが『婦人自身』を、みずからを破滅へ追い込んだ元凶として、いかに憎んでいたか。ユキヨと兄妹以上に親しかった十文字が、そのことを知らないはずはない。ユキヨのためにも、『婦人自身』には協力しないのが人情というものである。

それなのに十文字は、素直にインタビューの申し入れを承知しているのだ。女性週刊誌に協力しようと、その誌面に登場しようと、彼には何のメリットもない。亡きユキヨのために拒絶したほうが、むしろ自然なのであった。

それに、十文字はこの場で、天知とも名刺交換をしているのだった。天知が渡した名刺は、『婦人自身・特派』とあるやつであった。それを見て十文字は当然、ユキヨが敵呼ばわりしていた天知昌二郎だと、気づかなければならなかった。

しかし、十文字敏也は何の反応も示さなかったし、天知へ興味と好奇の目を向けようともしないのだ。天知を初対面の単なるジャーナリストとして、接したり扱ったりしている。無視していると、言っていいかもしれない。

そうしたところに、どうも作為が感じられる。自分はユキヨの死に拘泥（こうでい）したり、重大な関心を寄せたりもしていない。そういうことを意識的に、強調しているふうにも受け取れるのであった。

だからこそ、『婦人自身』のインタビューにも、あっさり応じたのではないか。天知についても、無関心さを装っているのではないか。そのことを裏返せば、十文字敏也はユキヨの死に深い関わりを持っている、という事実に通ずるのではないか。

田部井が、天知をチラッと見やった。発言するならいまのうちだと、田部井の目が促していた。二時まで、あと八分しかなかった。だが、ここで十文字に月並みな質問をしたところで、何の意味もないのである。

「個人的な質問をさせてもらってもよろしいでしょうか」

天知は何となく箸を手にしながら、思いきって口を開いた。取材担当の編集者が、それを待っていたように口を噤んだ。そのように、打ち合わせてあったのだ。

「個人的な、質問ですか」

十文字敏也は微笑を浮かべて、天知のほうへ視線を移した。

「もちろん、記事にすることではありません」

天知はまた、何となく箸を置いた。

「こういう機会ですから、構いませんよ。何でも、訊いてください。答えられることでしたら、喜んでお答えしましょう」

十文字は銀色のネクタイに手を触れて、余裕たっぷりの笑顔で言った。

「十文字さんは環ユキヨさんと、大変に親しくされていたそうですね」

表情のない顔で、天知は質問した。

「ほう。ユキヨのことを持ち出されるとは、思っていませんでしたね」

十文字の表情には、特別な反応が見られなかった。だが、彼が口にしたことは、本音でも何でもなかった。明らかに、とぼけているのである。

「ユキヨと呼びつけにされるほど、親しい間柄だったということですが」

すかさず、天知は斬り込んだ。

「まあ、そういうことになりますね。ユキヨもぼくのことを、おにいちゃんと呼んでいましたよ」

十文字は、顔から笑いを消して答えた。

「その兄妹以上の仲だったユキヨさんの死について、十文字さんはどのようにお考えですか」

「まあ、やむを得ないことでしょう」

「それだけですか」

「ぼくは、人間の死というものについては、ひどく冷淡なんですよ。生きている人間が死ぬのは当然のことだし、それは否定し得ない厳然たる事実なんですからね。感想もないし、感慨も覚えません」

「ユキヨさんの死に限らずですか」

「もちろんです」

「やむを得ないというのは、自業自得ってことでしょうか」

「宿命という意味ですよ」

「すると、環千之介氏やユキヨさんを、死へ追いやった〝婦人自身〟やその記事を書いた人間には一切、責任がないとお考えでしょうか」

「当然でしょう。環千之介氏は、インチキをやったんです。インチキをやった時点で、環千之介氏はすでに敗者となったわけです。インチキをインチキだと指摘されて自殺したのは、インチキを考えついた敗北者にとって当然、訪れるべき結果だったんですよ」

「ユキヨさんの死も、当然の結果だと言えますか」

「環千之介氏の娘に生まれついたことの、結果と言っていいんじゃないんでしょうか。だから、宿命ですよ」

「ところで十文字さんは、日出夫さんとも親しくされていたんですね」

「ユキヨの亭主だし、大学の後輩でもあるんでね」

「その日出夫さんが現在、どういう心境でいるか、十文字さんにおわかりになるでしょうか」

「難しい質問だな」

「たとえば、愛する妻とそのお腹(なか)にいたわが子のために、復讐しようなんて気を起こしますかね」

「うん。考えられないこともないな」

「そうですか」

「ユキヨの葬式以来、日出夫君とは話をしていないんでね。彼の心境については、何ら関知していません。しかし、日出夫君の性格は競馬の馬、つまり一つことにとり憑かれると、ほかの一切が目にはいらなくなる。それに気が小さいくせに、逆上すると怖いもの知らずになります」

「じゃあ、復讐しようなんて気になるかもしれませんね」

「いや、仮定として考えられるというだけのことで、実際にはそんな度胸なんてないんでしょう」

「もう一つだけ、お尋ねします。十文字さんは、ユキヨさんの死を自殺だとお思いですか」

天知にとっては、これが切り札ともいうべき質問であった。彼は十文字の反応を窺うために一瞬、息をとめていた。田部井も十文字の顔に、視線を突き刺していた。

「自殺と思うかどうかって……」

怪訝そうに、十文字は眉をひそめた。それを反応と見ていいものかどうか、判断は下せなかった。

「ユキヨさんの性格を、よくご存じでしょう。自殺する人かどうか、十文字さんにはおわかりになると思うんです」

天知は乗り出すまいと努めて、両手を尻の後ろへ突くようにした。

「それは、はっきり言えますね。ユキヨは、自殺するような性格じゃありません」

十文字は、ゆっくりと首を振った。だが、目を伏せていた。

「それから、ユキヨさんが自殺した前後の事情、というものもありますね」

天知は、追い討ちをかけた。

「しかし、自殺しても不思議じゃなかったんだし、警察もそのように断定したんでしょう。だからユキヨはやっぱり、自殺したんじゃないんですかね」

十文字は紺の背広の脇のポケットからハンカチを抜き取って、鼻の脇や口のまわりを軽く押えていた。

「十文字さんはもちろん、八月八日に至るまでのユキヨさんの行動について、詳しくご存じだったんでしょう」

天知は言った。

「それが、あんまりよく知らなかったんですよ。生憎とぼくは、日本にいなかったもんでしてね」

十文字は時計を見て、思いきりよく腰を浮かせた。

何気なく十文字が口にした言葉だったが、それは天知の頰をいきなり張り飛ばしていた。

天知は思わず、喋るということを忘れて、髪の毛に手をやっていた。

「外国へ、行ってらしたんですか」

代わりに、田部井が訊いた。

「毎度のことなんですが、アメリカを走り回って来たんです。八月三日に発って、帰国したのが十日でしたからね」

立ち上がってから、十文字は答えた。その顔には、ごく自然な笑いが漂っていた。天知は、すわったままだった。首筋のあたりを一撃されたようなショックが、じわじわと広がり始めていた。

「約束の二時ですから、これで失礼しますよ」

十文字敏也は、座敷の入口へ大股に歩いた。暖簾の向こうに敷台と、格子戸があって、それがこの座敷の出入口になっていた。田部井と取材担当者が、十文字のあとを追って行った。天麩羅屋の入口まで、送りに出るのである。

天知はぼんやりと、取り出したサングラスをかけた。イタチの最後っ屁というが、引き揚げる間際の十文字の言葉が、見事に天知の足をすくったのであった。天知にとっては、絶望にも通ずる衝撃だったのだ。

十文字敏也は八月三日にアメリカへ向かい、八月十日に帰国したという。だから八月八日に死んだユキヨの行動に関して、詳しいことは知らないというのである。海外旅行が事実なら、それは当然のことだった。

もちろん、アメリカへ行っていたというのは、事実に違いない。調べればすぐわかることと承知のうえで、そんな子どもじみた嘘をつくはずはなかった。単身アメリカへ、向かったとは思えない。

会社首脳に随行してか、あるいは部下を伴って渡米したのだろう。いずれにしても、同行者がいたのである。しかも、遠く海の向こうの外国にいたとなれば、そのアリバイは鉄壁の厚さであった。

枝川秀明と鶴見麗子に次いで、十文字敏也もまたユキヨの死には無関係だったということになる。三人が三人シロということであれば、ユキヨ他殺説はまったく成り立たないのである。

十文字敏也からは、何の疑惑も嗅ぎ取れなかった。彼は率直に意見を述べるだけ述べて、最後に鮮やかにアリバイを立証して引き揚げたのだった。まさかそんなはずはないが、十文字はまるで天知にアリバイがあることを告げるために、この席に顔を見せたのではないかとさえ思いたくなる。

「とにかく、空港へ向かったほうがいい」

戻って来た田部井が、慰めるように天知の肩を叩いた。

「そうしよう」

アタッシェ・ケースを手にして、天知は立ち上がった。

「今夜、電話を入れるよ。十文字のアメリカ行きが事実かどうか、途中で帰国したりしていないかどうか、彼の出入国について厳しくチェックした結果を知らせる」

田部井が言った。

「何も十文字が直接手を下して、ユキヨを突き落としたとは限らんだろう」

靴をはきながら天知は、何とか自分を奮い立たせようと努めていた。

「そうさ。十文字の意のままになる女で、ユキヨとも親しくしていたというのがいたら、犯行はあらゆる点で可能だったはずだ。十文字がその時期にアメリカへ行っていたのも、アリバイを作るという目的が含まれてのことだったかもしれない。絶対にシッポを出さない男という印象を、おれも改めて受けとめたからね」

「彼の秘めたる愛人というのは……」

「そいつはまだ摑めないが、十文字が二年ぐらい前から常連の客になっているというバーを、何とか探り当てたって緑川が言っていた。その詳細についても、今夜の電話で報告するよ」

と、田部井が右手を、差し出した。

「よろしく、頼む」

握手を交わして田部井に背を向けてから、今夜は足摺岬にいるのだと天知は思った。

3

三時十五分前に、羽田空港についた。高速道路は珍しく流れがよかったが、空港ロビーは相変わらずの混雑ぶりであった。八月も末になると郷里へ帰る人々や、夏の終わりの旅行に出る者が多くなって一層、空の足が混雑するのだろうか。

宝田真知子は、全日空のカウンターの脇に立っていた。心細そうにあたりを見回していたが、天知の姿に気づくとほっとしたように白い歯を覗かせた。それで天知も、その女が真知子であることに気づいたのだった。

そのような合図がなければ、天知は真知子を見過ごしてしまったかもしれない。それほど真知子は、変わっていたのだ。メイク・アップも丹念な着物姿の真知子を、まともに見るのは初めてのことだったのだ。

白地に落ち着いたピンク色で、たすきと市松の交互模様の平絽の着物、淡い緑に白く木の葉を浮かせた絽の袋帯、着物と同柄の帯〆、白のエナメル草履で、バッグと小型のスーツ・ケースを手にしていた。

和服姿だと、普通の肉づきに見える。病的に痩せている身体を隠すために正装は和服と決めているのだが、やはりそれだけの効果はあって、いつになく女っぽい真知子に感じられた。

しかし、それでもスーツ・ケースを提げているのが、何となく痛々しかった。天知は無言で、真知子の手からスーツ・ケースをもぎ取った。歓迎できない同行者だが、こうなったからには面倒を見るほかはない。

二人分の航空券は真知子が持っていて、すでに搭乗手続きはすませてあった。真知子と二人だけで歩くのは、これが初めてのことである。長身の天知と小柄な真知子だが、釣り合いがとれない二人ではなかった。

間もなく、出発便の案内があった。二階の出発ロビーに、長い列ができた。天知と真知子は、黙って列に従っていた。遊びに行く旅行ではないし、胸のうちは互いに深刻である。余計な言葉を口にするのが、空しいことにも感じられるのであった。

ゲートを抜けると、広い空間が炎天下に眩しかった。空の彼方に、銀色の積乱雲が盛り上がっている。底抜けに明るい視界に、天知は違和感を覚えていた。周囲の笑顔には、目を向けたくもなかった。

大阪行きの全日空機は、十五分遅れて離陸した。化粧をしているので、本当の顔色は窺えなかった。だが、寝不足が続いている真知子に、元気さを求めるほうが無理であった。真知子は気分が悪くなるのを恐れてか、機内では一言も口をきかなかった。

十五分遅れて、大阪空港に到着した。四十分後に、高知行きの飛行機が出る。ロビーで休む暇もなく、東亜国内航空のＹＳ機に乗り込んだ。ＹＳ機は十七時二十分に離陸して、十八時十五分に高知空港に着陸した。

ＹＳ機の機内でも、真知子は目を閉じて沈黙を続けていた。着陸の直前に、彼女は窓から南国の海を眺めただけであった。午後三時半には東京にいた二人が、三時間後に四国の高知の地に足をおろしたのだった。

空港から、タクシーに乗った。高知駅まで行って、土讃本線の列車に乗るのが常道である。だが、十八時二十七分に出る急行あしずり五号には、とても間に合わなかった。そのあとの中村行きの列車は、二十一時八分発の特急南風三号の一本しかない。

夜の九時まで、時間をつぶすことはなかった。タクシーで、足摺岬まで突っ走ればいいのである。タクシーの運転手は、足摺岬まで行くことを承知した。三時間以上は、かかるということだった。

高知市内を抜けるのに時間を要したが、やがてタクシーはスピードを上げた。高知市から遠ざかるにつれて、車の往来が目立って疎らになり始める。国道五六号線は、四国の南端へ向けて、夕映えの中を伸びていた。右手に山、左手には海の上の広い空があった。

須崎市にはいって、初めて車の中から海を見た。左手に須崎湾があり、その先は太平洋の海原だった。南国の遅い落日の残光が、夕闇を招いている海上を照らしていた。小さな船影が、海の平和な日暮れを物語っているようである。

そのあと、厚い闇が不意に訪れた。空と山の区別が、つかなくなった。見分けがつくのは、山頂や山腹に明かりが点じられている場合に限られる。あとは上りの道になって、トンネルを抜けたりしたときに、前方の闇を空に見るだけであった。

中土佐町、窪川町、佐賀町といった町中を通りすぎると、その間は厚い闇の存在を忘れさせられる。通りに面して、照明や電飾が見られるのだった。地方の小さな町の夜の生活が匂い、その平和なたたずまいに懐かしさを覚えるのであった。

「ごめんなさいね」

ふと、真知子が言った。天知へ向けた目には、甘えと哀れみが感じられた。天知は黙って、真知子の顔を見やった。謝る理由が、よくわからなかったのである。

「一緒に連れて行けって、無理を言ったりして……」

真知子は、目を伏せた。

「いや……」

今更どうにもならないことだし、天知はその点について触れたくなかった。

「田部井さんから、お荷物になるな、邪魔をするなって、よく言われて来ています。だから、そのことなら大丈夫よ」

真知子はバッグの口金を、はずしたり嵌めたりしていた。

「別に、気にはしていませんよ」

天知は掌の上で、チョコレートの銀紙を広げた。

「でも、一つぐらい質問を、してもいいでしょう」

「どうぞ」

「足摺岬と春彦ちゃんの行方に、どんな関係があるのかしら」

「何の関係もないですよ」

「え……？」

「何も春彦を捜しに、足摺岬へ行くわけじゃないんです」

「そうだったんですか。だったらなおさら、わたくしが一緒に来ても、意味はなかったんですのね」

「そういうことになります」

「本当に、申し訳ないことをしてしまったわ」

「構わんでしょう。明日はもう、東京へ帰るんですからね」

「まあ、大した影響も、ないってことでしょうね」

「あなたはただ疲れるために、東京と足摺岬の間を往復するようなものですよ」

「でも、いいわ。これでも春彦ちゃんのために、何かの役に立っているという気になれるんですもの」

「その気持ちだけでも、感謝していますよ」

「とんでもない」

「だから、少し眠ったらどうです」

「そうなると天知さんは、何のために足摺岬へ行かれるんですか」

　真知子にしてみれば、疑問に思うのは無理もなかった。環ユキヨの自殺を覆すことこそ、春彦を救う唯一の道だといった話までは、真知子に聞かせなかったのである。真知子は天知が春彦を捜し求めて、足摺岬へ向かっているものと、決め込んでいたらしい。

「環ユキヨが、足摺岬で投身自殺を遂げた。ぼくはそのことに、疑問を抱いているんですよ」

　天知は言った。いまでも真知子に、詳しく説明して聞かせる気はないのである。

「それで、その真相究明のために、足摺岬へ行かれるんでしたの」

　真知子はひどく感心したように、天知の横顔を見て何度も頷いた。

「真相究明なんて、それほど大袈裟なことじゃあ、ありませんがね」

　天知はチョコレートの一片を口に入れて、じっくりと噛みしめていた。

「足摺岬って、自殺する人が多いんでしょう」

「そうと決まってはいませんが、自殺の場所としたくなるような条件が揃っているんです」

「どういう条件かしら」

「まず物理的に投身が容易な、断崖絶壁という地形があるでしょう。八十メートルの高さから、真下へ飛び降りることになるんですよ」

「まあ……」

「次に、雰囲気です。眼前の大海原、眼下の怒濤と岩、それに凄まじい風の音。そして、人間の感情に作用する観念的なムードというやつでしょう」

「観念的なムードですか」

「つまり、いま自分は四国の最南端の岬に立っている。海を目の前に地の果てにいて終点に辿りついたことになる、ここは黒潮が初めて日本列島にぶつかるところだ、といった気持ちですよ」

「わかります」

「目で見る雰囲気と観念的なムードに酔い、死に魅入られるんでしょうね」

「天知さんはこれまで、足摺岬へ行ったことがあるんですか」

「三、四回はね。だから、環ユキヨが身を投げたという場所も、すぐに見当がつきました」

「恐ろしいところなんでしょ」

「もう一度考え直して相談に来なさいって、自殺防止の札が立ててありますよ。しかし、自殺でなければ死ねない、という場所じゃありませんね」

「どういう意味なんです」

「一緒にいた人間が後ろから突き飛ばしても、簡単に死者は作れます」

「怖いわ」

「自殺者が多いところで、しかも自殺しても不思議ではない人間が、墜落死を遂げた。そうなれば、目撃者がいなくても、自殺と判断されるでしょう」

「環ユキヨの場合が、そうだったっておっしゃるのね」

「そうです。いまのぼくにとって、足摺岬は自殺の場所ではありません。他殺岬だ」

「他殺岬……？」

「ぼくはいま、その他殺岬へ向かっているんですよ」

抑揚のない声で、天知はそう言った。真知子は、沈黙した。天知の執念の無気味さというたものを、感じ取ったのかもしれなかった。真知子はそれ以上、詳しい説明を求めようともしなかった。あれこれと穿鑿（せんさく）して天知の負担になってはならない、という遠慮もあったのに違いない。

やがて真知子は、目をつぶったまま動かなくなった。眠ったようである。タクシーは窓外に、人家やその明かりを見て走っていた。これまでの町よりは、都会という感じであった。

昼間であれば、もっと賑（にぎ）やかな町に見えるのだろう。だが、地方の小都市の夜は早く、生活はすでに家の中に限定されているのだ。タクシーに乗ってから、間もなく三時間になろうとしている。

　すると、中村市を通過しているということになる。タクシーは、橋を渡って川沿いに、左へ曲がった。やはり、中村市を抜けたのである。四万十川を渡って国道三二一号にはいり、土佐清水市へ一路南下することになるのだった。

　かつては、この三二一号線の道路条件が悪かったために、足摺岬は遠い地の果てとされていたのであった。だが、いまは完全舗装の国道で、ドライブ気分を楽しみながら近くなった足摺岬へ、行きつくことができるのである。

　この道を二十日ほど前に、ユキヨも足摺岬へ向かったのだった。そう思いながら天知は、日出夫・ユキヨ夫妻の詳しい旅行日程を、頭の中で復習していた。日出夫はこの旅行で何よりも、ユキヨの腹の中の子どものことを心配したらしい。

　妊娠七ヵ月から八ヵ月は、最も安定した時期である。しかし、初めての妊娠だったし、早産ということを心配したのだ。旅行も、列車や飛行機、自動車と乗り換えるのに、体力を費やしたり疲れたりもする。

　それで乗り馴れた自動車を、持って行こうということになった。三台の自家用車のうちから、黒塗りの国産車を選んで、夫婦は東京フェリー・ターミナルへ向かった。自動車を持って行くので当然高知まではフェリーに乗ることになる。

有明にある巨大な東京フェリー・ターミナルから、高知行きの『さんふらわあ号』に乗り込む。夜の九時に出航である。夫婦は八月五日の夜九時に、東京を離れたのであった。翌六日の午前十時二十分に那智勝浦に寄港、同じ日の午後六時二十分に高知港に到着した。その夜は、高知市のホテルに泊まった。翌日の七日、正午前に高知を出発して、中村市へ向かった。のんびりと車を走らせて、午後四時に中村市についた。ユキヨだけを中村市内の旅館に残して、日出夫はすぐに郊外の浄閑寺を訪れたのであった。

浄閑寺の住職に、明日の法事をよろしくと挨拶して、日出夫は中村市内の旅館へ戻った。法事は翌日八日の午後一時から浄閑寺で行なわれ、日出夫とユキヨだけで読経を聞いた。二時半から墓地へ行って納骨をすませ、花を盛り線香を供え、水をかけて夫婦は千之介との別れを惜しんだ。

午後三時から浄閑寺の庫裡で、夫婦は住職と話し込んだ。住職は千之介と、小学校が同級であった。そのせいもあって話が弾み、住職はなかなか夫婦を帰したがらなかった。そのうちにユキヨは疲れた顔になり、生アクビを嚙み殺すようになった。

ユキヨの性格として、寺の庫裡で住職の饒舌の相手などしているのは退屈なのだろうし、疲れも出たのに違いないと日出夫は察した。しかし、すっかり話に興が乗っている住職を、裏切る気にもなれなかった。

それで日出夫とユキヨは相談して、片方だけが失礼することに決めたのだった。ユキヨは四時すぎに浄閑寺を出て、先に足摺岬へ向かった。タクシーに乗ったユキヨは五時半に、ホテル足摺新館に到着した。

一方、日出夫は住職に付き合って、その酒の相手まで仰せつかることになった。日出夫は車の運転があるので、もっぱら酌をする役に回った。七時前になってようやく解放された日出夫は、すぐに浄閑寺を辞して足摺岬へ車を飛ばしたのであった。

八時すぎにホテル足摺新館についた日出夫は、すぐに、食事をすることにした。ユキヨは七時に、すでに食事をすませてしまったという。日出夫がビールを飲み、女中の給仕で食事を始めようとしたとき、ユキヨは急に散歩に出ると言い出した。

八時四十分に、ユキヨはホテル足摺新館を出て行った。それっきり、ユキヨは戻って来なかった。心配した日出夫がユキヨのバッグを覗いてみて、遺書を発見したことから大騒ぎになったのは十時ごろであった。

翌朝早々に、土佐清水署の警官が足摺岬の断崖の下、約八十メートルの岩場に落ちているユキヨの死体を見つけた――。

間違いなく、自殺ということになるのである。だが、果たして岬の断崖の上に立ったとき、ユキヨはひとりだけだったのだろうか。いや、違う。そのとき、ユキヨと一緒に誰かがいたはずであった。

その誰かとは、ユキヨのバッグの中に遺書と確認さるべきものを、入れておくこともできた人間なのである。そしてまた、夜の足摺岬の断崖の上に立ち、凄まじい景観を目の前に、心を許して笑い合えるほどユキヨとは親しい間柄だったのだ。

タクシーは伊豆田峠を越えると、中村市から土佐清水市へはいった。峠を下って海岸線沿いに走り、足摺半島のネックの部分に出る。半島の周囲を一巡する道を、左右どちらからも迂回する必要はなかった。

足摺スカイラインが半島の中央部を貫いて、足摺岬へと通じているのである。田部井が予約しておいてくれたホテルは、岬よりやや西に寄っている松尾海岸にあった。天知は真知子を、静かに揺り起こした。

タクシーは、足摺サニーサイド・ホテルについた。十時であった。正面から見ると、二階建ての白い建物だった。だが、松尾海岸に面していて、海のほうから見れば四階建てのホテルなのである。

到着が十時ごろになると、前もって伝えてあった。それで案内された二階の客室には、すでに食事の用意が整えてあった。ホテルはもう、静まり返っていた。海辺のホテルは、夜更けのムードの中にあった。

部屋は二つ、隣り合わせにとってある。しかし、食事は天知の部屋で、一緒にとることにした。天知はまる二日半、食事らしい食事をしていない。それでもなお、依然として食欲は湧かなかった。

盛りだくさんの海浜料理のうち、刺身とエビだけに箸をつけた。あとは一杯のご飯に吸い物をかけて流し込み、それで天知の食事は終わりだった。浴衣(ゆかた)に着換えていない真知子も、間もなく箸を置いた。食欲が旺盛(おうせい)なはずはないし、帯も苦しいのに違いない。

電話が鳴った。真知子が電話機を引き寄せると、天知に送受器を手渡した。東京からの電話だという。約束通り、田部井が報告の電話をよこしたのである。

「結論から、言おうか」

田部井の声が、いきなりそう言った。

「うん」

吉報のはずはないと、天知は最初から期待していなかった。

「十文字敏也のアメリカ旅行は事実に間違いない。〝桜トップス〟の専務と十文字、それに荷物持ちの若い社員の三人旅だ。八月三日に出発、八月十日に帰国。いずれも、日本時間だよ」

「そう」

「十文字は八月十一日の、ユキヨの告別式に顔を出している」

「アリバイは、完璧(かんぺき)だな」

「それから、ニュースが二つほどある。一つは、手がかりにならないことだ。われわれが思った通り、十文字とユキヨは深い仲だったんだよ」

「ずいぶん、前のことだろう」

「八年前からだ。十文字はまだ独身、ユキヨも十八だった。肉体関係は、二年近く続いている。ユキヨが二十一になったとき、十文字は現在の女房と結婚した」

「どうして、二人の仲は駄目になったんだ」

「千之介が、頭から反対したためだ」

「ほう」

「十文字は、切れ者すぎる。そういう男をユキヨの婿とすることに、千之介は不安を覚えたのに違いない」

「なるほど、千之介らしい」

「男女関係を断ったあとも、兄妹以上の仲として十文字とユキヨは、今日まで親しく付き合って来たってわけさ」

「誰から、訊き出した話だ」

「枝川秀明が、喋ってくれたよ。それからもう一つ、これはうちの緑川が仕入れて来た情報だ。十文字が常連客として、よく行っているというバーなんだがね」

「二年前からか」

「一週間に一度の割りで、立ち寄るらしい。以前には日出夫を、連れて来たこともあるそうだ。場所は六本木、クラブ〝舞子(まいこ)〟というバーだよ」

「クラブ〝舞子〟か」

「ママの舞子は元女優とかで、滅多にお日にかかれないほどの美人だそうだ」

「それが、彼の……」

「秘めたる愛人かどうか、いまのところはわからない。その点がはっきりしたら、ママのアリバイを探ってみるつもりだ」

「それこそ、最後の望みの綱だろう」

「しかし、必ず何かあると、おれは信じているよ。だからアマさんにも、十文字がシロだったからって、諦めてはもらいたくないね」

「諦めたくても、諦められない。明日には、他殺岬に立ってみる」

天知はそう言って、送受器を真知子に返した。真知子は、そっと送受器を置いた。チンという音が、空しく部屋の中に響いた。

4

二十八日だ！——。

夢の中でそう叫んで、同時に天知は飛び起きていた。反射的に、時計を見た。七時二十分であった。特に寝すぎてはいないと、安堵しながら天知は電話機に近づいた。彼は電話で朝食を断わり、代わりに車を呼ぶように頼んだ。

天知は浴室にはいって、歯を磨き顔を洗った。鏡の中には、幾らかすっきりした彼の顔があった。昨夜遅く風呂にはいり、髭を剃ったせいである。夏なのに、三日ぶりにはいる風呂だった。

それに、睡眠もとれている。昨夜はさすがに、意識を失ったのも変わりなく、眠りに落ちたのである。午前二時ごろであった。眠ったのは五時間だが、熟睡したのだった。目は赤かったが髭を剃ったこともあって、精悍に引き締まった顔になっていた。

部屋に戻って、カーテンをあけた。南国の朝の陽光が、わっと驚かすように射し込んで来た。天知は目を細めて、着換えにとりかかった。鮮やかな紺色の海が見え、コバルト・ブルーの南国の空には、男性的な雲の断片が浮いていた。

海辺の岩礁まで、ホテルの庭園が続いている。プール、ミニ・ゴルフ場、自然林、遊歩道などが明るい日射しの中にあった。黒いシャツにクリーム色の上下の背広を着込んで、天知はサングラスをかけた。

「どうぞ……」

ノックの音を聞いて、天知は背中で応じた。

「おはようございます」

女の声が言った。それが真知子の声とわかって、天知は慌てて向き直った。真知子もすでに、和服に着換えていた。朝の彼女には、楚々とした新妻のような美しさが感じられた。化粧も、すませていた。

「食事は……？」

天知は訊いた。

「いいえ……」

真知子は膝を突くと、天知が脱ぎ散らかした浴衣を畳んだ。

「どうしてですか」

天知は、カールした真知子の黒い髪を、美しいと思った。

「天知さんも、召し上がらないんでしょ」

真知子が、天知を見上げて言った。

「何も、付き合うことはないんですよ」

「わたくしも、食べたくないんです」

「ぼくはこれから岬や、その近くにあるホテルへ行って来ます。帰りにここへ寄ってもいいし、もし何でしたらこのホテルで休んでいてください」

「わたくしも、ご一緒します」

「無理をしないほうがいい」

「だって折角、ここまで連れて来ていただいたんですもの」

「そうですか」

天知は、強制する指示を、与えるつもりはなかった。好きなように、させておくべきだった。昨夜遅く到着して、今朝早くにホテルを出る。いったい何のために、はるばる足摺岬までついて来たのかわからない。

真知子にとっては、気の毒みたいな旅なのだ。今日これから、ホテル足摺新館と足摺岬を回ったあと、すぐ帰途につくのである。中村市郊外の浄閑寺に寄り、また高知までタクシーを飛ばすのだった。

高知空港を午後六時四十分に出る飛行機に、何としてでも間に合わなければならない。大阪着が、七時三十分である。大阪発八時十五分の全日空機に、乗り継ぐことになっている。東京につくのは、九時十分の予定であった。

フロントで、天知は支払いをすませた。待っていたタクシーに、天知と真知子は乗り込んだ。短い夜を過ごすために泊まっただけのホテルを、天知は振り返った。あの足摺サニーサイド・ホテルの白い建物を、再び訪れる日があるだろうかと、天知の胸をふと一種の悲壮感がよぎっていた。

松尾海岸から岬までは、そう遠くなかった。スカイラインの入口をすぎると、すぐ旅館街へはいる。松尾海岸では目の前に見えた海が、このあたりだともうはるか崖の下にあるのだった。

ホテル足摺新館は、道路の右側にあった。海寄りである。大きくて、新しいホテルだった。鉄筋コンクリート五階建てだが、もちろん中はホテル式の日本旅館なのだ。朝食の時間なのか、入口付近やロビーに客の姿は見当たらなかった。

「八月八日に亡くなった環ユキヨさん、その部屋の係だった女中さんにお会いしたいんですがね」

天知はフロント係に言って、名刺を差し出した。『婦人自身・特派』とある例の名刺だった。フロント係は、天知の顔と名刺を見比べた。黒い背広を着て、メガネをかけた四十前後の男であった。

一言も喋らないし、お愛想の一つも口にはしなかった。客ではないとわかった以上、挨拶をする必要もない。相手の注文に、応ずる義務もない。そういった態度で、ひどく感じの悪い男だった。

「取材ですか」

フロント係は投げ捨てるように、天知の名刺をカウンターの上に置いた。

「そうです」

天知は表情のない顔で、フロント係を見おろした。

「どんな……？」

男は卓上計算機と、伝票を引き寄せた。

「環ユキヨさんがどんな様子だったかなどを、聞かせてもらうだけですよ」

天知は言った。

「困るんだなあ、そういうのは……」

フロント係は伝票をめくりながら、指先で計算機を叩き始めた。

「どうして、困るんです」

天知の目つきが鋭くなっていた。

「決まっているじゃないの。あちこちに、いいように書き立てられて、このホテルとしてはとんだ迷惑なんだよ」

「迷惑になるようなことは、一切しないつもりですがね」

「そりゃあ、あんたのほうはそう言うだろうさ。雑誌に載せて、売りまくろうって魂胆なんだからね」

「今回の取材は、そういうことには無関係なんです」

「いいかげんにしたら、どうなんだろうねえ。マスコミは公器だっていうけど、書くほうは金儲(もう)けのため、不公平すぎると思うけどねえ」

「記事にするための、取材とは違うんですよ」

「もう過去のことなんだし、蒸し返さなくたっていいんじゃないの」

「いや、どうしてもはっきりさせなければならないことがあって、お伺いしたんです。人ひとりの命に、関わることでしてね」

「そんなオーバーなことを言っても、驚きはしませんよ」

「別に驚かそうなんて、そんなつもりはありません」

「まったく、困ったねえ」

「是非、お願いしますよ」

「あんたたちには、このホテルの名前を宣伝してやるんだからって、そういう気持ちがあるんじゃないの？」

「とんでもない」

「もっと、楽しいことで記事に載るんなら宣伝にもなるけどね。今度みたいな騒ぎで引き合いに出されるんじゃあ、お客さんに敬遠される恐れだってあるくらいだ」

フロント係は冷ややかに、天知を一瞥(いちべつ)した。何が何でも、取材を拒もうというわけではない。またフロント係に、それだけの権限が与えられているはずもない。要するに、意地悪をしているのである。

何か頼まれたときしか、威張れるチャンスがない。それで、少しでも相手を困らせて、自己満足を得ようとする。窓口業務に携わる小役人の根性に、通ずるものがあった。いやな男である。

だが、腹を立てることはできない。まずは、我慢であった。いまは目的のために、土下座でも何でもしなければならなかった。後ろで真知子が、ハラハラしているようだった。

天知は、焦り（あせ）を覚えた。

「何とか、お願いします」

天知は、頭を下げた。

「それにいまはちょうど、従業員たちが忙しいときでね」

フロント係は、伝票から目を離そうとはしなかった。

「ほんの十五分で、結構なんですよ。お願いします。この通り……」

屈辱感を噛みしめながら、天知はカウンターの上に両手を突いて、深々と頭を垂れた。

「まったく、しようがないな。もう少し、世の中のためになるようなことを、やったらどうだろうねえ」

フロント係は嫌味な言い方をして、舌を鳴らしてから電話機に手を伸ばした。一応、天知に頭を下げさせたことで、満足したのに違いなかった。

「ああ、梅子さんに、フロントまで来るようにって……」

フロント係はそれだけ言って、乱暴に電話を切った。客に対してだけ馬鹿丁寧だが、それ以外には不機嫌さを売り物にしているといったタイプの男なのかもしれない。フロント係は上目遣いに、ロビーの椅子（いす）にすわった天知と真知子を、ジロッと見た。

間もなく黒のスカートに、ユニホームらしい水色の上っ張りを着た女が小走りに姿を現わした。女はフロント係と何やら言葉を交わしながら、天知たちのほうを振り返った。そのあと、女はやや固くなった感じで、近づいて来た。

「あの、ご用件は……？」

梅子という従業員が、天知の前に立って言った。

「お忙しいところを、どうもすみません」

腰を浮かせて天知は、梅子という女中に名刺を渡した。二十五、六の女中で、かつて時代劇のスターだった女優によく似ていた。可憐(かれん)であって、美人というより可愛い顔をしている。

「亡くなった環さんというお客さまのことで、何かご用がおありなんですか」

梅子という客室係は、おずおずと向かい合いの椅子にすわった。

「そうなんです。あなたが、係の女中さんだったんでしょう」

天知は言った。

「はい」

可愛い顔の客室係は、深刻な面持(おもも)ちになって頷いた。

「実は、そのときの環さんのことについて、詳しく話していただこうと思いましてね」

「はあ」

「もちろん、まだはっきりと覚えているでしょう」

「そりゃあ……。警察や新聞社、それに雑誌社の人たちに、何度も同じことを話しましたしね」

「一つよろしく、お願いしますよ」

「はい」

「環ユキヨがここに来たのは八月八日の午後五時三十分だったそうですね」

「はい」

「予約は、二人ということになっていたんでしょう」

「はい。ご到着の予定は、六時ということでした。だから三十分ほど、早くおつきになったんですね」

「そのときの環ユキヨの様子は、どんなふうでした」

「白にピンクのタテ縞のマタニティ・ドレスを着て、サングラスをかけて、白いバッグをお持ちでした」

「いや、どんな感じ、つまり印象なんですがね」

「印象って、別に……」

「普通でしたか」

「はい。ただ、お部屋にご案内したとき、疲れた疲れたと、しきりにおっしゃっていました」

「陰気な感じはしませんでしたか」

「特に……。でも、ツンと澄ましていて、威張っている感じのお客さまでしたから、陽気だとか明るいとか、そんなふうには受け取れませんでした」

「あなたに、話しかけることもなかったんですね」

「主人は八時ごろに来るでしょうから、食事を先に頂こうかしらって、おっしゃってましたね」

「部屋からは、一歩も出なかったんですね」

「はい。お風呂においりになってから、工合が悪くなられましたしね」

「工合が、悪くなったんですか」

「はい。気分が悪いので、お医者さんを呼んでもらえないかって、お電話があったんです」

「医者を、呼んだんですか」

「いいえ、運よく若旦那が遊びに見えていたので……」

「若旦那とは……?」

「ここの社長の長男で、高知の県立病院にいるんです」

「お医者さんなんですね」

「小児科・内科の先生です」

「それで、その社長の長男が、環ユキヨを診察したんですね」

「はい」

「その結果は、どうだったんですか」

「妊娠八ヵ月になろうとしているときで、心身の疲労がひどかったために、気分が悪くなったんだろうということでした。それで少しうとうとして横になっていたら、気分もよくなったということで……」

「それは、何時ごろでした」

「気分がよくなったのは、六時半ごろだったと思います。それではというので、わたしが七時にお食事を運んだんですから……」

「そのときもまだ、変わった様子は見られなかったんですね」

「そうですねえ。でも、わたしがお食事を運んだとき、環さんは書きものをしておいでした。レター・ペーパーにペンを走らせていて、わたしのほうなんか見向きもしませんでした。そのとき書いていらしたのが、遺書だったんだと思うんです」

「そうですかね」

「だって遺書のほかには、レター・ペーパーに書いたものなんて、見つからなかったんですからね」

「そのレター・ペーパーは、部屋に備えつけのものじゃなかったんですね」

「お部屋には絵葉書だけで、レター・ペーパーは備えてございません」

「するとレター・ペーパーやペンは、当人が持っていたということになりますか」

「そうです」

「それで環ユキヨは、食事をすませたんですね」

「そうですねえ。一口ずつ箸をつけたという程度で、あまり召し上がりませんでした。工合が悪くなったあとのことですし……」

「食後は、何をしていたんです」

「横になっておいでででした。ご主人が、おつきになるまではね」

「旦那さんが、到着したのは、八時すぎということですね」

「八時十分です。ご主人はもう腹が減ったと大騒ぎで、すぐにお食事をというご注文でした」

「それで……？」

「わたしが八時半に、ご主人のお食事をお運びしたとき、ご夫婦はちょっと言い争っていて……」

「喧嘩(けんか)ですか」

「ほんの口喧嘩でしたけどね」

「喧嘩の原因は……？」

「これは、わたしの想像なんですけど、ご主人が冷蔵庫からビールを出して飲み始めたことで、奥さまがヘソを曲げたという感じでした」

　梅子という客室係は、肩をすくめて苦笑した。その話によると、ビールを飲んでいる日出夫をユキヨが非難していたことだけは、確かだったという。

『別に酔うほど、飲もうってんじゃないんだよ』

『だったら、飲むのはおよしなさいよ』

『いいじゃないか、ビールの二、三本ぐらい……。疲れが、とれるんだからさ』

『疲れているのは、お互いさまでしょ』

『ユキヨも、飲めばいいじゃないか』

『冗談じゃないわ。さっき工合が悪くなって、お医者さんに診察してもらったのよ』

『だからって、おれにも飲むなと言うのかい』

『あなたがビールを飲めるという心境でいられるのが、わたしには腹立たしいのよ』

『あの住職の長話に、二時間半も、付き合って来たんだぜ』

『何もそこまで、気をつかうことなんかないのよ』

『しかし……』

『わたしに対して、もっと気をつかってくれたらどうなの』

『気をつかっているつもりだけどね』

『お父さまがお墓にはいってしまったというのに、しゃあしゃあとした顔でビールを飲むなんて……』

『それとこれとは、別じゃないか』

『羽を伸ばそうって心底が、ありありだわ。お父さまがいなければ、やっぱり何もかも絶望的よ』

『オーバーだな』

『お父さまのところへ、行ってしまいたいわ』

『よせよ、そんな変なことを言うのは……』

夫婦はそんなやりとりを続けていたが、女中が食事を運んで来たことに気づいて口を噤んだ。日出夫は座卓の前でビールを飲み、ユキヨは廊下へ立って行って椅子にすわった。

女中が卓上に料理を並べ終わったころ、ユキヨが立ち上がった。

『ちょっと、散歩して来るわ』

ユキヨは部屋の入口へ向かいながら、日出夫に背中でそう言った。

『気をつけてくれよ』

日出夫が声をかけたが、ユキヨは返事もしないで部屋を出て行った。バッグも持たないで、ユキヨは手ぶらであった。彼女は旅館の玄関で靴を出してもらい、外の闇に消えたのである。八時四十分だった。

梅子という客室係は、ユキヨがいなくなってしまったので、給仕を受け持たなければならなくなった。日出夫はビールを飲んだあと、女中の給仕で食事をすませた。何となく気まずかったのか、日出夫は面白い話のタネを見つけては、女中を笑わせようと努めた。

九時十分すぎに食事が終わり、梅子という客室係は同僚に手伝ってもらい、食器類を部屋から運び出した。日出夫は、風呂にはいった。九時三十分に、二組の夜具をのべた。そのとき日出夫はすでに、妻の帰りが遅いことを気にし始めていた。

日出夫は十時ごろになって心配の余り、ユキヨのバッグをあけてみたのだろう。そして、レター・ペーパーに記された長文の遺書を、発見したのである。その結果、旅館中が引っくり返るような、大騒ぎとなったのだ。

「わたしが、知っていることは、これだけなんですけど……」

梅子という客室係は、天知の顔を見据えて言った。

「十五分どころか、三十分になりますよ」

意地悪なフロント係の声が、待っていたとばかりに飛んで来た。

「いや、どうもありがとうございました」

天知は立ち上がって、頭を下げた。目的は果たしたが、何も得られなかったと、天知の胸のうちにはねっとりとした澱みがあった。

5

ホテルの足摺新館を出て五十メートルも行けば、もうそこは足摺岬の観光の入口であった。ジョン万次郎像の手前に駐車場があり、荷物の一時預かり所や飲食の出店もあった。観光客が多かった。

団体、グループ、アベックが一定のコースを一巡している。足摺岬の名物や名所は、凄絶な断崖のほかに幾つかあった。万次郎像、椿の林、自生するビロウ樹の群落、空海が建立した四国霊場三十八番の札所の金剛福寺などがそうである。

真っ白な灯台、測候所、無電局が突端にあった。展望台として使われているのは、旧陸軍の砲台、監視所だった。視界は、広大である。太平洋に突き出た岬は、まさに地の果てということになる。

この足摺岬は夜になると、無人の一帯に変わる。観光客はもちろん、土地の人間も用がないのに近づいたりはしない。夜景は、闇だけであった。それに凄まじさ、恐ろしさに危険を感ずる。どのように酔狂な人間でも、足摺岬のような場所の闇を、本能的に恐れるのである。

荷物の一時預かりも出店も、日暮れとともに営業をやめる。夜の八時、九時にはもう、人っ子ひとりいなくなる。環ユキヨの死を目撃した人間がいないのは、極めて当たり前なことだったのだ。

天知と真知子は灯台を左に見て、椿の林の中へはいった。この椿の林は、岬の右側の台地を被(おお)っている。八月のいま、椿の花を見ることはできない。だが、椿の林は厚い緑のテントになって、薄暗い木陰を作っていた。

この林の中を、小径(こみち)が上り下りしている。奇岩や地形にそれぞれ名前が付けてあり、あちこちに矢印が立ててある。椿の林のトンネルは、散歩する人々を断崖絶壁の縁(ふち)へと案内する。

足摺岬は、別名を蹉跎(さだ)岬という。蹉跎とは、つまずいて前へ進めない有様、の意味である。その名の通り足摺岬は、つまずくほど険しく、前へは進めない陸地の突端なのであった。

南四国には珍しい花崗岩(かこうがん)地帯で、海岸段丘になっている。岬の端が最も高い海岸段丘で、八十メートルもあった。その上に、更に古い段丘がのっているので、標高は百六十メートルを超えていた。

断崖の下には岩礁が多く、海蝕(かいしょく)を受けて横穴が生じた額型の絶壁になっている。岬の上は、亜熱帯性の原始林に被われ、その背部にも密林が及んでいる。小径は何ヵ所かで、絶壁の真上を通る。

「何だか、怖いわ」

真知子が、まだ椿の林の中の小径を歩いているうちから、天知に寄り添った。ユキヨが身を投じたという絶壁の上に近づくと、真知子は天知の腕に縋った。

視界が開けて、巨大な空と海が二人を迎えた。紺碧の夏空に、遠く積乱雲が輝きを見せた。海も美しい濃紺で、茫洋たる広がりを見せている。見るからに、太平洋の大海原であった。水平線が長い。

ここでは、風が強かった。遮るものもなく、熱い風が唸り声とともに吹きつけて来る。それに、無気味なのは絶え間なく聞こえている地鳴りのような轟音で、大自然の怒声を思わせる凄みを帯びていた。

岬全体に押し寄せる波の音なのである。怒濤は容赦なく陸地を叩き、飛び散り、渦を作っている。大地を揺るがすような大波が、晴れた日であろうと荒れ狂うのであった。その轟音が、途絶えるときはなかった。

「わたくしみたいな女こそ、ここから身を投ずべきなのかもしれないわ」

ふと真知子が、顔に風を受けながら言った。

天知は黙って、真知子を見やった。真知子の海を見る目には、熱っぽさがあった。未知ていた。

のものに挑むような、あるいは憧憬を抱いているような眼差しで、目は潤みを帯びて輝い

「わたくしに生きている価値はあるのだろうかって、よく考えることがあるんです。生ける屍、穀つぶし、地球上の酸素を浪費する余計者って、わたくしはコンプレックスに苦しめられるんだわ」

真知子は天知の腕に、そっと頬をすり寄せた。

「どういうことです」

表情のない顔を、天知は大海原へ向けた。

「愛する人の子どもも生めないような女に、生きている値打ちがあるんでしょうか」

真知子が言った。

「その判断は、女性自身が下すことでしょうね」

天知は風の中で、深呼吸を繰り返していた。

「わたくしはもちろん、値打ちなしと見ています」

真知子の声は、力なく沈んでいた。

「生きる値打ちのある人間なんか、ひとりもいないんじゃないですか」

「そんなことないでしょ」

「人間は要するに、繁殖する生物です。死ぬときが来るまで、生きているというのにすぎ

ません。しかも、生きる値打ちとかいったものを決めるのも、当の人間たちなんですからね。第三者、たとえば宇宙人が、そう認めているわけではないんです」

「慰めてくださるのね」

「いや、別に……」

「結婚もしないで、赤ちゃんも生まないで、もう二十八になってしまったわ」

「結婚したら、どうなんです」

「自信がありません」

「身体が弱い人が、結婚して健康になったという例は少なくないですよ」

「わたくしの場合の再生不良性貧血の傾向というのは、治療の難しい病気です。結婚して健康になるのとは本質的に違うって、お医者さんからも言われているんです」

「すると結婚する気は、百パーセントないということなんですか」

「万が一にも、ありません。結婚すれば相手を不幸にして、自分も惨めな思いをするだけだと、わかりきっているからなんです」

「しかし、これまでにだって、男性から愛されたことが、何度かあったんでしょう」

「でも、わたくしのほうが愛さなければ、何もなかったのと同じだわ」

「愛したことが、一度もないんですね」

「好きになりそうだと気づいたときには、わたくしのほうで逃げたり避けたりしてしまいますから……」

「用心深すぎる」

「でも、一度だけ……」

そう言いかけて、真知子は目を伏せた。逡巡し、恥じらう顔であった。

「一度だけ、どうしたんですか」

天知は真知子を促して、ベンチのある木陰のほうへ足を運んだ。

「何だか、不思議だわ」

歩きながら、真知子が呟いた。

「何がです」

天知は、ベンチにすわった。

「いまのわたくしって、とても正直になれそうなんです」

真知子は天知を見おろして、照れ臭そうに笑った。

「この場の環境、雰囲気のせいでしょう」

天知は、脚を組んだ。

「凄まじい大自然の姿を目のあたりに見て、嘘をつけなくなってしまったのかしら」

真知子は天知と並んで、ベンチに腰をおろした。少し離れたところに、年老いた夫婦がいた。冷やした水の中に、瓶や罐の清涼飲料を浸けて、売っているのである。だが、まだ観光客が少なくて、商売にはなっていなかった。

「一度だけ、愛したことがあるんですか」

天知は言った。

「ええ」

顔を伏せて、真知子は頷いた。

「それでも、あなたは逃げたり、避けたりしたんですね」

「いいえ……」

「だったら結ばれたんですか」

「いいえ……」

「よく、わからないな」

「いまでも、心の底から愛しているんです。でも、それだけに留めていて……。命がけで愛すれば愛するほど、それ以上の仲に発展することが恐ろしくなるんです。具体的な関係に発展したら、愛そのものが駄目になってしまうような気がして」

「プラトニック・ラブのままで、終わらせるつもりなんですね」

「女が二十八にもなって気持ちが悪いと言われそうだけど、わたくしはまだ男性を経験したことがないんです」

「そうですか」

「どうせ短い命なんだし、せめて愛する人に初めてのものをと思ったこともあるんですけど……」

「結ばれるべきでしょうね」

「やっぱり心だけで、愛して愛して愛し抜こうって、考え直しましたわ」

「そのほうが、本物ってことになるかな」

「具体的に結ばれると、どうしても求めることが多くなると思うんです」

「それが、いけないことなんですか」

「天知さんは春彦ちゃんに、ああしてくれ、こうしてくれって要求しますか。男と女の愛にしても、同じでしょう。本物の愛なら、与えるだけです。報酬抜きの、献身なんだわ。わたくしは、そういう形で愛したいと思っています」

真知子の表情も口調も、ひどく情熱的であった。何かに憑かれたように一途であり、真実というものが感じられる。彼女のそうした一面を初めて見せつけられて、天知は意外なことを知ったような気持ちになっていた。

「それだけでも、生きている値打ちはあるんじゃないですか」

天知は言った。

「でも、自己満足にすぎませんから……」

真知子が、口許を綻ばせた。自嘲的で、寂しそうな笑顔だった。

「いや、それだけ愛されている彼のほうにだって、あなたの存在に対する価値判断というものがあるはずです」

天知は、目をつぶった。

「わたくしが愛しているのは、天知さんです、って告白したら、何ておっしゃってくださいますか」

やや甘さを含んだ真知子の声が、天知の耳に触れて、すぐ風に流されて消えた。天知は、目を閉じたままであった。無表情である。彼は別に驚きもしなかったし、気持ちをくすぐられることもなかった。

どうでもいいこと、と言うべきだろうか。天知自身に関することには、興味が湧かないのである。いまは、すべてが空しかった。春彦を無事に取り戻さない限り、彼の生活は存在しない。生活が存在しない男にとっては、女も愛も贅沢で余裕のある感情も、まったく無縁のものだったのだ。

「ごめんなさいね。こんなときに、つまらないお喋りをしてしまって……」

真知子が、遠慮がちに言った。

天知は、黙っていた。目を開こうともしなかった。彼の胸のうちも頭の中も、澱みでいっぱいになり、澄みきった部分が少なくなる一方であった。突破口が、完全に塞がれたような気がするのである。

環ユキヨは果たして殺されたのだろうかと、天知なりの信念が揺らぎ始めているのだった。他殺を立証するどころか、自殺を裏付ける材料ばかりが目につく。他殺とは無理なコジツケだと、嘲笑されているように思えて来る。

枝川秀明。

鶴見麗子。

そして、十文字敏也。

夜の足摺岬の絶壁の上に、ユキヨと二人だけで立つことが可能なこの三人には、明確なアリバイがあった。そのうえ、ホテル足摺新館の梅子という客室係の話が、ユキヨの自殺を具体的に裏付けているのだった。

ユキヨは精神的にも、妊婦という悪いコンディションを含めての肉体的にも、疲れきっていた。

ユキヨは旅館の部屋で、遺書とおぼしきものを書いていた。

ユキヨは日出夫を非難し、言い争っていた。

ユキヨは、千之介がいなければすべてが絶望的であり、死んだ父親のところへ行きたいと、口走っていた。

ユキヨは、千之介の納骨をすませたことで、改めてショックを受けたように精神的に不安になっていた。

ユキヨのところへ、外部から電話は一本もかかっていない。

ユキヨはみずからの意志で、散歩に行くと出かけている。

ユキヨの解剖結果は、全身打撲による即死であった。

以上の事柄はすべて、ユキヨの自殺を示唆している。自殺する人間が、生前に示した言動として自然であり、矛盾も疑問点もないのである。他殺とするほうに、無理がありすぎるのであった。

一時間がすぎた。天知は目をあけていたが、口をきこうとはしなかった。真知子も、沈黙を続けている。観光客の姿が、かなり多くなっていた。誰もが顔の汗を拭っていたし、日傘（ひがさ）が幾つも目の前を通りすぎた。

更に、一時間が経過した。

天知は、立ち上がった。ユキヨが身を投じたことになっている絶壁の上に近づいて、彼は断崖の下を覗き込んだ。自殺防止の看板があり、崖っぷちには低い柵（さく）が張られている。水が涸（か）れた巨大な滝という感じで、急斜面が海へ落ち込んでいる。

絶壁には亀裂や隆起があって、途中から大小の岩で埋まっていた。真下も岩場であって、岩礁の向こうに白く砕け散る波が見られた。一応、絶壁が急斜面として映ずるのは、目の錯覚なのである。

実際は弧を描くように窪（くぼ）んでいるくらいの絶壁であって、はるか下のほうの岩場が斜面になっているのにすぎなかった。ここから身を投じたら、絶壁の途中に激突してバラバラになるか、何度も岩の上をバウンドして二目と見られないほど無残な死体になるかだろうと、誰もが想像する。

しかし、ここから身を投げた自殺者は、意外に綺麗な死体で引き揚げられるのであった。それは完全なる絶壁に触れずに、垂直に真下の岩場へ落ちるからなのだ。八十メートルのビルの屋上から、飛び降りるのと変わりなかった。

とにかく、もの凄い断崖絶壁であった。白い牙を剝いて怒り狂う大自然の有様は、遠く海を眺めるときの絶景とは別物だった。絶壁の下には、荒涼たる墓場がある。目がくらむし、強い風に煽られると絶壁の上から舞い落ちるのではないかと、不安と恐怖を覚えた。

天知昌二郎はチョコレートを取り出すと、その一片を口の中へ入れた。風に吹かれながら、彼は地鳴りのような轟音を聞いた。その轟音の中に、環ユキヨは自殺するような女ではないという声を聞いた。

いまは自分は他殺岬に立っていると、天知は胸のうちで呟いた。やがて彼の目が、腕時計へ移った。正午である。

八月三十日の午後九時まで、余すところ五十七時間であった。

第四章　残り35時間4分

1

　ジョン万次郎像の西側にある駐車場へ戻ると、もうそこには岬の絶壁に見る凄まじさなど、その余韻すら感じられなかった。南国の炎天下に、車と人の影が見られるだけであった。のんびりとした観光地風景で、陽気な賑わいが目に映ずる。

　駐車場も、乗用車で埋まっていた。天知は、チャーターしたタクシーを目で捜した。三時間前には、そのタクシー一台だけだった駐車場が、いまは車の間の迷路しか残っていなかった。

　タクシーは東寄りの端に停めてあった。いつでも出発できるように、運転手がその場所を確保しておいたのに違いない。四十すぎの運転手は、車の外にいた。それを四、五人の男女が、取り囲んでいた。

運転手が知っている連中と話し込んでいるように見えたが、実はそうではなかったのだ。若い男たちに詰め寄られて、運転手は往生しきっているのだ。責め立てているのは、男が四人に、女がひとりであった。

いずれも若くて、ガラの悪い連中だった。ジーパン、半ズボン、Tシャツ、ランニングと、まちまちの軽装である。ムギワラ帽子をかぶり、サンダルをはいている点だけが一致している。

「土佐清水までなんだよ」

「往復したって、大した時間じゃないだろう」

「タクシーだかハイヤーだか知らねえけど、要するに営業車なんだからな」

「客を乗せるのは、当たり前じゃねえか」

「乗車拒否だぞ」

「堅いことは言わずに、乗せてくれよ」

「土佐清水まで行って、すぐまたここへ引っ返して来ればいいんだろう」

若い男たちが、口々にそんなことを言っている。

「早くしてよ」

ジーパンをはいた若い女までが、煽(あお)るような言葉を口にした。

「何と言われても、駄目(だめ)だよ。ちゃんと、決まったお客さんがいるんだからね」

運転手が、笑いのない顔で首を振った。

「おれたちは、客じゃねえってのか」

「おとなしく頼んでいるうち、うんと言ったほうが身のためだぜ」

「おれたちを怒らせると、窓ガラスぐらいはぶっ壊すからな」

「のんびり車を待たせておく客ってのが、気に入らねえよ」

「無駄なことをしているぜ。贅沢すぎるってもんだ」

若い男たちは一斉に車体を叩き、タイヤを蹴りつけた。

「ああ、お帰んなさい」

天知に近づいてほっとした顔になり、運転手はそそくさと運転席に乗り込んだ。五人の男女の視線が、天知と真知子に集まった。アルコールの匂いを、天知は嗅いだ。五人の男女の顔には、敵意と強がりの薄ら笑いが見られた。

「どうだい、おい。ちゃんとした客ってのに、ワタリをつけようじゃねえか」

若い男のひとりが、仲間たちに声をかけた。

「いや、もう話は決まったようなもんだ」

「女連れだもの。妙に逆らったりは、しねえだろう」

「よし、じゃあ乗ろうぜ」

仲間の三人がそう応じて、車の両側に散った。ドアをあけて、強引に乗り込むつもりなのである。

「やめろ」

天知が言った。連中の動きがとまって、目だけが天知のほうを見ていた。

「そんなことを言わずに、乗せてくれよ」

目の前にいた男が、天知に笑いかけた。

「断わる」

天知は、無表情であった。

「どうしてだよ」

「急いでいる」

「何時間も車を待たせておいて、急いでいるはないだろう」

「いままで向こうに用があったから、待たせておいたんだ」

「嘘をつけ。どうせ椿(つばき)の林の奥で、いちゃついていたんだろう」

「いいかげんにしろ」

「何だと、おい!」

男がいきなり、天知の肩を押しこくった。天知の熱くなった頭の中には、ホテル足摺新館のフロント係の顔があった。次の瞬間、天知の右のストレートが、男の顎(あご)を直撃していた。

その男は体勢を崩しながら、三メートルほど後退して尻餅をついた。三人の若い男が、天知のまわりに駆け寄った。後ろから組みついて来た男を、天知はタイミングよく腰のバネに乗せた。

一本背負いが鮮やかに決まって、その男は隣りの車のボンネットをかすめると、向こう側へ落ち込んだ。左側の男が股間を蹴られて、呻きながらうずくまった。もうひとりが顔と胃袋に鉄拳を埋め込まれて、仰向けに引っくり返った。

残った若い女が、ショルダー・バッグを振り回しながら、飛びかかって来た。天知は、女の頰を張った。女は悲鳴を上げて逃げてから、呆然となった顔で天知を見やった。立ち上がろうとする男は、ひとりもいなかった。

天知は真知子を押し込んで、自分も車に乗った。タクシーはそれを待っていたように、激しい衝撃を残して走り出した。人垣が大きく割れて、野次馬たちが逃げ散った。タクシーはスカイラインの入口まで、スピードを落とさなかった。

「どうも、すみませんでした」

運転手が言った。

天知は、沈黙していた。真知子も黙り込んでいる。天知の胸の中には、惨めさだけが残っていた。どうしてこうも激しく怒らなければならないのかと、奇妙な自己嫌悪に捉われていたのである。

スカイラインは、起伏の多い山腹や稜線を縫って、カーブを繰り返しながら延々と続いていた。眺望がよく、空と海と山が無事平穏な一日を、約束しているように感じられた。そうした明るい穏やかさに、天知は違和感を覚えるのであった。

足摺スカイラインを抜けると、土佐清水市の港と市街地である。その市街地もすぐに途切れて、右手に海と浜辺を見るようになる。大崎の松原や潮干狩で知られる美しい浜辺の大岐海岸で、足摺岬とは対照的にやさしい海が広がっていた。

遠い山脈や水平線を見ると必ず、あの彼方に何かがあるのではないかと、期待を持ってしまう自分に、天知は気づいていた。あの山や海の彼方に安らぎを求めようとしているのであって、一種の現実逃避の表われではないかと、自分が不安になるのだった。

四万十川を渡り、中村市の市街地を北に抜けると、間もなく安並というところがある。その安並から東寄りにはいると、浄閑寺の屋根が樹間に見えた。のどかな里の山寺という感じで、苔むした石段のうえに山門があった。その左右の斜面が、広い墓地になっている。浄閑寺の後ろは、四百メートルほどの石見寺山という山になっていた。

白昼の路上に人影はなく、濃淡の緑があたりを埋め尽くしている。暗い木陰になっている石段に、幼い女の子が二人すわっていた。都会では、もう見ることができない光景であった。

石段の脇から、自動車が上がれる道が、墓地の中を九十九折に走っている。それを上がりきると、浄閑寺の境内の下に出る。タクシーは、ちょっとした広場の片隅へ、乗り入れて停まった。

密生した古木に囲まれて、頭上は分厚い枝や葉に被われている。タクシーは夏草の中に、埋まった恰好になった。見おろせるのは墓地であり、人の気配すらなかった。普段は人が、近づきもしないところなのだ。

天知と真知子はタクシーを降りて、降るような蟬の声を聞いた。短い石段をのぼると、浄閑寺の境内であった。大きな本堂のほかに、渡り廊下で繫がれた庫裡がある。法事の際に会食したり、待合所に使ったりする広間が庫裡の中に見えていた。

その庫裡の一部と瓦屋根の新しい住宅が、浄閑寺の住職とその家族の住まいになっているようである。甚平と呼ばれる夏の簡単服を着た男が、庫裡の前の棚に並べた盆栽に水をやっていた。

天知たちの足音を聞いて、その男がゆっくりと振り返った。剃髪しているし、五十すぎの男である。浄閑寺の住職に、違いなかった。住職は腰を伸ばすと、もの珍しそうに天知と真知子を見守った。

「恐れ入りますが、ちょっとだけお邪魔します」

天知は巨大な欅の木の下で足をとめると、住職にやや丁寧な会釈を送った。

「はいはい……」

気さくに応じて、住職は歩み寄って来た。天知は『婦人自身・特派』の名刺を、住職に手渡した。老眼らしく、住職は遠くに離して、名刺をつくづくと眺めやった。

「女性週刊誌なんです」

天知がそう、註釈を加えた。

「わたしなんぞには、あまり縁がありませんのでな」

住職は苦笑して、坊主頭を撫で回した。

「実は、環ユキヨさんのことで、お話を伺いたいんです」

天知は言った。

「環ユキヨ？　ほうほう……」

生真面目な顔つきに戻って、住職は小刻みに頷いて見せた。

「八月八日に、こちらへ見えたでしょう」

「見えましたよ。おやじさんの法事で、東京からな」

「環千之介氏とは、幼馴染みなんだそうで……」

「子どもの時分の喧嘩相手でしたが、その千之介がいきなりお骨になって帰って来たので、わたしも驚きましたよ。しかも、自殺したということで、わたしはもうたっぷりと時間をかけて経文を読みましたがねえ」

「その法事の日に、ユキヨさんが亡くなったということも、もちろんご存じでしょう」

「いやあ、テレビのニュースと新聞で知って、びっくり仰天しましたよ。まあ、愛する者のあとを追うというのは、珍しいことではありません。しかし、それにしても気の毒な父娘だと、なまじ知っている相手だけにショックでしたな」

「自殺した父親の納骨をすませたその日のうちに、娘があとを追って自殺するというのは、特別に不思議なこととは言えないでしょうけど……」

「そのうちに娘のお骨も、ここへ届くことになるでしょうが、そうしたら心ゆくまで菩提を弔うつもりでおりますがな」

「すると、まだこのお寺には……？」

「高知市の大学の先生が、遺体を解剖しましたのでね。火葬にしてお骨を旦那さんが、東京の自宅へ持ち帰られたんでしょう。四十九日をすぎたら、この墓地に納骨するつもりじゃないんですか」

「なるほど……」

「ところで、あなた方は何が知りたくて、わざわざ東京からおいでになったんでしょうな」

住職は改めて、天知の名刺に目を落とした。確かに、話が好きなようである。その点では、天知のほうも気が楽であった。

「八月八日のことで、ほんの少しお尋ねしたいだけなんです」

天知は、色白で艶のいい住職の童顔に、目を向けた。

「でしたら、何でも訊いてください」

住職は、うるさく付きまとっている蠅のような虫を、手で追い払った。

「法事は、夫婦だけだったそうですね」

天知は、蟬の声に懐かしさを、覚えていた。昼下がりの眠くなるような蟬の声を、久しぶりに耳にしたのであった。

「そうです。もう親類縁者の知り合いも少なくなったし、世間を騒がしたうえでの自殺とかで、ひっそりと法事をやりたかったらしいですな」

「お墓にお骨を納めたあと、夫婦とお話をされたんでしょう」

「昔話に、花が咲きましたよ」

「午後四時すぎになって、ユキヨさんのほうが疲れたと言い出した」

「疲れたし、眠くなったんですよ」

「それでユキヨさんだけが、先に引き揚げることになったんですね」

「夫婦で話し合って、そう決めたようでした」

「ユキヨさんはひとりで、ここを出て行ったんですか」

「もちろん、日出夫さんが送って行きましたよ。墓地の下まで、送って行ったんでしょう」

「それが、午後四時すぎだったんですね」

「そうです。日出夫さんのほうは間もなく戻って来て、それから二時間ほどここにいましたよ。車の運転があるので飲めないといいながら、わたしの酒に付き合ってくれましてね。気の毒だとは思ったけど、わたしのほうも話が弾んでしまって、ちょっとやそっとでは帰したくなくなりまして……」

「日出夫さんが引き揚げたのは、七時近くになってからですか」

「六時四十五分ごろでしたな」

「彼はそのまま、車を運転して足摺岬へ向かったんですね」

「足摺岬の旅館で女房がムクれているのに違いないと、日出夫さんは頭を掻き掻き出て行きましたよ」

「さっき、ユキヨさんが自殺したことをニュースで知って、びっくり仰天したとおっしゃいましたね」

「ええ、まったくその通りだったんですよ」

「つまり、同じ日の昼間のユキヨさんを見た限りでは、自殺するなど予想もつかなかった、ということになりますか」

「もう夢にも、思わなかったですね」

「それはユキヨさんに、特に変わった点が見受けられなかったからですか」

「そういうことになりますな。そりゃあ、心の中まで窺い知ることは、できないかもしれません。しかし、人間というものは、自分の目で見て判断します」

「当然です」

「まあ、わたしの修行不足から、心眼を開くことができなかったのだろうと、恥ずかしくも思いますがね」

「ユキヨさんには、自殺する人間らしい雰囲気など、まるでなかったとお思いになりますか」

「いやあ……」

「陽気だったでしょうか」

「そうですな。法事が終わってから、かなり元気になったようでした」

「その前は当然、しんみりしていたわけですね」

「本堂では目を真っ赤にしていましたし、墓地でお骨に別れを告げるときは声を上げて泣いておりました。しかし、庫裡でインスタント・コーヒーを飲みながら話し込んでからは、もう普通の状態に戻って笑いもしたし、旦那さんに甘えたりしていましたね」

「そうですか」

「居睡りをするくらい眠くなるというのも、気持ちが落ち着いている証拠じゃないんでしょうか」

「自殺する気でいる人間が、居睡りをしたって話はあまり聞きませんね」

「もっとも、昨日まで明るすぎるくらい陽気だった人が、翌日になって自殺するということも珍しくありませんよ。これは悟りを開いたというか、生死を超越したために明朗そのものになるんですな」

「ユキヨさんの場合も、それが当て嵌まりますか」

「さあね、何とも言えませんな。ただ、わたしがあとになって、何とも腑に落ちないと思ったのは、ユキヨさんが口にした言葉なんですよ」

「彼女が何か、言ったんですね」

「ユキヨさんが旦那さんに、甘えて言ったことなんです。足摺岬で休養したあと、九州まで足を延ばさないかって……」

「ほう」

「高知港から鹿児島までフェリーで行けるしって、そうも言ってましたね。それから、ユキヨさんが着ていた何とかドレス……」

「マタニティ・ドレスですか」

「要するに、妊婦服ですな。そのとき着ていた白にピンクの妊婦服だけでは長い旅行ができないので、高知市で何着か買わなければならないって旦那さんと話し合っていました。まあ、ほんの気紛れだといえばそれまでですが、ちょっと自殺する人間の言葉にしては生臭すぎると思いましたな」

　住職は、皮肉っぽく笑った。

「どうも、ありがとうございました」

　天知は、礼を述べた。礼を述べるだけの価値は、十分にある住職の言葉だと、天知は思った。

「もう、よろしいのかな」

　住職が、歩き出した天知たちのあとを追って来た。

「ええ、お陰で助かりました」

　天知は、背中で言った。

　境内を斜めに横切ると、短い階段の上に出る。樹木と夏草に囲まれた広場と、そこから下へ広がる墓地が見おろせる。夏草に埋まったタクシーが、蟬の声を浴びていた。そのタクシーの中を、二人の女の子が覗き込んでいた。

「お孫さんですか」

　天知が、住職を振り返った。さっき、山門へ通ずる石段に二人並んで、すわっていた女の子だったのだ。

「右にいるほうが、そうなんですよ。もうひとりは、孫の遊び友だちでして……」

　住職は、目を細めて笑った。

い女の子は二人とも、六つぐらいであった。短いスカートに、揃いの赤いズック靴をはいている。二人はタクシーのまわりを回りながら、窓ガラスを叩いたり、中を覗き込んだりしていた。そうやっては顔を見合わせて、悪戯っぽく声を上げて笑うのであった。

運転手が制帽を顔の上に置いて、眠っているのである。一部のガラス窓が、開放されていた。木陰の風は涼しく、蟬の声を聞きながらの午睡は、気持ちがいいのに違いない。しかし、二人の少女はいったい、何を面白がっているのだろうか。

天知はそのことが、何となく気になったのである。一種の直感のようなものが、微妙に作用したのかもしれなかった。

2

帰りの乗り換えは、すべて順調であった。

高知空港には、午後五時についた。朝の足摺岬からずっと一緒だったタクシーとは、空港ターミナルの前で別れることになった。土佐清水市へ引き返して行くタクシーを、天知は人間との別離のときのように見送った。

定刻の六時四十分に高知空港を離陸したYS機は、七時三十分に大阪空港に到着した。大阪発八時十五分の飛行機は十分遅れで離陸したが、東京についたのは定刻の九時十分であった。

三十時間ぶりに、東京に戻ったという計算である。だが、日帰りをしたように感じられた。帰りも中村市から東京まで、乗り物の中では殆ど口をきかなかった。そうした他人行儀の短い旅行が終わり、真知子はふと何か言いたそうな顔つきで天知を見やった。

しかし、天知は真知子の思惑を無視して、到着ロビーへ足早に歩いた。荷物は二つだけで、機内へ持ち込んでいた。手荷物カウンターで待つ必要はなく、真っ直ぐ到着ロビーへ抜けてよかったのだ。

その到着ロビーで、予期してなかった顔が待っていた。田部井編集長であった。何か重大な手がかりがあって、わざわざ空港にまで迎えに来ていたのではないかと、天知は期待せずにいられなかった。

だが、田部井は何も言わずに、先に立って歩いて行く。真知子が一緒だということを、意識しているのかもしれなかった。田部井はこれから天知と二人だけで、行動するつもりでいるのに違いない。

「車を持って来ているんだ」

田部井は天知に言って、呼出し電話のほうへ足を向けた。真知子も一緒にとは、誘わなかった。真知子もその辺のことを、敏感に察したようである。彼女は立ちどまって、天知を見上げた。

「わたくしは、タクシーで……」

真知子の目つきには、未練が感じられた。ここで別れたくはないという言葉を、口に出すまいと努めているようだった。天知のほうも、口先だけで誘うようなことはしなかった。はっきり言って、真知子には用がないのである。

「どうも、ご苦労さまでした」

表情を動かさずに、天知は真知子のスーツ・ケースを差し出した。

「いろいろと、ありがとうございました。すっかり、お世話になりまして……」

真知子は頭を下げながら、スーツ・ケースを受け取った。そんなときに思いがけなく、大人のムードを感じさせる真知子であった。

「ただ、行って帰って来ただけの旅で、あなたもお疲れでしょう」

「いいえ、わたくしなりに満足もしましたし、この旅行を大切な思い出にするつもりです」

「気をつけて……」

「天知さんもね」

「明日、また……」

「おやすみなさい」

真知子は背を向けて、タクシー乗場のほうへ去って行った。タクシー乗場までは、かなりの距離があった。途中で一度、真知子は振り返った。天知は、その和服姿を見送った。足袋の白さが、目に残った。

「彼女には気の毒だけど、アマさんと二人で行きたかったんでね」

天知と並んで、田部井がタバコに火をつけた。

「どこへ、行くんだ」

天知は空港周辺の、馴染みの夜景を眺めやった。

「六本木だよ」

「クラブ〝舞子〟か」

「女連れだと、何かとやりにくい」

「まあね」

昨夜、うちの緑川が乗り込んで、偵察だけすませて来たんだ」

「ところで、何か吉報があるんじゃないのか」

「いや、別に……」

「そう」

「どうしてだい」

「田部井さんみずからが、空港まで出迎えてくれたんでね」

「アマさんと二人で、クラブ〝舞子〟へ行くのが目的さ。アマさんを摑まえるには、空港で待ち受けているほかはないだろう」

「時間も、貴重だしか」

「そう。一つには、そのこともあったんだ。もう、じっとしていられない気持ちなんだよ。焦っても、仕方がないとは思うけどね」

「九時四十分か」

「三十日の午後九時まで、あと四十八時間もないんだぜ」

「潜伏先は、見当もつかないんだな」

「環日出夫からの電話も、あのあと一度もかからないらしい」

「あらゆる点で、前進は見られずか」

天知は、短く吐息した。

「足摺岬での収穫は……？」

田部井が、天知の肩を叩いて歩き出した。ハイヤーが近づいて来て、運転手が白い手袋を振って見せたのである。そのハイヤーに、田部井と天知は乗り込んだ。ハイヤーは走り出して、間もなくタクシー乗場の前を通りすぎた。

夏休みも終わりに近づいて、旅行から帰る人々が日増しに多くなる。タクシー乗場にも、長い行列ができていた。真知子もまだ行列の中にいるはずだが、もちろんそれらしい姿を認めることはできなかった。

天知は車の中で、足摺岬と中村市の浄閑寺における調査行の詳細を、田部井に話して聞かせた。田部井は口をはさまずに、ただ頷いているだけであった。夜の十時になるというのに、高速道路は車の渋滞がひどかった。

ハイヤーは、遅々として進まなかった。周囲は、窓をあけて外へ顔や腕を出している車で埋まっていた。夜の蒸し暑さに、用もないのに出かけて来ているマイ・カー族が、多いようであった。

いまは交通渋滞していたほうが、話をまとめてすることができる。芝浦をすぎるまでに、天知の説明と報告は終わっていた。天知と田部井は、言い合わせたように顔の汗を拭いた。田部井がタバコを吸いっぱなしなので、窓をしめてクーラーを使用することができないのである。

「瘦せたな」

やがて田部井が、ポツリと言った。天知は、知らん顔でいた。

「顔も土気色だし、かなり深刻だぜ。食わず眠らずを、続けているんだろう」

田部井が投げ出すように、天知の膝の上に折詰を置いた。

「いや、今朝方には熟睡したよ」

天知は、折詰に目を落とした。一目で、シューマイとわかった。天知の大好物がシューマイだということを、田部井は忘れていなかったのである。

「とにかく、それだけでも腹に入れておいたほうがいい」

田部井は窓の外へ、タバコの煙を吐き出した。

「足摺岬では、悲観的な材料ばかりだった。しかし、浄閑寺に寄って、息を吹き返したよ」

天知はヒモを解いて、折詰の蓋をあけた。

「住職の話か」

田部井は、新しいタバコをくわえた。

「住職の言う通り、間もなく自殺する人間が口にすることじゃない」

醬油も辛子もつけずに、天知はシューマイを頰張った。

「足摺岬でゆっくり休養してから、九州へ行ってみよう……か」

「ところが、足摺岬で休養もとらずに自殺した」

「気が変わったにしろ、死を急ぎすぎた感じだな」

「それに高知市で、マタニティ・ドレスを何着か買い込もうという台詞だが、ただの気紛れだったとは思えない」

「いかにも、旅行を続ける女らしい発想だしね」

「ユキヨは本気で、旅行を続けるつもりでいたんだ」

「死ぬ気など、さらさらなかったということになる」

「ユキヨは、自殺していないって、改めて確信したよ」

「しかし、ユキヨはホテル足摺新館で日出夫に、おやじのところへ行きたいって口走っているんだろう」

「それは、梅子という客室係が耳にしているんだから、確かな話だと思う」

「単なる言葉に、すぎないというのか」

「日出夫と言い合っていて、口にした感情的な言葉だ。日出夫に対する嫌(いや)みとしては、最も効果的だろう」

「おやじのあとを追って死ぬ、と言われれば、日出夫もギクッとするだろうからね。ユキヨは、妊娠しているし……」

「だからユキヨは本心として、千之介のあとを追うなんて口走ったわけじゃない」

「嫌みか」

「肉親が死んだ直後には、そのあとを追うなんて誰もが言いたがることだろう」

「だけどね、アマさん。散歩に行くと言ってホテル足摺新館を出たユキヨを、いったい誰が待ち受けていたんだい」

「問題は、それなんだ」

「もちろん、通りすがりの人間には、ユキヨを誘うこともできない。妊娠八ヵ月になろうという彼女を、酔っぱらいだって冷やかしたりはしないよ。お高いユキヨのことだから、通行人を相手に口をきいたりもしないはずだ」

「ユキヨと親しい仲、あるいは顔見知りの誰かが、待ち受けていたのに違いない」

「枝川秀明と鶴見麗子は東京にいたし、十文字敏也などは海の向こうのアメリカという別世界にひらひらしていたんだぜ」

「その三人以外の誰かだ」

「かなり、苦しくなるな」

「ホテル足摺新館を出たところで、誰かが一方的にユキヨを待ち受けていたのではないとしたら……？」

「どういうことだ」

「つまりユキヨのほうも、その人間が待ち受けていることを承知していたんだ」

「だったら、待ち合わせということになるじゃないか」

「そうだ」

「ユキヨとその人物は、前もって打ち合わせておいて、八時四十分ごろにホテル足摺新館の近くで約束通り会ったというのかい」

「もし、そうだとするならばユキヨがその相手と一緒に、誰も近づかない夜の岬の椿の林の中に消えたとしても不思議じゃないだろう」

「例の三人ほど親しい間柄ではなくても、絶壁の上に一緒に立つ可能性はあったというわけか」

「密談あるいは密会の必然性があって、そのことをユキヨが納得したうえで落ち合う約束になっていたんだとしたら、例の三人以外の相手でもおかしくはない」

「三人以外の相手って、それはいったい誰なんだい」

「そこまでは、まだわかっていない」

「じゃあ、もう一つの疑問だ。ユキヨはいつ、その相手と打ち合わせをすませたことになるんだ。まさか東京を発つ前から、打ち合わせずみだったわけじゃないだろう」

「そうした打ち合わせは、あまり早くから取り決めておくと、実現不可能になることもあるだろう。臨機応変に、決めることだ。やはり当日に、打ち合わせたと考えるべきだろうね」

「当日に、その相手と連絡をとり合うチャンスがあったのか。ユキヨのところへは、電話もかからなかったんだろう」

「ホテル足摺新館についてからのユキヨは、彼女のほうからも外線電話をかけていない。ユキヨが旅館内で接触した人間は梅子という係の女中と、工合が悪くなった彼女を診察した医師である経営者の長男と、この二人だけだ」

「その二人に、問題はないだろう」

「だから、それ以前に注目すべきだ」

「ホテル足摺新館に、到着する以前ということか」

「一つだけ、矛盾していて不自然にも思われることがある。言い換えるなら、ユキヨは不可解な行動をとっているんだ」

「どんな行動だい」

「ユキヨは浄閑寺で、居睡りをするほど眠たがった」

「うん」

「子どもじゃあるまいし、いくら疲れたからといって、住職たちと語り合いながら居睡りをするだろうか」

「妊娠中は、どうにも我慢できないほど、眠くなることがあるそうだぜ」

「そうなったんなら、隣りの部屋で仮眠すればいいんじゃないのか」

「ユキヨは一刻も早く、寛ぎたくて、疲れたの眠いのってことを口実に、浄閑寺から逃げ出そうとしたんだろう」

「つまり、居睡りは演技、逃げ出すための口実だった。ユキヨには、ひとりになって浄閑寺を出なければならない理由なり、目的なりがあったんじゃないだろうか」

「そうか」

「更にそこから先が、あまりにも不自然すぎるんだ」

「何がだね」

「一足先に足摺岬へ向かうというユキヨを、日出夫が送って行っている。その日出夫は間もなく戻って来て、また住職と話し込んでいるんだ。住職の察するところでは、墓地の下の道まで送って行ったんだろうということだった」

「うん」

「当然、日出夫はユキヨを車で、中村駅ぐらいまで送るつもりでいたんだ。それを、ユキヨのほうが断わった。なぜだろうか。ユキヨは、単独行動をとりたかったんだ。どこかで、誰かに会うために……」

天知が感じ取ったことは、確かに大きな矛盾であった。天知がタクシーを待たせておいたのと同じ場所、浄閑寺の境内より一段下の空地の隅に、日出夫とユキヨが東京から持って来た乗用車が停めてあったのだ。

ユキヨがひとり足摺岬へ先に向かうことになっても、まさか徒歩でというわけにはいかない。足摺岬まで、車で一時間以上もかかるのである。事実、ユキヨはホテル足摺新館へ、タクシーで乗りつけている。

ユキヨはどこから、そのタクシーに乗り込んだのか。小都市には矢鱈(やたら)と、流しのタクシーなど走っていない。中村駅前か市の中心部にあるタクシー会社まで行かなければ、簡単には車に乗れないのであった。

浄閑寺は、中村市の郊外にある。市街地から北へ約三・五キロのあたりで、のどかな里のような田園風景に囲まれている。タクシーに乗るためには、三・五キロ以上も歩いて、中村市の中心部に辿りつかなければならないのだ。

妊娠八ヵ月になろうという腹をかかえて、真夏の炎天下を四キロ近くも歩く気になるだろうか。かつての妊婦と違って、いまはまるで意気地なしになっている。特にユキヨのような女であれば、話にきいただけでも大騒ぎをするだろう。

しかも、疲れていて居睡りをするほど、眠たがっていたユキヨなのだ。それがどうして、浄閑寺から四キロ近くも歩いたりするだろうか。ところが、ユキヨは歩いているのである。そこには明らかに不自然さ、矛盾が感じられるのであった。

日出夫は当然、ユキヨを車でタクシーがあるところまで、送って行くつもりだった。それで日出夫は、ユキヨと一緒に浄閑寺の庫裡を出て行っている。だが、ユキヨは送ってくれなくてもいいと、日出夫の気遣いを拒んだのである。

ユキヨは徒歩で、浄閑寺を去ったのだ。日出夫はやむなく、浄閑寺の庫裡へ戻った。それで結果的に、日出夫はユキヨを墓地の下の道まで送った、ということになったのではないのか。

「うん」

唸り声とともに、田部井が溜息をついた。

「あまりにも、不自然すぎる」

天知はシューマイの包みに、ヒモをかけて結んだ。大好物のシューマイでも、三分の一ぐらいしか喉(のど)を通らなかった。それでも四つは食べたはずだと、気持ちのうえでの満腹感があった。

「車があるのに、炎天下の道をわざわざ四キロ近くも歩くというのは、ちょっと考えられないことだな」

田部井が言った。

「最近は目と鼻の先の目的地へ向かうのにも、車に乗らなければ承知できないというのが、日本人の傾向だからね」

天知はポケットから、チョコレートを引っ張り出した。

「ましてや、妊娠七、八ヵ月だ。過保護に、馴らされているだろう」

「それを、あえて歩いて行くことにした。何らかの魂胆がなければ、絶対にやらないことだよ」

「歩くことが、目的ではなかった。そうだとすると、浄閑寺の近くで車に乗った誰かが待っていた、というふうにも考えられるじゃないか」

「その車に、ユキヨは乗り込んだ」

「車の中で何者かと、今夜八時四十分ごろにホテル足摺新館の近くで密会することについて、打ち合わせをすませた」

「そのままユキヨは、中村駅前まで送ってもらう」

「中村駅前からタクシーに乗り換えて、ユキヨは足摺岬へ向かった」

「タクシーに乗ったユキヨは午後五時三十分に、ホテル足摺新館に到着した。と、そういうことなら、時間的にもおかしくはないんだ」

「もし、ユキヨが浄閑寺から中村市の中心部まで歩いたとしたら、ホテル足摺新館につく時間はどうなるね」

「浄閑寺をあとにしたのが、四時十分すぎだったと早いめに仮定する。炎天下の妊婦の足を考えれば、四キロ歩くのに一時間半がやっとのところだろう」

「中村市でタクシーに乗ったときが、すでに五時四十分だぜ」

「中村市から足摺岬まで、タクシーがどんなに飛ばしたとしても一時間はかかる」

「すると、足摺岬につくのは、六時四十分だ」

「ところが、ユキヨがホテル足摺新館にタクシーで乗りつけたのは、五時三十分だったんだ」

「こいつは、絶対におかしい」

「つまり、ユキヨは歩いていないんだよ。浄閑寺の近くから、ユキヨは日出夫も知らない車に乗り込んでいる」

天知は無意識のうちに、チョコレートを嚙(か)んでいた。田部井と話し合っていて、思いのほか重大な手がかりだということに、天知は気がついたのであった。その天知の目に、一つの光景が鮮やかに浮かび上がっていた。

緑の木陰で蟬の声を浴びながら、夏草に埋もれているタクシーの中を覗き込んでは、二人の少女が悪戯っぽく笑っている——。

3

細長い店内であった。

厚みのない六階建てのビルの地階だから、そのような空間になってしまうのである。三階以上が貸事務所、二階がレストラン、一階が喫茶店、そして地階がバーになっている。俳優座の西北寄りで、六本木の交差点まで遠くはないが、麻布三河台町の防衛庁側の裏通りということになる。

クラブ『舞子』は、深夜族向きの店ではない。銀座あたりから流れて来る客を、アテにしているわけでもなかった。営業時間は当たり前のバーと同じで、夜の六時半から十二時ぐらいまでである。

最初から六本木で飲むか、早い時間に六本木へ流れて来るかの客を、相手にしているのであった。社用族といった客は少なくて、殆どが常連ということになる。体裁は高級クラブだが、中身は安上がりの店なのだ。

天知と田部井は、入口に近い隅の席へ案内された。列車みたいに通路の両側に席が並んでいて、奥の突き当たりに小さなカウンターがある。バーテンとボーイが四人、ホステスが八人ぐらいだろうか。

アンチ銀座族や、目立った遊びを嫌う連中に、贔屓（ひいき）にされているバーであった。十一時に近い時間だが、席の半分が埋まっていた。どれも一応は羽振りがよくて、プレイ・ボーイ気どりの客が多いようであった。

逆にホステスのほうに、気どりがなかった。銀座のように、いかにもそれらしいという感じではない。また、新宿のように、プロの臭みが強くない。そういうホステスたちで、年齢も服装も素人っぽさを強調している。

客とホステスという意識を、持たずにすむのである。そうした一切のセレモニーも手続きも、形式も省略されている。若い女と気安く、適当に騒いでいるという雰囲気なのだ。それをこの店の、特徴にしているのだろう。プロの感じがするのは、ママの舞子だけであった。

ママの舞子は、かつて映画女優だったという。だが、ニュー・フェイスと言われているうちに、財界では名の売れた資産家の愛人となった。そして三年前に六年続いた資産家との関係を清算し、手切れ金の一部としてこの店を獲得したのである。

そのような情報は、偵察に『舞子』の客となった緑川から、田部井に伝えられていたのだ。現在でも、かつてのパパの顔で常連になってくれた客が、かなりいるという。十文字敏也も、その組らしい。

　天知たちの席には、三人のホステスがついた。ちょうど、三人連れの客が引き揚げて、ホステスの手が余ったのである。身装りはまったく普段着のままという感じだし、三人とも二十以上には見えなかった。

　素人っぽいが、人見知りはしない。新顔の客に対して、最初から馴れ馴れしかった。互いに戸籍調べを、することもなかった。その場限りの話題で、陽気に過ごすというわけである。

　天知はこういうところで、喋ることが苦手であった。彼の横にすわった女も、無口なようである。虚無的なムードで、話を聞きながらニヤリとする。そのホステスは、由美ですと名乗った。

　喋るのは、田部井に任せた。田部井はなかなか話術が巧みで、その場に相応しい口達者ぶりを発揮していた。あとの二人のホステスも、よく喋りよく笑った。天知と由美なるホステスは、舞台を眺める観客になりきっていた。

「綺麗だな」

「誰が……？」

「残念ながら、君のことじゃない」

「どうせ」

「ママだよ」

「そうかしら」

「綺麗じゃないか」

「うまく、化けているだけよ」

「化粧のせいかい」

「そう。ママのお化粧は、二時間もかかるんだから……」

「本当かい」

「わたしは、たったの五分だわ」

「土台は君のほうが、上等だって言いたいのか」

「当然だわ。若さの差よ」

「ママだって、二十四、五に見えるぜ」

「わあ、凄いお世辞！」

「そうかな」

「朝の寝顔を、見てごらんなさいよ」

「ママに、言いつけてやろう」

「どうぞ。ママにだって、ちゃんと自覚はありますからね」

と、田部井とホステスのひとりが、そんな工合にやり合っている。そのホステスは小悪魔的な可愛い顔をしていて、セーラー服を脱がせるような幼い性的魅力が見えていた。だが、顔に矢鱈とホクロがある。

もちろん、ホクロの彼女も、冗談を言っているのである。確かに化粧が濃くて、入念なメイク・アップを感じさせるが、舞子というママは美人であった。同じバタ臭いにしても、スペインの美女を連想させる顔だった。間もなく三十になろうという女の成熟度が、そのまま上品な色気になっている。

「ママの彼氏、知っているかい」

田部井が、二人のホステスに訊いた。

「知らないわ」

ホクロの女が、首を振った。

「決まった人って、いないみたいよ」

びっくりして円くしたように目の大きいホステスが、田部井の膝に手をかけて揺すぶった。

「おれは、知っているぜ」

田部井がタバコの煙の中で、思わせぶりな笑い方をした。

「初めてのお客さんなのに、どうしてそんなことを知っているのよ」

「嘘ばっかり……」

二人のホステスは頭から、信じようとしなかった。

「本当さ。ママの彼氏ってのは、この男じゃないか」

田部井が内ポケットから、キャビネ判の写真を抜き取った。十文字敏也の上半身が、写っている。昨日、九段のホテルの地階でインタビューに応じているとき、撮影した写真の一枚なのに違いなかった。

田部井はその写真を、テーブルの上に置いた。写真という物的証拠に、女は興味を持つものであった。二人のホステスは競い合うように、頭を寄せてテーブルの上の写真に目を近づけた。

「いやあだ、この人……」

「何だあ、十文字さんじゃないの」

二人のホステスが、派手な声で笑い飛ばした。一笑に付したのである。それは十文字敏也と『舞子』のママとの関係を、頭から否定したことになるのだった。

「違うってのかい」

ムキにならずに、田部井も笑っていた。

「大違いよ」

目の大きいホステスが、立て続けに田部井の太腿を叩いた。

「だって、十文字敏也はこの店の、常連なんだろう」

田部井が笑いながら、探りを入れにかかった。

「そりゃあよく、お見えになるわよ。でも、ただそれだけのことよ」

大きい目のホステスが、真剣な顔になってそう言った。

「だけどさ、十文字敏也って魅力あるだろう」

「そうね」

「ママとも、親しいって聞いたぜ」

「うん。十文字さんはママの、兄貴分ってところだろうな」

「いい男といい女が親しい仲になれば、あとはもうお定まりのコースじゃないか」

「それが、違うのよ」

「どう、違うんだ」

「十文字さんは、ママの前の旦那さまから、舞子の力になってやってくれって、頼まれているんですってよ」

「だからこそ、ママの彼氏になるってこともあるだろう」

「そういう意味で、力になってやってくれって、頼まれたんじゃないわ。十文字さんはママの別れた旦那さまのことを、心から尊敬しているんだって。男として、事業家としてね」

「その尊敬する人から、よろしく頼むと言われたので、十文字敏也はママの力になってやっているのかい」

「そうよ」

「義理堅いな」

「尊敬している人の彼女だったママと、そんな仲にはなれないでしょ」

「さあねえ。この道ばかりは、わからないからな」

「とにかく、十文字さんとママの関係って、そんな俗っぽいものじゃないわ。もっと、ユニークよ」

「どうして、そう言いきれるんだ。君たちだって、ママの私生活のすべてを、知っているわけじゃないだろう」

田部井は、ウイスキーの水割りを呷った。コップの中へ、タバコの煙が流れ込んだ。

「それが、言いきれるのよ」

目の大きいホステスが、意味ありげに笑った。

「しかし、あれほどの美人に、彼氏がいないはずはないぜ」

田部井は、バーテンと話し込んでいるママへ、目を走らせた。

「うちのママには愛人がいますって、公表するはずはないでしょ」

ホクロの多いホステスが、手招きをしながら笑った。呼ばれたボーイが、近づいて来た。目の大きいホステスが、水割りのお代わりをボーイに頼んだ。田部井が五杯目、天知が二杯目であった。

「じゃあ、ママには彼氏がいるのかい」

田部井が、目の大きいホステスを抱き寄せた。

「実を言うとね」

目の大きいホステスは、ジュースのコップを手にしたまま、田部井の肩にしなだれかかった。

「さっきは、いないって言ったくせに」

「だから、いないってことにしておくのが、常識なんだってばさ」

「本当は、いるのかい」

「そう。もう、大変なお熱よ」

「お店の客？」

「たまに、見えるわ」

「何者なんだ」

「それは、絶対の秘密よ」

「どうしてさ」

「有名人なんだもの」

「いいから、教えてくれよ」

「駄目よ」

「それじゃあ、彼氏がいるなんて、本気にできないじゃないか」

「だったら、職業だけ教えてあげる」

「うん」

「プロ野球の選手なの」

「スター選手か」

「まあね。でも、若手じゃないわ」

「すると、独身でもない」

「そう。だからなおさら、名前を言うわけには、ゆかないのよ」

「そうかねえ」

　目の大きいホステスを押しやって、田部井はすわり直した。その瞬間に天知を見て、田部井は小さく頷いた。彼の目には、失望の色があった。十文字敏也と『舞子』のママは特別な関係にないということを、田部井としても認めざるを得なくなったのである。

　ママには、プロ野球のスター選手である愛人がいると、目の大きいホステスが言いきった。あとの二人のホステスも、その通りだという顔をしている。彼女たちは、正直に答えているのだ。

そのような嘘や作り話を、三人のホステスが協力して、客に信じ込ませたりはしないだろう。ママの舞子には、愛する男がちゃんといる。十文字敏也がその愛人でないことは、確かなのであった。

「じゃあ、十文字敏也は誰がお目当てで、この店へ来ているんだろう」

田部井は、運ばれてきた水割りに、手を伸ばした。

「別に、お目当てなんか、ないんじゃないかしら」

目の大きいホステスが、マッチをすった。田部井のタバコに火をつけるのに、彼女はマッチを手放すこともできないのだ。

「単なる常連として、あるいはママの相談相手として、ここに通って来るだけなのか」

「そうよ。十文字さんって、どこへ行ってもモテるでしょうしね」

「ところが、東京にいる限り欠かさず彼が足を向ける店っていうのは、この〝舞子〟だけなんでね」

「ずいぶん、十文字さんのことに、詳しいのねえ。それに、関心を持ちすぎるわ。十文字さんとは、どういうお知り合いなの？」

「あの男に嫉妬を感じている、ただの知り合いさ」

「十文字さん、浮気は、外国ですませて来るんですってよ」

「ほう」

「恋をするなら日本女性だけど、あくまでセックスだけを楽しむ浮気だったら、外国の女性のほうが素敵だって言ってたわ」

「そうかねえ」

「このお店に来ると、十文字さんはホーム・バーにいるみたいに落ち着けるんだそうよ。つまり、色気抜きね」

「この店には、特に親しい彼女ってのが、ひとりもいないのかい」

どうしようもないというふうに、田部井は首を左右に振った。どうやら無駄足だったらしいと、天知に意を伝えようとしているのである。

「一時、福子ママと、気が合っていたみたいね」

「うん。でも、あれはもう、ずいぶん前のことでしょ」

ホステスたちが、そう言葉を交わした。

「福子ママって、誰なんだい」

すかさず、田部井は乗り出した。

「ママ代理よ」

「ママの妹さんなの」

二人のホステスが、同時に答えた。

「ママの実の妹かい」

田部井は指先で、メガネを押し上げた。

「そう、名前は福子さん。年は二十六で、素顔だったらママよりはるかに綺麗よ」

ホクロの多いホステスが、片目をつぶって見せた。

「そのママの実の妹の福子さんと、十文字敏也はうまくいっていたんだな」

「そんなんじゃないわ。福子ママが十文字さんを、特例なお客さまとして扱っていただけよ」

「特別な客ねえ」

「それも、十文字さんがこのお店に、お見えになるようになったころの話だわ」

「その後は別に、どうってこともないのかい」

「そうみたいね」

「しかし、こうして見ても、ママより綺麗な人なんて、いないみたいだぜ」

「いまは、お店に出ていないもの」

「休んでいるのか」

「さあ、もう出て来ないんじゃないかしら。お店を、やめたんでしょ。もともと、ママを手伝うつもりで、お店に出ていたんだから……」

「手伝いか」

「でも、福子ママは頼もしかったわ。本物のママより気が強いし勝ち気だし、やり手だったもんね」

「その福子さんが、店をやめちゃうんじゃ、しようがないじゃないか」

「この程度のお店じゃ、福子ママのほうが、もったいないくらいだわ。福子ママって、もっとスケールが大きいのよ」

「福子さんはいつごろから、店に出て来なくなったんだ」

「今年の四月からだったかな」

「病気か何かで……？」

「さあ、詳しいことは知らないわ」

「ママに訊けば、わかるだろうな」

「駄目よ。ママはそういうことに関して、真面目に話してはくれないから……」

「絶対に、駄目かね」

「ママよりは、由美さんに訊いたほうがいいわ」

ホクロの多いホステスは、向かいの席の女に笑いかけた。

「どうしてだ」

由美というホステスに、田部井は目を転じた。

「由美さんは福子ママにとても可愛がられていたし、一時は同じマンションに住んでいたんだもの」

目の大きいホステスが、田部井の肩を揉みながら言った。

「そうなの？」

田部井が、由美というホステスに念を押した。

「まあね」

由美というホステスは、微笑を浮かべて頷いた。さっきから彼女は、まったく口をきかずにブランデーを飲んでいた。もう、三杯以上は飲んでいる。下地がはいっていたらしく、酔ってしまったという感じだった。

黒い髪を長く伸ばして、ワンピース、靴、ネックレス、腕輪とすべて黒ずくめであった。知的な美貌で、表情も豊かである。だが、虚無的なところも含めて、何となく変わっているという印象が強かった。

「十文字敏也と福子さんの間には、何もなかったんだろうかね」

笑いを忘れて、田部井は由美の顔を見守った。

「何もなかったと、思うなあ」

由美は身体を天知に密着させると、彼の腕をかかえ込んで乳房に押しつけた。

「昨夜も遅くなってから、十文字さんはここに見えたのよ。その十文字さんのところへ、女性から電話がかかったわ。でも、それは福子ママの声じゃなかったしね」

由美が言った。

「そうだわ。昨夜遅く、十文字さんがいらっしゃったんだっけね」

「十時すぎだったでしょ。席が満員だったんで、ずっとカウンターにいらしたんじゃなかったかしら」

二人のホステスが、いま思い出したというように、顔を上げて頷き合った。昨夜、十文字敏也がこの店に来たということ自体、驚くには当たらなかった。クラブ『舞子』の常連である以上、毎晩その姿を見せたとしても不思議ではない。

それよりも気になったのは、十文字のところへ女から電話がかかったということであった。十文字がバーにいることを知っていて、そこへ女が電話をかける。かなり親密な間柄にある女でなければ、その時間に十文字がクラブ『舞子』にいることを、知らされてはいないはずであった。

「その十文字のところにかかった電話というのは……?」

初めて天知が、由美に対して口をきいた。

「たまたま、わたしが電話に出ちゃったのよ」

由美は媚びる目で、天知を見上げた。

「そうしたら……?」

「十文字さんは、お見えじゃありませんかって、女性の声だったわ」

「誰の声か、わからなかった？」

「初めて、聞く声よ。それですぐ、送受器を十文字さんに渡したけど……」

「そのとき十文字は、電話機の近くにいたんだね」

「そう、カウンターのところに、いらっしゃったんだもの」

「時間は……？」

「十一時半ぐらいだったかな」

「十文字は、相手の女の名前を、口にしなかったかい」

「さあ、聞いていなかったわ。わたしが気がついたのは、足摺岬からかけているとは思えないねって、十文字さんが言っていたことだけよ」

由美は目を閉じて、口の中へブランデーを流し込んだ。

天知の両膝が、左右からぶつかり合った。一種の痙攣が下肢を動かしたのである。感電したようなショックを、天知は覚えたのであった。

田部井も緊張した面持ちで、メガネの奥の目をみはっていた。

4

零時二十分に、天知と田部井は『舞子』を出た。由美というホステスが、一緒であった。

ママの舞子とは、まったく言葉を交わさなかった。ママは十文字一辺倒の立場にいながら、特に深い関係にはないという女なのである。

警戒されるだけで、何も得るところはないというのが、ママの舞子なのであった。そうしたママとはなまじ、知り合わないほうがいい。ママも初めての客には冷淡で、天知たちの席へ挨拶にも来なかったのだ。

目の大きいホステスは、十二時になるのを待って、そそくさと帰って行った。顔にホクロの多いホステスは、賑やかな沸いている席へ移った。ひとりだけ残った由美というホステスは、どこかへ飲みに連れて行けと言い出した。

由美はもう、かなり酔っているようだった。呑兵衛のようである。酔っぱらうと、とまらなくなるのかもしれない。由美は天知の腕にかじりつくようにして、片時も離れまいと頑張っていた。

由美を連れて出ることに、田部井は賛成した。もっと由美から訊き出せることがあるのではないかと、田部井には期待があったようである。その点では天知も、似たような気持ちだったのだ。

とにかく由美は事もなげに、足摺岬という言葉を口にしたのであった。その瞬間のショックが鮮烈だっただけに、まだほかにも爆弾をしまい込んでいるのではないかと、由美に期待をかけたくなるのだった。

クラブ『舞子』を出たあと、由美の注文通りに、明け方まで営業しているという鮨屋へ向かった。その鮨屋は、交差点の向こう側の六本木町にあった。これからの時間がピークだという鮨屋である。

鮨は田部井がよく食べたし、天知も何となく口へ押し込む気になった。だが、由美は一つも食べずに、ウイスキーの水割りを飲み続けていた。まるで水を飲むようで、お代わりのピッチが早かった。

「わたしね、間もなく〝舞子〟をやめることになっているの」

由美はいきなり、そんなことを言ったりした。笑ったり、真面目な顔になったり、泣きそうな目つきになったりで、表情が忙しく変化する。そのような百面相は、完全に酔っぱらった証拠なのだ。

「そうかね」

田部井が、相手になる。酔えば口が軽くなるだろうと、田部井は期待をふくらませているのだった。

「だから、何だって喋っちゃうの。みんなの悪口、言っちゃうのよ」

「是非とも、聞きたいね」

「今月いっぱいで、あのお店をやめることに決まっているの」

「結婚するのかい」

「とんでもない」

「じゃあ、〝舞子〟をやめて、そのあとどうするんだ」

「働くのよ」

「ほかの店へ、移るわけか」

「違うわ。もっと、お金になることをやるのよ」

「金が必要なのかい」

「そう。わたし、大勢の人間を食べさせているの。だから、お金が欲しいのよ。幾らでも、お金が欲しい」

「金か」

「でも、こんな話するの寂しいわね。わたし、泣きたくなっちゃう」

すでに由美は、まともに相手ができないほど、酔っぱらっているようだった。舌が、もつれていた。店の中は満員になっていて、声を張り上げないと聞こえないくらいに、騒然となっている。

銀座からの、流れであった。客とホステスがグループを作って、次から次へと繰り込んで来る。ほかに、テレビでよく見かける顔が、あちこちにあった。酔った男の意味もなく大きな声と女の嬌声(きょうせい)、それに哄笑(こうしょう)が入り乱れていた。

これでは、まとまった話など、とてもできなかった。ほかへ場所を、移すべきであった。

天知は、時計を見た。一時三十分を、回っている。八月二十九日の、午前一時三十分である。
まだ時間はある。という気持ちもすでに失せている。何とかなるという慰めも、もう効果はなかった。二十五、二十六、二十七、二十八日とすぎてしまったのだ。それを実感として、噛みしめずにはいられなかった。

これまでも何度か、苛立たしさを覚えたことはある。だが、それは衝動的なもので、尻に火がついたような気持ちとはこれだと、自覚するだけの余裕があった。しかし、いまは恐怖を伴っての、苛立たしさになっていた。

もう時間がない。あるいは、間に合わないのではないか。春彦が、殺される。そういった不安と恐怖が、無条件に胸を締めつけるのだ。それはもう完全に、切羽詰まった人間の焦燥感であった。

「ここを、出ようよ」

天知の気持ちを察してか、田部井が由美に言った。

「わたしの部屋へ、行きましょうか」

由美は、勢いよく立ち上がった。一瞬、それほど酔ってはいないらしいと、感じさせる由美になっていた。三人は、鮨屋を出た。由美が車道に立って、強引にタクシーを停めようとした。

「彼女に付き合っても、意味はないんじゃないか」

天知は小声で、田部井に言った。

「断定は、できないぞ。あの由美は、何かを知っているような気がする」

田部井が、首を横に振った。

「時間が、もったいない」

「どこかへ行く予定でもあるのか」

「いや……」

「この夜中に、動けるはずはない。起きている相手が、いないんじゃないのかね」

「そりゃあ、そうだけど……」

「だったら、時間の浪費にはならんだろう」

「彼女のアパートへ、行ってみるのか」

「藁をも摑む、という心境さ」

田部井もそう言いながら、しきりに時計を気にしていた。午前二時を、すぎている。由美が、空車を摑まえた。六本木の人と車と照明の数は、まだちょっとした盛り場以上であった。

タクシーは、渋谷へ向かった。渋谷を抜けて玉川通りにはいり、目黒区の大橋二丁目へ右折した。由美の住まいは、大橋図書館や区民館の東側にあった。一戸建てふう七世帯のアパートで、由美の部屋は階下の左端だった。

ドアの鍵をあけるのに、ひどく手間がかかった。由美は、何度もよろけた。やはり、酔っぱらっているのである。家に帰って来たという気の緩みから、酔いが一層ひどくなったのかもしれない。

部屋は女ひとりの城であり、男の匂いすらなかった。小綺麗にしてあって、整理整頓がゆき届いている。台所や浴室のほかに、広い洋間と和室があった。十畳ほどの洋間が、寝室と応接室、それに居間を兼ねているようだった。

「ここに、福子ママと一緒に住んでいたのかい」

田部井が、室内を見渡して訊いた。

「福子ママは、隣りを借りていたのよ」

歌うように言って、由美はクーラーのスイッチを回した。

「いつごろ、越したんだ」

田部井は観察するように、忙しく目を動かしながら、部屋の中を歩き回った。

「引っ越したのは、去年の四月よ」

由美は洋服も脱がずに、ベッドへ倒れ込んだ。大の字に、引っくり返ったのである。

「どうして、引っ越したんだい」

田部井は、質問を続けた。

「素敵なマンションを、買ったからでしょうね」

由美の声が、急に低くなった。

「分譲マンションを、買い取ったんだね」

「そうよ」

「当然、旦那がいるわけだな」

「旦那……?」

「そうじゃなけりゃあ、マンションなんて買えないだろう」

「恋人ってことねえ」

「旦那、愛人、恋人、言い方はどれでもいいがね」

「そうねえ」

「恋人が、いるんだな」

「うん」

「どんな恋人だ」

「知らないわ」

「知らないはずはないだろう」

「だって、見たことも会ったことも、ないんだもの」

「福子ママは、恋人のことを話してもくれないのか」

「そう」

「そんなはずはないぞ、女同士が……」

「お互いに、プライベートなことには、干渉しないって主義だったの」

由美の声は次第に低く小さくなり、口のきき方も緩慢でシマリがなくなっていた。

「信じられないな」

額入りの写真を手にしながら、田部井が言った。だが、由美は返事をしなかった。

「おい、由美ちゃんよ」

振り返って、田部井は呼びかけた。

ベッドの上で、由美は動こうともしなかった。まったく、反応を示さない。眠ったようである。股は開いているし、スカートがまくれたままだった。股間が、まる見えであった。そんな恰好で、タヌキ寝入りをしているとは思えなかった。

「どうする」

ソファにすわって、天知は田部井を見やった。

「少し眠ったほうが、酔いが醒める。それまで、待とうじゃないか」

天知と並んでソファに腰を沈めると、田部井は額入りの写真を差し出した。

写真では、二人の女が被写体になっていた。カラー写真である。プール・サイドで、二人の女は水着姿だった。艶然と、笑っている。赤と黒の水着をつけているのは、いま酔って眠っている由美であった。

もうひとりは、鮮やかな黄色の水着である。色が白いので、四肢が美しかった。ごまかしの利かない水着姿だが、文句なしのスタイルをしている。均整がとれていて、胴のくびれや腰の線が肉感的であった。

「いい女だ」

田部井が言った。職業柄、多くの美人を見て知っている田部井が褒めるのだから、申し分のない容姿ということになる。確かにスター女優並みの、華やかな美貌であった。『舞子』のママを若々しくして、派手さと気品を加えたような顔だった。

「これが、福子ママか」

あまり興味を示さずに、天知は写真を押しのけた。

「実の姉妹だから似てはいるけど、舞子ママよりはるかに綺麗だよ」

テーブルの上に写真を置くと、田部井はクリスタル・ガラスの大きな灰皿を、重そうに膝の上へ運んだ。

「しかし、福子という女には、何の用もないだろう」

天知は、表情のない顔で言った。

「問題は、足摺岬から電話をかけて来た女か」

田部井は、タバコに火をつけた。

「それが、福子でないことは確かだ」

「福子ママの声なら、由美にはそうとわかったはずだ」

「由美は、初めて聞く声だと言っていた」

「十文字敏也は、十時すぎに〝舞子〟に姿を現わした。そして十一時半ごろに、その女から電話がかかった」

「前もって、約束ができていたんだ。〝舞子〟で待っている十文字に、足摺岬から女が電話をかけるって……」

「当たり前の関係なら、やらないことだと思うね」

「足摺岬から電話をかけて来た女こそ、十文字敏也の秘めたる愛人に間違いない」

「しかも、問題の足摺岬から、電話をかけて来たんだぜ。その女は十文字の指示を受けて、八月八日に環ユキヨを殺した犯人だと、見ていいんじゃないか。そのまま女は、足摺岬に滞在を続けているんだよ。当分の間、東京へ帰って来ないほうが、安全だろうからって……」

「待ってくれ」

「十文字敏也には、アメリカにいたという完璧なアリバイがある。直接の犯行は、十文字の秘めたる愛人が引き受けた」

「違う」

「十文字は東京にいて、秘めたる愛人は足摺岬に滞在している。二人は夜遅く、電話で連絡を取り合っているのさ」

「そうじゃない。〝舞子〟にかかった電話の相手に、十文字敏也はどういう言い方をしたかだ」

「足摺岬から、かけている電話とは思えないって……。つまり、電話だと遠く離れているような気がしない、という意味の言葉だったんだろう」

「そうだ。足摺岬にいる彼女と、もう何度も電話で連絡を取り合っている十文字が、今更のようにそんな言葉を口にするだろうか」

「うん、なるほど……」

「足摺岬にいる彼女と、初めて電話で喋ったからこそ、遠く離れているような気がしないと素直に感想を述べたのさ」

「そうか」

「彼女は初めて、足摺岬へ行った。しかも、東京へすぐに帰って来てしまう。だから、足摺岬についたら、東京の十文字のところへ電話を入れる。十文字は、その電話を〝舞子〟で待っている。そういう約束が、できていたってわけだ」

「そうなると、昨夜、足摺岬から電話をかけて来た女とは、あの彼女のほかには考えられないってことになってしまうぞ」

「そうだ、あの彼女のほかには考えられないよ。足摺岬からと聞いて、すぐピンと来たけどね。足摺岬から〝舞子〟で待っている十文字に電話をかけたのは、宝田真知子に間違いない」

断定的に言って、天知はポケットから、一枚の紙を抜き取った。

「しかし、十文字敏也の秘めたる愛人が、あの真知子さんだなんて……」

何とも割り切れない顔つきで、田部井は繰り返し首をひねった。

「これを、見てくれ」

天知は、田部井の顔の前で、紙を広げた。それは、足摺サニーサイド・ホテルの請求・明細書であった。その明細書の『立替金』の欄を、天知は指先で示した。『電話代』として、三百三十六円という金額が記入されている。

「アマさんはこのホテルから、一度も市外電話をかけていないんだな」

田部井は電話料の金額を、睨みつけるようにした。

「あんたから、電話をもらっただけだ」

天知は答えた。

「だったら、真知子さんが電話をかけたということになる」

「十一時半にはもう、彼女は自分の部屋へ引き揚げていた。どこへでも、電話をかけられただろう」

「ほかにどこか、真知子さんが電話をかけそうなところはないのか」

「宝田マンションの自分の部屋へ夜遅く電話して、手伝いの小母さんを叩き起こしても仕方がないと思うがね」

「十一時半に、〝舞子〟で待っている十文字敏也に電話をかけた。何のための、電話だったんだろう」

「彼女はどうして、ぼくと一緒に足摺岬へ行きたがったのか、それは、ぼくの行動を監視して、逐一(ちくいち)、十文字に報告するためだったのに違いない」

「つまり、十文字も真知子さんも足摺岬へ行くというアマさんの行動に、重大な関心を寄せていたんだな」

「そういうことになる」

「なぜだ」

「それが、よくわからない」

「そうかね、答えは簡単じゃないか。十文字も真知子さんも、ユキヨ殺しに密接な関係を持っているからだよ」

「そうは、思えないね」

「どうしてだ」

「動機さ。どう考えても、十文字敏也には環ユキヨを殺すだけの動機がない。ユキヨが死のうと生きようと、十文字には何の影響も及ぼさないんだ。そして彼には、完璧なアリバイがある」

「真知子さんの場合は、どんなもんだろうね」

「やはり、ユキヨの死には無関係だ。十文字に頼まれてユキヨを殺したと考えたいところだろうが、宝田真知子にも確かなアリバイがある」

「どんなアリバイだ」

「八月にはいってから、宝田真知子は一度も休まずに、春彦の送り迎えを続けてくれた。日曜日を除いては間違いなく、春彦と一緒に朝夕の二回、宝田マンションと聖メリー保育園の間を往復しているわけだよ」

「八月八日は……」

「金曜日だ」

「東京に、いたわけか」

「このアリバイも、また完璧と言っていいだろう」

「十文字にも真知子さんにも文句なしのアリバイがあって、ユキヨ殺しには無関係だという。それなら、何だって十文字や真知子さんは、アマさんの行動を監視しなければならないんだ」

「どうにも、不可解だ。何かの間違いだと、思いたいくらいだよ」

「十文字敏也の秘めたる愛人が真知子さんだということの関係すら、信じていいものかどうかわからないぜ」

　そう言いながら田部井は、テーブルの上の電話機を引き寄せていた。田部井は、電話料金問い合わせの番号を回した。彼が問い合わせたのは、東京から土佐清水市までの夜間通話料金であった。足摺岬は、土佐清水市内なのである。

「最初の三分間が二百五十二円、そのあと一分につき八十四円だそうだ」

　電話を切って、田部井は苦笑した。計算がぴたり合ったことが、何となく滑稽だったのだろう。合計が三百三十六円で、明細書にある金額と一致する。真知子は東京への電話で、四分以内のやりとりをしたわけである。

　天知は、時計を見た。間もなく、四時であった。

5

　遠くで、誰かが何か言っている。

　その話し声が急に大きくなって、明瞭な言葉として聞こえて来た。田部井の声だと思いながら、天知は浮き上がって水面からぽっかり顔を出した。天知は、目を開いた。電気がついている部屋の中で、彼はソファの背に凭れていた。

　天知は上体を起こすと、反射的に時計へ目をやった。六時五分前であった。四時二十五分まで、田部井と喋っていた記憶がある。そのあと天知は、気を失ったように眠ってしまったらしい。

この四日間、殆ど眠っていない。足摺岬のホテルで、数時間、熟睡しただけであった。あとは、横にもならない仮眠である。特に強行軍による旅から帰って、まったく休息していないことが、疲労の蓄積に輪をかけたのだろう。

しかし、由美の部屋で眠ったのは、わずか一時間と三十分である。天知はほっとしながら、ベッドに視線を移した。脚の位置が変わっただけの由美の寝姿が、死んだようにベッドの上に置かれている。

田部井は立ったままで、電話をかけていた。天知の頭の中には、まだ混濁が残っている。その麻痺(まひ)した思考力が、ゆっくりと回転しているようだった。夢の続きみたいな気もするが、どうやらそうではないらしい。

天知は、あることにふと、考えが及んだのである。だが、そのことを頭の中で具体的にまとめる前に、彼は泥沼のような眠りの底へ引きずり込まれてしまったのだ。いま目を覚ました天知の意識に、そのことが半ば痺(しび)れたままで、甦(よみがえ)ったのであった。

「可哀想で、起こす気になれなかったんだ」

田部井が電話を終えて、ソファに腰を戻しながら言った。メガネの奥で、彼の目も疲れきっているようである。

「すまない」

天知は、吸いたくもないタバコに火をつけた。煙を吸い込むと口の中が痛くて、喉の奥へ棒でも突き入れたような気分だった。

「由美ちゃんも、駄目だよ。揺り起こしても、目を覚まそうとしない。まだ、アルコールの匂いをプンプンさせて、眠っている」

田部井がベッドのほうへ、顎（あご）をしゃくって見せた。

「ここを、出ようじゃないか」

天知は言った。

「そうするか」

田部井は身軽に、台所のほうへ立って行った。

「これから、上野駅へ行くよ」

天知も立ち上がって、アタッシェ・ケースを手にした。

「上野駅へ……？」

水を入れたコップを持って、田部井が戻って来た。

「宝田真知子のことで、確かめたい点があるんだ。悪いけど、十文字敏也の写真を貸してくれないか」

天知は、手を差し出した。

「真知子さんと言えば、おれもいまそのことで電話してみたんだ」

田部井は天知に写真を渡してから、吸い殻が山盛りの灰皿にコップの水をあけた。

「こんなに朝早くから、どこへ電話をしたんだ」

「横浜の十文字の自宅だ」

「ほう」

「十文字敏也はどうせ帰っていないだろうし、彼に用があったわけでもない。彼の奥さんに、訊いてみたいことがあってね」

「奥さんが、電話に出たのか」

「もう起きていたらしくて、すぐに電話に出たよ。おとなしそうで陰気な感じの奥さんだった」

「その奥さんに、何を訊いたんだ」

「宝田真知子という女性を、ご存じですかって訊いたのさ」

「何だってまた、十文字の奥さんにそんなことを……」

「十文字の秘めたる愛人が真知子さんだというその前提には、彼と彼女が知り合いとなる接点がなければならないはずだろう。その接点の有無を、十文字夫人に訊いてみようと思いついたんだ」

「それで、奥さんの答えは……？」

「イエスだった」

「本当か」

「宝田真知子という身体の弱い女性が、奥さんの妹の親しい友人のひとりとして存在するそうだ。最近はまったく知らないが、以前には奥さんも何回か妹が連れて来た宝田真知子に会ったことがある。十文字敏也も夫人の妹から、宝田真知子を紹介されている。奥さんの返事は、そういうことだったよ」

「宝田真知子は、十文字夫人の妹の友人か。確かな接点だな」

「十文字と真知子さんが知り合いだと確認された以上、秘めたる愛人という関係の可能性も決定的だろう」

　入口のドアへ向かいながら、田部井が天知の背中を叩いた。

　二人は、外へ出た。明るくはなっていたが、まだ朝の空気が冷たかった。人影も疎らで、数少ない車がスピードを上げてわがもの顔に走っている。何の合図もしないうちに、空車のタクシーが寄って来て停車した。

　二人は、そのタクシーに乗った。上野駅まで、田部井も一緒に行くという。タクシーは渋谷から、高速道路へはいった。久しぶりに、車間距離が十分にあって、見通しが利く高速道路を目にした。

　上野駅の正面口で、天知だけがタクシーを降りた。振り返る田部井を乗せて、タクシーはすぐに走り去った。六時五十分であった。上野駅の構内には、すでに旅行者や屯ろする人々で賑わっていた。

天知は時刻表を見てから、上野・水上間の往復の切符を買った。上野発七時十七分の急行佐渡一号で水上まで行き、帰りは水上発九時五十六分の特急とき二号に乗るのであった。上野には十一時四十八分に、再び帰って来るのである。

天知は、市外用の赤電話の前に立った。湯檜曾温泉の本家旅館にかけて、菊子という女中を電話口に呼び出した。湯檜曾まで行けないので、水上駅まで来てもらえないかと、天知は菊子に頼み込んだ。

菊子という女中は、快く承諾した。九時四十九分という時間を厳守して、水上駅の上り線のホームにいてほしいと、天知は菊子に伝えた。湯檜曾から水上駅まで近いこともあって、菊子という女中は約束通りにすると自信たっぷりに答えた。

天知は、急行佐渡一号に乗り込んだ。定刻の七時十七分に、急行佐渡一号は発車した。水上まで一分だろうと、遅れてはもらいたくなかった。水上着が九時四十九分で、七分後の九時五十六分には上りの特急に乗り込むことになっているからだった。

名刺入れの中から、天知は写真を抜き取った。いつも持ち歩いている写真で、彼自身が四ヵ月ほど前に撮影したものだった。春彦と真知子が、写っている。ダイニング・キッチンでのスナップで、二人とも澄ました顔で写っていた。

その写真と、十文字敏也のアップのもう一枚とを、天知は見比べた。この十文字と真知子が——と、何となく感心したくなる。完全に写真も実生活も分離しているのに、この二人には深い繋がりがあるのだ。

人間の縁、男女の関係とは、不思議なものであった。いつ誰と知り合って、それがどんな関係に発展するか、わからないのである。しかも、親密な間柄だろうと表面的に秘めていれば、第三者には察することもできないのだった。

足摺岬の絶壁の上で、真知子は天知に告白した。愛する男がいる。生まれて初めて、自分のほうから愛するようになった男である。しかし、肉体と健康の点で、一人前の女としての自信がない。

だから、結婚を望む気持ちなど、まったくない。肉体関係も厭いはしないが、耐えられる身体かどうか疑わしい。それで、プラトニックな関係のままで、満足するつもりでいる。だが、その反面、自己嫌悪もある。

心身ともに男を愛することができない女、という劣等意識と自己嫌悪なのだ。女としての値打ちがあるのか、男を愛する資格があるのか、生きている意味があるのか、と苦悩することにもなる。

それだけに、報いられることのない愛に、固執するようになるのである。愛する人のために、一方的に尽くす。献身であった。そういう形でしか、愛しようがないのだ。それが、自分の愛なのである。

　真知子はそのように、告白したのであった。旅先、足摺岬の絶壁の上、目に映ずる大自然、苦悩する天知といった舞台装置に、真知子の感情はエキセントリックに潤み、濡れたのかもしれなかった。

　真知子自身も言っていたように、正直に素直に喋りたくなったのだろう。告白したい衝動を、抑制できなかったのだ。しかし、真知子は告白を終えてから、喋りすぎたことに気づいたのである。

　いまから取り消したり、愛人の存在を否定したりするわけにはいかない。そこで急遽、真知子はごまかしへ鉾先を転じた。その愛する人とは、天知なのだと、真知子は付け加えたのであった。

　誰もが、本気にしたくなるような話である。同じマンションに住んでいて独身であり、年齢の点でも釣り合いがとれている天知に、真知子が強く惹かれたとしても、おかしくはないのであった。

　それに真知子は、春彦の面倒を見ていた。母親代わりだった。報われることのない献身であり、それが天知に対する真知子の好意とも受け取れるのだ。あるいは、やがて天知と真知子が結ばれるのではないかと、予測している者さえいたかもしれないのである。

　天知も正直なところ、それを自分に対する真知子の愛の告白と受け取ったのだった。そうとしか、思えなかったのである。二人きりでいるときの告白であり、真知子は恥じらいの風情を示していた。

そして最後に、愛する人は天知であると、白状したのであった。本気にするのが、当然と言えるだろう。だが、実はその場の雰囲気に酔った真知子の告白であって、彼女の愛の対象はほかに置かれていたのだった。

それは前夜、足摺サニーサイド・ホテルから電話をかけた相手、十文字敏也なのであった。天知を愛していると言ったのは、喋りすぎたことに気づいた真知子が、咄嗟に思いついてのごまかしの台詞だったのだ。

だが、それだからといって十文字や真知子が、環ユキヨ殺しに関係しているということにはならないのである。十文字と真知子にはユキヨを殺す動機がなく、ひどく実際的なアリバイがあるのだった。

真知子の場合、八月にはいってからは一度も、春彦の送り迎えを休んでいなかった。そのことは、毎朝、真知子が二階のA号室へ来るのを見ている天知が、誰よりもよく知っている。

八月にはいってからの真知子は毎日、東京にいたということになる。足摺岬まで行くのはもちろんのこと、本格的な外出すらしていないのであった。ただし、それは日曜日を除いてのことなのである。

天知が今朝、眠りへ引き込まれる直前に考えついたというのは、そのことだったのだ。真知子はウイークデーに限り、東京を離れていない。しかし、日曜日であれば真知子はどこへでも行けるし、彼女の外出について天知も関知していなかった。

八月八日は、日曜日ではない。

だが、八月十七日は、日曜日だった。その八月十七日の正午前に、湯檜曾温泉の本家旅館を出た花形アキ子は、たまたま停車中の乗用車の助手席に知っている女の姿があるのを認めた。花形アキ子は、その車に同乗して、東京へ帰ったのであった。

八月十七日の日曜日、真知子ば十文字と二人でドライブに出かけた。午前四時ぐらいの、早朝の出発だったのに違いない。真知子は、群馬県桐生(きりゅう)市の出身である。群馬県内の地理には、詳しいはずだった。

夏の谷川岳の近辺までドライブして、正午前には帰路についた。そして湯檜曾の本家旅館の近くの信号で停車中に、花形アキ子の目に触れるということになった。花形アキ子は聖メリー保育園の『こぐま組』の担任であり、春彦の母親代わりの真知子とは顔馴染みであった。

本家旅館の菊子という女中の話にあった乗用車の女とは、真知子だったのではないだろうか。そのことを菊子に写真を見せて確かめようと、天知は思いついたのである。それが花形アキ子の死の因果関係を、明らかにする手がかりとなるかもしれないのだ。

急行佐渡一号は高崎、渋川、沼田を定時に発着して、九時四十九分に水上駅に停車した。下車する客が多かった。ここでもまた行楽客の大半が、アベックと若者のグループであった。

そうした人々の間を縫って、天知はホームを走った。陸橋を渡り、上り線のホームへ駆けおりた。ワンピースを着た女が、手を振っている。菊子のほうが先に、天知を見つけたのであった。

「どうも、すみません」

菊子のところへ駆け寄ると、天知は息を弾ませながら二葉の写真を取り出した。

「例の保母さんが、乗って行ったという乗用車のことなんですがね」

天知は言った。

「知り合いのご婦人が、乗っていた車ですね」

真剣な顔になって、菊子が頷いた。

「その女性は、和服を着ていませんでしたか」

天知はまず、真知子と春彦が写っている写真を選んだ。

「そうそう、お着物をお召しでした」

菊子は、即座に答えた。洋服よりも和服に関心を持つ年輩であり、それで着物姿が強く印象に残っていたのに違いない。

「この女性に、サングラスをかけさせたら、どうでしょうかね」

天知は写真を、菊子に手渡した。

「ああ、間違いありません」

写真を見たとたんに、菊子は大きな声を出した。安請合いをされたようで、不安になるくらいであった。

「確かですか」

天知は、念を押した。

「保母さんと言葉を交わしているとき、このご婦人はサングラスをはずしたんですよ。だから、わたしもこの顔を、はっきり見たんです」

菊子は指先で、写真の真知子の顔を軽くつっ突いた。真知子は外出するとき、必ず和服姿になる。それに顔も間違いないとなれば、もう絶対だと言っていいだろう。天知は動悸が強まるのを、痛いほど感じていた。

「次は、男性ですが……」

天知は菊子に十文字の写真を見せた。今度は、すぐに返事を聞けなかった。菊子は黙って写真を眺めていた。

「サングラスをかけて、運転席にいたのとは、別人ですか」

天知は、特急の到着を告げるスピーカーの声を、耳にしていた。

「別人ですね」

ようやく菊子が、判断を下した。

「違いますか、まるっきり……」

「感じやタイプが、違うんですよ」

「そう、言いきれますか」

「その男性を見たとき、どこかで会ったような人だなって印象を受けたんです。でも、この写真の人を見ても、そんな感じがしませんもの」

「そうですか」

天知は失望を覚えながら、十文字敏也の写真を引っ込めた。ホームへ、特急とき二号が滑り込んで来た。

「ご足労をかけて、申し訳ありません」

天知は言った。

「この列車に、お乗りになるんですか」

呆(あき)れたような顔で、菊子が天知を見上げた。その菊子の手に礼金の包みを押しつけると、天知は列車のドアのほうへ走った。彼は、列車に乗り込んだ。水上に六、七分いたというのは、旅行者の新記録に違いなかった。

しかし、その短い旅行によっても、百パーセントの収穫は得られなかった。花形アキ子を東京まで送った乗用車の、助手席にいた女は間違いなく真知子であった。ところが、運転していた男は、十文字敏也ではなかった。半分は天知の見込み違い、ということになるのだ。

だが、その代わり新たな疑問が、提出されたのであった。真知子と二人だけで、群馬県と新潟県の県境の近くまで、ドライブをした男とはいったい何者なのだろうか。十文字敏也のほかに、そうした間柄の男が真知子にはいたのだろうか。

真知子の男関係については、ある程度の想像がつく。はっきり言えるのは、その数が限られているということである。真知子が難治とされている再生不良性貧血に近い身体であることは事実であり、また男と接する機会が少ないことも確かなのだ。

真知子には、愛する男がいる。それが十文字敏也であるとすれば、一緒にドライブに出かけた男というのは、いったい何者なのだろうか、こうなると、その男の存在がひどく重要に思えてくる。

特急とき二号が、定時に発車した。午前九時五十六分であった。八月三十日の午後九時まで、残り時間は三十五時間と四分である。しかし、環ユキヨの他殺を立証するのに、まだ壁は厚かった。

とんでもない回り道をしていて、とても間に合わないのではないだろうか。天知昌二郎は、下腹がむず痒(がゆ)くなるような、焦燥感を覚えていた。

第五章　残り2時間10分

1

　上野駅から、水道橋へ向かった。東都出版社に、寄ってみようという気になったのである。歩くことが、辛くなっていた。食べていないし、睡眠をとっていないせいである。人間の最悪のコンディションも、その限界に近づきつつあるのだ。

　天知は雲の上を歩くような気分で、『婦人自身』の編集室へ向かった。真っ先に目をやった編集長の席に、田部井の姿はなかった。田部井もさすがにグロッキーとなって、自宅へ眠るために戻ったままなのだろう。

　編集室の入口に立っている天知を、デスクの篠原が見つけて腰を浮かせた。篠原は立って来て、編集長の席へ来るようにすすめた。しかし、田部井がいないのでは、編集室にいても意味がなかった。

「アマさん、ひどい顔色ですね。鉛色で、まるで死人じゃないですか」

篠原が、眉をひそめて言った。

天知はエレベーターに近づいて、その脇にあるベンチに腰をおろした。立っていると、膝がガクガクと震え始めるのである。反対側の壁に鏡が嵌め込まれていて、そこに別人のような天知の姿が映っていた。

確かに、どす黒くて鉛色の顔であった。頬が削ったように落ちてしまい、顎が尖っている。眼窩が窪んで、大きくなった目がギラギラしていた。病的に鋭角的な顔で、自分でも気味が悪かった。

「田部井は、夕方に顔を出すそうです」

篠原も並んで、ベンチにすわった。

「じゃあ、そのころになって、電話を入れますよ」

天知は、目を閉じた。眩暈がするし、動く気になれなかった。

「ところで、アマさんは聖メリー保育園での騒ぎを、知っていますか」

篠原が言った。

「騒ぎとは……?」

目をつぶったままで、天知は訊いた。

「聖メリー保育園に、存続問題協議会が設けられたってことですよ」

篠原は、すわり直して足を組んだ。

「知らないな」

天知は、力なく首を振った。

「田部井の指示で、聖メリー保育園へ情報を集めに行っている記者から、報告があったんですがね。園長さん、ええと何て言いましたっけね」

「高林寿美子……」

「そう、その園長が引退するって言い出したそうなんです」

「引退ね」

「昨日、保育児の一部の母親たちが園長に、申し入れを行なったらしいんですよ」

「何の申し入れです」

「保母さんが園内で殺されて、その死体を保育児たちが見てしまった。それに今度は、送り迎えの盲点を衝かれて、保育児が誘拐された。こうしたことの影響は大であり、安心して子どもを任せる気になれない。従って抜本的な今後の対策を立ててほしい、という申し入れだったんだそうです」

「過保護の母親が、言いそうなことだ」

「それに対する高林園長の返事が、引退表明だったというんですよ」

「なるほど……」

「今度の誘拐事件で園長は、やる気を失くしかけていたんだそうですがね。そこへ抗議めいたことを持ち込まれたんで、高林園長はもう投げ出したくなったんでしょう」

「しかし、高林園長が引退すれば、聖メリー保育園は事実上、廃園ってことになってしまう」

「そういうことらしいですね。それで、抗議の申し入れを行なった母親たちも慌ててしまい、大騒ぎになったということなんです。そのために急遽、聖メリー保育園存続問題協議会というのが、発足したんだそうですよ」

「そいつは、確かに大変だ」

天知はそう、投げやりな言い方をした。

「まるで、他人事みたいですね」

篠原が、不安そうな顔をした。何がどうなろうと、知ったことではない。天知がそこまで捨て鉢な気持ちになってしまったのだろうかと、篠原は心配したのに違いなかった。

「いまのところは、春彦の無事を祈ることしかない。それ以外はすべて、他人事という感じだね」

天知は弱々しく笑うと、思いきって立ち上がった。大理石の壁に、手を突かずにはいられなかった。

「大丈夫ですか」

篠原の声が、追って来た。天知はエレベーターに乗ってから、篠原に手を上げて見せた。エレベーターが沈下するときの衝撃で気分が悪くなり、天知はその場にすわり込みたくなっていた。

今日もまた、日射しが強かった。東京の空も、晴れ上がっている。紺碧(こんぺき)の空とは言えないが、雲らしいものはまるでない。地上の赤っぽい明るさを見ただけで、天知は目が眩(くら)みそうであった。

タクシーの中で、天知は初めて敗北感に捉われていた。何とかしてみせると思ったことが、自己過信だったと、いまになって気がついた。環ユキヨの他殺を立証するなどと、だいそれたことを考えついたものだと、天知は自嘲(じちょう)した。

彼はぼんやりと、窓の外へ目をやっていた。刀折れ矢尽きた、という気分であった。どうすることもできない相手に体当たりを試みた疲労感が、自分をすっかり無気力にさせていると天知は思った。

宝田マンションの二階A号室に辿(たど)りついたのは、午後二時二十分すぎであった。部屋では依然として、二人の刑事が電話を待ち続けていた。だが、真知子の姿は、見当たらなかった。

天知は、自分の部屋へはいった。ズボンだけになって、彼はベッドの上に転がった。眠れるかどうかはともかく、横にならずにはいられなかったのである。心臓の鼓動が、全身に響くようだった。

真知子はなぜ、姿を見せないのか。天知は天井を見上げて、ふとそのことを考えていた。真知子は、天知を避けているのだ。天知や田部井が、十文字と真知子の関係を見抜いたものと、彼女にも察しがついているからである。

まず、足摺サニーサイド・ホテルへ田部井が電話をかけて来たとき、天知はクラブ『舞子』と口にしている。それを真知子は、そばにいて聞いていた。そのことを真知子は『舞子』にいる十文字に、電話で伝えたはずだった。

そして帰京すると空港へ田部井が迎えに来ていて、天知とどこかへ行くような気配であった。二人は『舞子』へ行くのだと、真知子にも見当はついただろう。真知子はそのこともまた、十文字に報告したのに違いない。

更に今朝になって、田部井が十文字の妻に電話をかけている。その電話で田部井は、宝田真知子なる女を知っているかと、十文字の妻に質問したのだった。当然、十文字の妻も、奇妙な電話だと思うだろう。

十文字が自宅にいればもちろんのこと、不在だろうと彼の妻は夫の耳に入れようとする。十文字の妻は会社に電話をして、夫と連絡を取り合うことになる。妻の話によって十文字は、『婦人自身』の編集長が真知子について問い合わせて来たことを知る。

十文字は急いでそのことを、真知子に電話で知らせるはずである。天知と田部井があちこちを調べ歩いた結果、十文字と真知子の秘めたる関係を探り出した。真知子にも、そうとわかったわけである。

　そのために真知子は、天知を避けずにはいられなくなったのだ。何か策を講ずるまでは、天知と顔を合わせないほうがいい。愛する人とは天知だ、などと言ってしまった手前もある。そのことで真知子はいま、苦慮しているのに違いなかった。

　電話が鳴った。

　天知がいる限り、電話に出ないわけにはいかなかった。天知は、起き上がった。ダイニング・キッチンではすでに、二人の刑事がすべての準備を整えていた。刑事のひとりが、天知を見て頷いた。

「もしもし……」

　天知は、電話に出た。

「おれだ」

　男の声が聞こえた。

「春彦を、電話に出せ！」

　天知は、いきなり言った。環日出夫は、返事をしなかった。ただ黙っているだけかと思ったが、そうではなかったのである。送受器を授受する気配と、子どもらしい息遣いが伝わって来た。

「もしもし、春彦か！」

思わず天知は、急き込んでいた。

「お父さん、ぼく……」

と、聞こえたのは紛れもなく、春彦の声であった。

「元気か」

そう言ったきり、天知は失語症のように口がきけなくなっていた。

「うん、ぼくね、いまね、島を見て来たんだよ。灯台があって、崖の上でね、下が海なんだよ」

春彦にしては、よく喋るようであった。興奮しているのかもしれない。まだ目の前に海を見るという経験を、殆どしていないのである。

「それで、島が見えたんだよ。遠くに、島が四つ見えたよ」

と、そこで春彦の声が途切れて、送受器が何かに触れるような雑音が聞こえた。

「いよいよ、明日だな。じゃあ……」

日出夫の声がそう言って、次の瞬間には電話が切れていた。天知は、送受器を置いた。気が抜けたようで、彼は肩を落とさずにいられなかった。幸運がほんの一瞬、頬を叩いただけで、消えてしまったという感じである。

もちろん、逆探知は間に合わなかった。だが、重大な手がかりを得たのである。刑事のひとりが、捜査本部に電話を入れた。再生した録音を捜査本部に、電話を通じて聞かせるためであった。

『ぼくね、いまね、島を見て来たんだよ。灯台があって、崖の上でね、下が海なんだよ。それで、島が見えたんだよ。遠くに、島が四つ見えたよ』

春彦の声は、それだけであった。微塵も暗さが感じられないし、むしろ張りきっている子どもの声である。泣いたり、悲しがったりはしていない。一応、大事に扱われていて、当然のことながら誘拐されたという自覚など持ってはいないのだ。

環日出夫は春彦に、適当な作り話を聞かせてあるのに違いない。誰にでも馴れやすくて人見知りをしない春彦は、その話を信じきっているのだ。滅多にない旅行の機会というものを、春彦は大いに楽しんでいるのかもしれなかった。

春彦は、日出夫を恐れていない。もちろん逃げ出そうとしたり、誰かに助けを求めたりもしない。日出夫と二人で、楽しそうに遊び歩いている。そうなれば傍目には、実の父子にも見えるだろう。

非公開捜査なので、無関係な一般人は誘拐事件も二人の手配写真も知らない。楽しそうな父子を誘拐犯人に人質と見て、警察に通報する人間がいようはずはなかった。父と幼児の二人連れで旅行先にいるというカップルは、全国に数えきれないほどいるのだ。

日出夫は春彦を連れて、平然と出歩いているのである。春彦が電話で、いま海と四つの島を見て来たと報告したのも、その証拠と言えるだろう。とにかく、いまのところは春彦にとって、危害も虐待も無縁のようであった。

天知は、何となく安心した。敗北感が薄らいだし、重病にかかったような身体にも力が甦った。あと一枚ぐらいの壁を攀じ登り、乗り越えられる余力は、残っていそうな気がした。思考力にも、明かりがともったようであった。

捜査本部のほうも、俄に活気づいたようである。春彦の言葉を手がかりに、その居場所の範囲を限定することになったのだ。春彦の喋り方は極めて自然であり、日出夫が作った脚本を読み上げたものとは思えなかった。

灯台がある。

崖の上で、すぐ下は海。

遠くに、四つの島が見えた。

このことから、岬の突端に立ったものと推定される。灯台があってその突端から四つの島を望見できるという岬を、早急に捜し出すことであった。捜査本部はただちに運輸省を通じて、全国の灯台に照会することにした。

灯台と一口に言っても、一等から無等までの等級がある。六等と無等の灯台は、港湾に配置されている。だから岬には縁がなく、対象から除外される。四つの島だけが遠くに見えたとなると、外洋に突き出ている岬としか考えられない。

それで三等から五等のうち、内海や湾内の沿岸に設けられている灯台も除外した。照会の対象は外洋に接する一等と二等灯台、それに一部の三等、四等、五等灯台に絞られた。その中に、岬の突端にあって四つの島が見える灯台が、なければならないのである。

だが、吉報はそう簡単に、得られなかったようだった。夜になっても、電話待ちの刑事たちは動かなかったし、沈黙を守っていた。四つの島が見える岬の灯台が判明すれば、宝田マンション二階A号室にいる刑事たちにも、何らかの動きが見られるはずであった。

九時前に田部井から電話がかかった。田部井はいま、『婦人自身』の編集室にいるという。何となく、様子が変である。緊張している一方、興奮を抑えているらしく、上ずった声が震えているのだった。

「この電話、録音されていないだろうな」

田部井は小さな声で、まずそのように念を押した。彼は声をひそめて、電話に出ているのだ。そばにいるデスクの篠原たちにも、聞かせたくない話らしい。

「大丈夫だ」

天知は、近くの刑事に目を走らせた。田部井からの電話だとわかっているので、刑事たちは気にもとめていなかった。

「だったら、これからすぐに、そっちへ行く」

田部井は言った。

「何かあったのか」

普通ではないと思ったとたんに、天知は胸を締めつけられて息苦しくなっていた。

「電話では、言えないよ」

「密談ということになるな」

「だから、時間を見計らって、マンションの外にいてもらいたい」

「わかった」

「一時間以内につくから、マンションの前で待っていてくれ」

そう言って、田部井は電話を切った。刑事たちに聞かれたくない、自分の腹心の部下の耳にも入れまいとしている。田部井のその用心深さから推して、決定的とも言える重大な話ということになりそうだった。

九時三十分になるのを待って、天知はさりげなく部屋を出た。一階の真知子の部屋に人の出入りもなく、すべてを拒むように扉が閉ざされていた。真知子は今日一日、ついに姿を見せなかったのだ。

短い階段をおりて、天知は路上に立った。夜気に幾らか、涼しさが感じられた。暗い通りを、そぞろ歩きのアベックが通りすぎて行く。八月末の午後十時前となると、夜更けというには程遠かった。

間もなくタクシーが急停車して、人影が一つ地上に降り立った。天知は、その人影に近づいた。田部井は、マンションの入口や窓に目を走らせていた。何者かの監視下にあるのではないかと、気になったのに違いない。

二人は下北沢駅のほうへ、足早に歩き出していた。あとを追って来る人影はなく、見知らぬ通行人とすれ違うだけであった。田部井が、小さな中華そば屋を指さした。その店へ、はいろうというのである。

客は、ひとりもいなかった。二人は、隅の席にすわった。無愛想な若い女が、注文を聞きに来た。田部井が、冷やしラーメンを頼んだ。彼はそのあと、タバコに火をつけた。まずは自分を落ち着かせるために、田部井は黙っているようであった。

「驚くような話なのか」

田部井の顔色を窺(うかが)いながら、天知は口を開いた。

「環日出夫から、電話があったんだよ」

田部井が言った。

「どこへだ」

天知は、田部井の顔を凝視した。田部井は正気なのか、嘘をついているのではないかと、疑う気持ちがあったのだ。

「編集部へだよ。八時四十分に、おれを指名して電話をかけて来た」

田部井は、顔を硬(こわ)ばらせている。彼は正気だし、事実を伝えているのだ。責任の重さを感じている男の顔であった。

「当人に、間違いないのか」

「間違いない」

「あんたのところへ、電話をかけた理由は……？」

「もちろん、警察を避けるためだ。あらゆる問題の前提条件として、環日出夫は警察に知らせないということを強く主張している。おれはその点を、固く約束したよ」

「それで、あの男の要求は……？」

「要求というより、提案だろうな。日出夫はアマさんに会いたいと、言って来ているんだよ」

「それは、どういうことなんだ」

「環日出夫の言い分は、こういうことなんだ。逆上して復讐の鬼になりきろうと思ったし、前後の見境もなく春彦ちゃん誘拐を実行してしまった。だが、この四日間でかなり冷静にもなり、一緒に楽しく過ごしているうちに春彦ちゃんへの情も湧いた。それで、つまり気が変わった、ということなんだろう」

「春彦を、返すというのかね」

「条件次第で、というわけだ」

「その条件とは……？」

「詳しいことは、会って話したいそうだ。しかし、だいたいの見当は、おれにもついている。環日出夫は罪を軽くしてもらうための協力を、アマさんに頼み込もうとしているんだよ」

「いつ、どこで会うんだ」

「時間は明日の午後三時だ。八月三十日の午後三時……」

「場所は……？」

「伊豆の下田だ」

「下田……！」

「おれは必ずアマさんを連れて行くと、日出夫に約束しておいたんだがね」

田部井は、天知の顔を見守っていた。天知は、沈黙していた。夢を見ているようでもあり、容易には信じられないことだったのだ。天知の頭の中は、空っぽになっていた。彼は不意に食欲を覚え、同時にぐっすり眠りたいと思った。

天知は、運ばれて来た冷やしラーメンの皿を引き寄せると、噛む暇もなく、次から次へと、口のなかへ押し込んだ。

2

八月三十日の午前七時三十分に、天知は目を覚ました。寝不足を感じなかったし、もう少し眠っていたらという逡巡（しゅんじゅん）も覚えなかった。目をあけた瞬間から、彼の頭の中は鮮明に晴れ上がっていた。

七時間、眠った計算だった。夢も見ずに、熟睡した。二十五日の夜以来の睡眠不足を、一挙に埋め尽くしたという気分であった。彼は丹念に歯を磨き、顔を洗い、髭（ひげ）を剃（そ）り落とした。それから、白の上下の背広に着替えた。十時半には、田部井が迎えに来ることになっている。

それまで、三時間の余裕がある。その間に、一つだけやってしまいたいことがあったのだ。一つだけやり残したことを、すませてしまうと言ったほうがいいかもしれない。特に大きな期待も持てないし、余分な骨折りという結果に終わっても仕方のないことであった。だが、それ一つだけを手つかずで残すことが、どうにも釈然としなかったのだ。

天知はマンションを出て、少し歩いてからタクシーを拾った。行く先は、目黒区の大橋二丁目であった。今日の午後には、環日出夫に会うことになっている。何も今更、動き回っても意味はないだろうと、受け取られるかもしれない。

しかし、天知は環日出夫の和睦の申し入れを、全面的に信用していなかったのである。冷静にもなったし、春彦に対して情を覚えてしまったと、一応もっともらしいことは言っている。だが、どことなく不自然だし、何か裏がありそうな気がするのだった。

今日の午後三時に、伊豆の下田の黒潮観光ホテルの前まで行く。そのホテルの前から、公衆電話をかけるのである。電話をかける先は、どこであるのかわからない。田部井が、その電話番号をメモして持っている。

恐らく環日出夫は、黒潮観光ホテルの前を一望にできるレストランか、ドライブインかにいるのだろう。そこから見て、警察が一緒でないことを確認したうえで日出夫は、落ち合う場所を新たに電話で指示するというのである。

環日出夫は、天知と話したいと言っている。彼の条件に応ずるならば、その場で春彦を返すというのだ。取引である。日出夫は冷静になって計画を中止し、春彦の処刑も思い留まった。

そうなると問題は、日出夫の犯罪者としての今後に残される。春彦に危害を加えるどころか、楽しく遊ばせてやったうえで天知の手許に返すのである。それなのに型通り、誘拐罪に問われるのでは割りが悪すぎる。

そこで罪が軽くなるように、天知に協力してほしいということなのだ。いまのままでは、日出夫は誘拐罪と脅迫罪に問われることになる。未成年者の略取誘拐は、五年以下の懲役であった。それに単純脅迫の罪で、二年以下の懲役が付加される。

しかし、営利誘拐ではないので、この場合の略取誘拐は親告罪になる。天知が春彦を誘拐したことで、環日出夫を告訴したから、捜査本部が設けられて警察が動き出したのであった。親告罪であれば、その告訴を取り下げることが可能である。

自分の妻子を死に追いやったのはあの男だとカッとなったＡが、復讐してやるというのでＢの子どもを略取誘拐した。だが、そのうちにＡも冷静になって、馬鹿げたことをやったものだと気づいた。

それでＡはＢと会って、話し合いをした結果、誤解ということもあり、互いに非を認めて和解した。子どもも無事にお返しする、いや今度のことは水に流しましょうと、被害者と加害者が仲直りをしたわけである。ＢはＡの告訴も、取り下げることになる。

そうなれば、単純誘拐の罪は消滅する。あくまでも人間としての感情が生んだことであり、大人の喧嘩に子どもが巻き込まれたようなものだった。最初から日出夫は、自分が春彦を誘拐したと名乗り出ている。

また日出夫は春彦に危害を加えていないし、恐怖感さえも与えていない。監禁状態に置いて、身体の自由を奪ったわけではない。春彦は父親の知り合いと、楽しく遊んでいるつもりでいたのかもしれない。

そして、春彦は無事に、返されるのである。天知が日出夫と和解して、告訴を取り下げるのだから、これ以上に有利なことはない。日出夫には脅迫の罪が残るが、大元の事件が解決しているので、あまり問題にはならない。日出夫の罪は起訴されたとしても、刑は執行猶予付きになるだろう。

日出夫はそういう意味での協力を、天知に求めているのである。二人は、和解する。日出夫は春彦を返し、天知は告訴を取り下げる。そうした取引のための話し合いを、することになるのであった。

天知に、異存はない。春彦さえ無事に返されて来るのであれば、日出夫を刑務所へ送り込みたいとも思わなかった。だから天知も田部井とともに、伊豆の下田へ向かうことを即座に承知したのである。

しかし、それでいて天知は日出夫の心情を素直なものとして、見ることができないのであった。最後の日になって和解を望むというのが、彼の予定の行動だったような気がしてならないのだ。

妻のユキヨが死んで以来、半月以上も苦悩した挙句に、復讐の鬼になりきろうと決心した日出夫なのである。しかも、春彦の誘拐を、実行に移しているのだ。それから、四日しかたっていない。

その四日間に冷静になって気が変わるくらいなら、半月以上も苦悩の日々を続けるものだろうか。四日間だけ一緒にいて春彦に情が湧くようなら、最初から誘拐したりしないのではないだろうか。

それに昨日の電話では、あっさりと春彦の声を聞かせることに応じている。そのうえ、春彦がどこにいるのかを暗示させる言葉を口にしても、日出夫はまったく黙らせようとしなかった。

それは、いかに日出夫が春彦の自由を認めていて、誘拐という状況にもないことを、警察に印象づけるための小細工ではなかったのか。そうしたすべてに、作為的な匂いと不自然さが感じられるのであった。

タクシーを降りて、天知は、駐車場代わりの空地を横切った。その空地の奥に、由美が住むアパートがある。階下の左端の部屋に近づいて、天知はドアの脇のボタンを押した。部屋の中で、チャイムの鳴るのが聞こえた。

外泊しない限り、由美はいるはずだった。まだ朝の九時前だし、夜の遅い由美が出かける時間ではなかった。天知はもう一度、チャイムを鳴らした。しばらくして、ドアの内側で鍵をはずす音がした。

天知が引くのと同時に、ドアが外側へ押し開かれた。天知は中へはいって、後ろ手にドアをしめた。目の前に、蠟纈（ろうけつ）染めの飾り暖簾（のれん）を持ち上げて、由美が立っていた。白いネグリジェを着ている。

化粧気のない顔を、長い黒髪が囲んでいた。ニヒリスティックで、神秘的な表情であった。白いネグリジェのせいもあるのだろうが、ふと幽玄美を感じさせる由美であった。彼女はじっと、天知を見つめていた。

「まだ寝てたのかい」

　天知は言った。

「いま、朝風呂から出たところなの。これから、もう一眠りしようかと思って……」

　由美はそう答えてから、急に眩しそうな目になって天知を見やった。

「そいつは、悪いことをしたな」

「いいえ、構わないのよ。あなたなら、歓迎するわ」

「実は、頼みがあるんだ」

「とにかく、お上がりになって……」

「いや、時間がない」

「つまんないわ、そんなの……」

「昨日の朝は、ゆっくりとお邪魔させてもらったよ」

「ごめんなさいねえ、あのとき……」

　由美は初めて、照れ臭そうに笑った。

「われわれも、黙って出て行くのに、気が引けたんだがね」

　表情のない顔で、天知は言った。

「あんなに酔っぱらったの、生まれて初めてなのよ」

「ひどい二日酔いだったろう」

「早い時間からずいぶん飲んでいたんだけど、あなたがいらしたらもっともっと酔いたくなっちゃって……。わたし、あなたみたいなタイプに弱いの。一目、見ただけでジーンと来ちゃって、それを隠そうとしてガブガブ飲んじゃうのね」

「着換えてくれないか」

「どうして……?」

「これから、案内してもらいたいところがあるんだ」

天知はポケットから、白い紙袋を引っ張り出した。紙袋の中身は、一万円札であった。二十万円ほど、入れてある。それを天知は、由美に手渡した。

「案内するって……?」

受け取った袋の中を覗(のぞ)いて、由美はあっと声を上げそうになった口を手で塞(ふさ)いだ。

「失礼かもしれないが、あって邪魔になるもんじゃない」

天知は掌(てのひら)の上で、チョコレートの銀紙を広げた。

「わたし、酔っぱらって、何か言ったんでしょう」

恥じ入るように由美は、両手で顔をはさみつけた。

「金が必要だと、言っただけさ」

天知は口の中へ、チョコレートの断片を入れた。

「喜んで、頂くわ。だって、助かるんですもの」

「どうぞ……」

「その代わり、あなたの注文にも応じなくちゃね」

「是非、そう願いたいね」

「ギブ・アンド・テイクだわ。ちょっと、待ってらして……」

由美は髪の毛を押えて、奥の部屋へ駆け込んで行った。湯上がりの若い女の匂いが、残り香として漂った。由美の支度は、化粧をしないので早かった。五分とたたないうちに、バッグを手にした由美が現われた。ノースリーブの白いブラウスに、白いスラックスをはいていた。

由美は素早く、音を立てて天知の頰に接吻(せっぷん)してから、靴をはきにかかった。天知はドアの外へ出ると、由美が鍵をかけるのを待って歩き出した。追って来た由美が、天知の腕に縋(すが)った。

「どこへ、案内するの？」

由美が歩きながら、長身の天知を見上げた。

「福子ママのマンションだ」

天知も、由美の顔を見おろした。今更、いやとは言わせないと、彼にはそんな気持ちがあったのだ。

「そうだろうと、思ったわ」

由美は、首をすくめて笑った。

「案内してくれるんだろうね」

天知は、念を押した。

「いいわよ。本当はそういうことをすると、ママたちに怒られるんだけどね。でも、もういいの」

「〝舞子〟をやめるからかい」

「そう」

「確か、今月いっぱいで、やめるって言っていたな」

「だから、昨夜が最後のお勤めだったのよ。今日と明日が土、日で、お店はお休みでしょ。明後日はもう、九月一日だもの」

「じゃあもう二度と、〝舞子〟には行かないのか」

「そうなの。だからもう、わたしは自由よ。福子さんのマンションを教えたって、何を喋ったって、怒られる心配なんてないわ」

「ところで、福子ママのマンションは、どの辺にあるんだ」

「福子ママって呼ぶのは、おかしいと思うんだな。もうとっくに、ママじゃなくなっているんだもの」

「ほかに、呼びようがないんでね」

「草柳福子って、名前があるのよ」

「草柳福子か」

「マンションまで、歩いて行きましょうよ。まだ、そんなに暑くないし……」

図書館の前に出て、玉川通りへ向かいながら、由美が言った。草柳福子のマンションは、この近くにあるのだろう。天知は、案内人に任せることにした。玉川通りに出ると、由美が左へ天知の腕を引っ張った。

玉川通りは、車で埋まっていた。午前九時のラッシュよりも、異常な混雑ぶりだった。土曜日であり、明日が晦日の日曜日という影響なのだ。車より歩道を行く人間のほうが、先に進めるようであった。

「草柳福子の旦那を、君は知らないと言ったけど、それは本当なのかい」

山手通りを左に曲がったところで、天知は質問を再開した。

「そんな嘘は、つかないわ」

不満そうに、由美が口を尖らした。山手通りにも、車の渋滞が続いていた。

「しかし、旦那がいることに、間違いはないんだろう」

「もちろん、恋人はいるわ。パトロンとか旦那とかじゃなくて、ちゃんとした恋人らしいわよ。福子さんは結婚するって、ママから聞かされたことがあるもの」

「分譲マンションを買ったのも、そのための準備なんだな」

「その恋人が、買ってくれたんでしょうけどね」

「しかし、結婚することにもなっている恋人との関係を、どうして誰にも知られまいとするんだろう」

「さあ……。とにかく二、三の人を除いては、完全に秘密にしているみたいよ。やっぱり、何かあるんでしょうね。福子さんのことだから、意味もなく秘密にしたりするはずはないもの」

「草柳福子は、切れ者でやり手だという話だったね」

「頭がよくて、しっかり者だわ。よく言えばだけど……」

「悪く言えば、どういうことになる」

「野心家で、凄腕(すごうで)ね。それに、あれだけの美貌(びぼう)の持ち主と来ているんだから、鬼に金棒だわ。もっとも、その福子さんが結婚しようって本気で惚(ほ)れ込んだ相手なんだから、よっぽど素敵な恋人なんでしょうね」

「その恋人に君は紹介されてもいないし、会ったことも見たこともない」

「そうなの」

「名前も、知らないのか」

「それらしい人の名前を、福子さんが電話で口にしているのを聞いたことがあるんだけど、忘れちゃって思い出せそうもないわ」

由美がそう言って、チラッと苦笑した。山手通りを松濤二丁目から、富ケ谷二丁目のほうへ抜けている。間もなく、由美が左側を指さした。富ケ谷二丁目から、駒場公園へ通ずる道に、はいることになるのだった。

草柳福子のマンションは、この近くにあるのだろう。そうだとすれば、あるいはと天知は最初から投げていた期待感を、取り戻す気になっていた。富ケ谷二丁目の先は上原一丁目、そしてその先が元代々木町なのであった。

元代々木町には、環邸がある。環邸と草柳福子のマンションとは、適当に離れていて近距離にある。行動に制約が多い人間は、時間を節約するために、愛人の住まいを自宅の近くに定める。それがまた盲点になるというのは、誰もが気づくことであった。

草柳福子の愛人とは、環日出夫なのではないか。天知がそう想定したのは、ほんの思いつきからだったのである。以前、日出夫は十文字敏也とともに、クラブ『舞子』に出入りしていたという。

その日出夫は最近、『舞子』に姿を見せなくなった。一方、『舞子』を手伝っていた福子も、ママ代理をやめてしまって店に現われなくなった。同じように『舞子』に用がなくなったのは、二人が結ばれて一緒に過ごせる場所をほかに得たせいではないのか。

天知はそのように月並みな発想から、福子と日出夫を結びつけてみたのにすぎないのだ。それだけに、確信も期待も抱けなかった。ただ一つやり残した仕事というふうにしか、感じ取れなかったのである。

だが、いまは違う。草柳福子のマンションが、環邸から一キロ程度しか離れていないということから、天知もあるいはと期待をふくらませつつあったのだ。その天知の目に、大きなマンションが映じた。

十階建てで、中庭のあるマンションだった。中庭が、駐車場になっている。南欧の明るい建物を連想させる造りで、各部屋とも4LDKぐらいはありそうである。分譲マンションとしても、一級品なのに違いない。見るからに、豪華であった。

幅の広い門があって、その脇のコンクリートに『メゾン東京』と彫られた金属板が埋め込んである。広いロビーの奥に、エレベーターが並んでいる。付近に子どもの姿が見られないことも、雰囲気の特色の一つになっていそうだった。

「ねえ、これからどこかへ、連れて行ってほしいわ。今日から三、四日は、のんびりできるんですもの」

マンションの門を通り抜けたとき、由美がそんなことを言い出した。

「そうは、いかないんだよ」

天知は、ロビーの入口に近づいた。

「だったら、わたしのアパートへいらしてよ。ねえ、いいでしょ」

「暇ができたら、そうするよ」

「暇を作ってよ。わたし、明日も明後日も、アパートで待っているわ。だから、泊まりがけで来てほしいの」

「わかった」

「本当ね」

「しかし、いまはそれどころじゃないんだ」

「ねえ、きっとよ」

「君は草柳福子が、恋人の名前を口にするのを、耳にしたことがあると言ったな。その名前をもう一度聞いたら、思い出せるんじゃないのか」

「いや、約束してくれなくっちゃあ……」

「その恋人の名前、環さんじゃなかったかい」

「ねえ、約束して……。違うわ、苗字(みょうじ)じゃないのよ」

「じゃあ、日出夫だ。日出夫さんって、言ったんじゃないのか」

「お願いだから、アパートへ来るって約束してちょうだい」

「約束する」

「絶対よ。ねえ、日出夫さん……？」

「違うか」

「そうよ、日出夫さんよ。あのときの電話で福子さん、日出夫さんって言ってたのよ」

ロビーへ入ったところで、由美は、天知の前に回り込んだ。真摯な、眼差しであった。由美は別に緊張したり、真剣になったりしているわけではない。日出夫という名前を思い出したことで、彼女は面喰らい、驚いているのであった。

天知はその由美を押しやるようにして、エレベーターのほうへロビーを横切った。そのとき、エレベーターの一つの扉があいて、人影がロビーへ出て来た。その人影と由美が同時に、はっとなって立ちどまった。

「福子さん……！」

由美が小さく叫ぶように、低い声を絞り出した。天知も、足をとめた。女は凍りついたような表情で、凝然と突っ立っていた。咄嗟のことで、すっかり戸惑っているのだ。その顔は間違いなく、由美の部屋にあった写真で見ている女のものだった。

草柳福子であった。だが、変わらぬ容姿は、顔の美しさだけである。あの写真の水着姿のスタイルのよさは、まったく認めることができなかった。女は身を翻して、エレベーターの中へ戻った。

エレベーターの扉がしまり、上昇を示すランプが点滅した。部屋へ、逆戻りするつもりなのだ。福子はその姿を、知っている人間に見せたくなかったのである。それで福子は、逃げたのであった。

「彼女ったら、あんなお腹(なか)をして……」

由美が、そう呟(つぶや)いた。

「だから、〝舞子〟には、姿を見せなかったんだろう」

天知は、頭を一撃されたような衝撃に耐えながら、言葉を口にした。うずたかく積み上げた積み木が、一本だけ抜き取ったとたんに完全に崩れ去るというときの気分を、天知は味わっていた。彼はいま、その抜き取るべき積み木を、発見したのであった。

草柳福子は、あまり美しくない太り方をしていた。腹がふくらんだ身体を、彼女は赤と黒の服に包んでいた。それは、マタニティ・ドレスであった。少なくとも、七ヵ月以上の身体に合う妊婦服だったのである。

勝った——と、なぜか天知は思った。

3

宝田マンションの小さな駐車場に、二台の乗用車が停めてあった。一台は黒塗りのハイヤーで、東都出版社の社旗をつけている。運転手がハンドルの上に、道路地図を広げていた。

まだ十時をすぎたばかりだが、すでに田部井が迎えに来ているのである。そのハイヤーと並んでいるのは、ダーク・グリーンのオープン・カーであった。あまり見かけない軽スポーツ車で、もちろん外国製だった。

二人乗りの、トライアンフ・スピットファイアである。イギリス製の軽スポーツ車だが、特に高価なものではない。天知は階段の上に目をやって、このトライアンフ・スピットファイアの持ち主が誰か、すぐにわかった。一階の廊下に、三つの人影があったのだ。

田部井、和服を着た真知子、それに十文字敏也であった。三人は笑顔で、立ち話をしていた。トライアンフ・スピットファイアは、十文字敏也の車なのに違いない。彼は黒シャツに黒ズボンと、ドライブ向きの軽装でいる。

なるほどと、天知は思った。

これが新たな策というものなのだ。十文字と真知子の関係を、オープンにするのである。二人の関係を別に秘めているわけではないと、はっきり見せつけようとしているのであった。

十文字と真知子が一本の線によって結ばれているのは、この通り当たり前なことなのである。真知子が愛している男とは、実はこの十文字なのだ。足摺岬から真知子が十文字に電話をかけたとしても、それは不思議でも何でもないことではないか。

十文字と真知子は行動によって、そうしたことの弁解をすませてしまうつもりなのだ。

二人の関係を隠していれば、多くの疑問や矛盾が生ずる。だが、公然と二人の関係を示すならば、行動するうえでの接点については、怪しまれることもないのである。

開き直ったには違いないが、事後処理としては最上の策であった。二人の関係を早々にオープンなものにするから、それまでは天知を避けているようにと、十文字が真知子に指示したのだろう。

天知は、階段をのぼった。三人が一斉に、天知のほうを見た。十文字とは、すでに顔見知りである。紹介することも、されることもなかった。田部井が天知に、片目をつぶって見せた。

「やあ、どうも……」

十文字が、右手を差し出した。

「先日は、失礼しました」

天知は、握手に応じた。

「いやあ、縁というのは不思議なものだと、いまも話していたんですがね。わたしはこの真知子さんとは、親しい仲でしてねえ。その真知子さんのマンションに天知さん、あなたが住んでいらしたとは、まったく奇縁ですな」

そう言って、十文字は豪放に笑った。

「ほう、真知子さんと十文字さんが、お知り合いだとは夢にも思っていませんでしたね。

そうだったんですか」

天知は笑いもせず、真面目な顔つきでいた。真知子は伏し目がちになって、恥じらいの笑みを浮かべている。まさに、キツネとタヌキであった。

「ところで、これからお出かけだそうですね」

十文字敏也が、細長い葉巻に火をつけた。

「伊豆まで、行くんです。もし、よろしかったら、ご一緒にいかがですか」

天知は、十文字と真知子の顔を、交互に見やった。田部井が慌てるのを、天知は無視した。

「そうですね。どうせドライブに出かけるつもりでいたんだから、ご一緒しますかな」

十文字が、鷹揚に頷いて見せた。

「もしかすると、春彦の居場所がわかるかもしれないんです」

真知子に顔を近づけて、天知は小声で言った。

「本当ですか！」

真知子が、目をみはった。

「本当です」

天知は答えた。

「だったら、何が何でも行きたいわ。ねえ、ご一緒しましょうよ」

真知子がそっと、十文字の腕を摑んだ。これで、話は決まった。十文字にしても、もっと天知や田部井と話がしたいはずである。天知たちの胸のうちを、読み取る必要があるのだ。

場合によっては一日中、行動をともにするつもりで、十文字は宝田マンションに姿を現わしたのである。天知と田部井が伊豆へ向かうということも、意味ありげで気がかりなのに違いない。誘われなくても十文字と真知子は、天知たちのあとを追ったかもしれなかった。

天知と田部井の乗ったハイヤーが、先に走り出した。

そのあとに、幌をかけた軽スポーツ車が従った。これから交通渋滞にぶつかることも少なくないだろうが、十文字の車を見失う心配はなさそうであった。後ろにいようと先行しようと、トライアンフ・スピットファイアのダーク・グリーンの車体は目立つはずだった。

「いったい、どういうつもりなんだ。天知さん……」

後ろを振り返りながら、田部井が、不安そうな顔で、言った。

「彼らを、誘ったことかい」

天知は、チョコレートを取り出した。

「うん。環日出夫にも、おれたち二人だけで行くって約束してあるしな」

田部井はタバコをくわえて、窓を半分ほどあけた。

「何とかなるさ」

天知は髪の毛を払いのけると、微苦笑を口許に漂わせた。

「アマさん、その仕種、その笑い……」

田部井が不意に天知の肩を殴りつけるように叩いた。彼にしてみれば、天知の髪の毛を掻き上げるという仕種と笑顔を久しぶりに見たと言いたいのである。そこに本来の姿に戻った天知を、田部井は見いだしたのであった。

「賭けをしてみる」

天知は言った。天知自身にも、十分に落着きを取り戻したという自覚がある。自分の行動や判断、それに考え方にも満足感を覚えているのだった。

「よーし、どうやらアマさんは乗って来たようだ。そうなったらもう、アマさんの好きなようにしてもらおう」

田部井は興奮したように、忙しくタバコを口に運んでいた。

「福子ってのを、見て来たよ」

「会ったのか」

「いや、逃げられた。だから、彼女を見ただけに終わった」

「それで……?」

「草柳福子は、富ケ谷二丁目の豪華なマンションに住んでいる」

「富ケ谷二丁目……?」

「元代々木の環邸から、その〝メゾン東京〟まで、一キロぐらいの距離だ」

「まさか、福子ってのは……」

「その、まさかなんだよ」

「え……?」

「草柳福子は、環日出夫の愛人さ」

「本当かい。あの環日出夫に、愛人がいたのか」

「しかも、草柳福子は妊娠中だ」

「何だって!」

「一緒に連れて行った由美に、マンションの同じ階に住む奥さんに当たらせてみたんだが、まったく福子とは付き合いがないので、わからないという返事だった。しかし、その奥さんの経験から推して、福子の腹の大きさは妊娠七、八ヵ月だろうって、教えてくれたそうだよ」

「じゃあ、女房のユキヨと……」

「そうなんだ」

「女房と彼女が同時に妊娠したって話をよく聞くけど、実際にあることなんだな」

「われわれには、とんでもない盲点があったわけだ」

「何がだい」

「最初、三つの条件に当て嵌まる容疑者ってのを、リスト・アップしただろう。条件の第一は、夜の足摺岬の絶壁の上まで、警戒させることなくユキヨを連れ出せる人物。第二に、ユキヨの手紙を遺書に見せかけて、それを彼女のバッグに入れることが可能な人物。そして第三には、ユキヨの行動を詳しく知っている人物、ということだった」

「その三つの条件に当て嵌まる人物として、枝川秀明、鶴見麗子、十文字敏也の三人が浮かび上がった」

「しかし、その三人よりも更に三つの条件にぴったりの人間が、ほかにいたんだよ。われわれは最初から、それを見逃してしまっていた」

「環日出夫だというんだろう」

「そうだ。日出夫が一緒ならユキヨは安心して、夜の足摺岬の絶壁の上にだって立つだろうよ。夫婦二人で旅行をしていたんだから、ユキヨの行動を日出夫が詳しく知っているのは当たり前だ」

「日出夫なら、ユキヨをそそのかして、おれ宛の手紙を書かせることもできる。その手紙を遺書として、ユキヨのバッグに入れておくのも容易だろう。なにしろ、遺書を見つけて大騒ぎをするのは、日出夫自身の役目なんだから……」

「つまり、完璧に三つの条件に当て嵌まる人物とは、環日出夫だったというわけさ」

「おれだって、そうとは気づいたんだぜ。しかし、日出夫はユキヨと胎児を死なせたことで嘆き悲しみ、怒り狂っている実質的な被害者と見なければならない。それで当然、最初から除外せざるを得なかった」

「それが、盲点だったということになる。われわれにとって、最大の盲点であり、最大の失敗だったんだ」

「じゃあ、日出夫がユキヨを、殺したってことになるのかい」

「そうだ」

「やっぱり……！」

「日出夫には、ユキヨを殺すだけの動機が、ありすぎるくらいある」

「最大の動機は、憎悪だろうな」

「うん。日出夫にもちょっぴり野心があって、女みたいに玉の輿に乗ろうって気持ちから、ユキヨとは喜んで結婚した。ところが、結果はどうだ。日出夫は、ユキヨに与えられたオモチャにすぎなかった。飾りもの、人形、タネ馬、飼い殺しの無能者、ユキヨのための性的奉仕者……」

「日出夫の妻としてユキヨが、紹介されるってことはない。常にユキヨの夫として、日出夫が存在する。日出夫・ユキヨ夫妻ではなくて、ユキヨ・日出夫夫妻だった。まあ、少しでも骨っぽい男なら、耐えきれなくなるだろうよ」

「しかし、日出夫には意地があっても、実力というものがない。そうなると、もう泥沼さ。女の腐ったのみたいに陰湿になり、僻み根性とコンプレックスから、環父娘を憎悪しないではいられなくなる」

「ユキヨのほうは、日出夫に熱かったんじゃないのかね」

「男と女としては、日常的な夫婦としては、ユキヨも日出夫が嫌いじゃなかったんだろう。だが、ユキヨは所詮わがままな女だし、日出夫は絶対服従を強いられる無能な婿さんだったんだ。それに精神的にユキヨが強く結びついていたのは、やはり環千之介であり十文字敏也だったんじゃないのかね。日出夫に対する気持ちは、どうしても軽蔑がまざっていたんだと思う」

「日出夫の心が、感情の捌け口と、精神的な男の存在感を求めて、ほかの女に走るのも無理はないか」

「福子という女は、野心家で凄腕だということだ。日出夫と結ばれて損はないという野心的な一面もあったろうし、彼の気持ちを察して女らしい魅力で慰めることにも凄腕を発揮したのに違いない」

「日出夫は、福子の虜になった。そのために、無理をすることにもなる。豪華な分譲マンションを買ったりしたのも、その無理の表われってもんだろう」

「日出夫はその高価な買い物のために、借金しなければならなかったはずだ。いつかは返さなければならない借金、いつかは千之介やユキヨに知られてしまう借金さ」

「それに、福子の妊娠というのも、重大問題だったろう。福子は子どもを生んで、認知あるいは結婚へと持ち込もうとする。日出夫は、それを拒みきれない」

「いわば、そうした絶体絶命の状態に追いやられていた日出夫に、思いがけない幸運が訪れた。〝婦人自身〟の記事によって、環千之介が美容研究家としての第一人者の座を逐われ、自殺するという事件だ。福子にも煽動され、この機会にユキヨを殺そうと日出夫は決心した」

「ユキヨが死ぬことによって、日出夫は多大な利益を得られるからな。まず莫大な借金について指摘されることもなく、福子ども結婚できるという高価な自由を獲得する。それに千之介とユキヨが死ねば、環家の私有財産はすべて日出夫が相続することになる。更に、環美容王国の資産にも最大の権利を持つことになるし、環美容王国が再出発するときには日出夫が代表者じゃないか」

「だから日出夫には、ユキヨを殺す動機がありすぎるくらいなんだ」

「そこまでは、よくわかったよ。しかし、問題はその後のことに、幾つもあるんじゃないのか」

「そうかね」

「まず、日出夫は殺害方法として、ユキヨを自殺に見せかけることを考えた。ユキヨにはまた自殺する動機が、立派すぎるくらいに整っている。ユキヨが自殺したとなれば、世間はそれを当然のこととして受け入れる。日出夫は妻と胎内のわが子を、一度に失った悲劇的な被害者と見られる」

「ユキヨが妊娠中の胎児に、日出夫は何の未練もなかったんだろう。胎児に対して男親というのは愛着が淡いものだし、日出夫の気持ちは福子とその胎児のほうへ走ってしまっている。ユキヨの腹の中の赤ン坊は、十文字敏也の子どもだと思い込むことによっても、日出夫は胎児に対する罪の意識を容易に捨てきれただろうね」

「それで日出夫はユキヨをそそのかして、〝婦人自身〟の編集長宛に、脅しと抗議と取引の手紙を書かせた。ここでまずは、完璧な遺書ができたわけだ。彼は千之介の法事のために、夫婦で四国の高知県へ旅行するその機会を捉えて、計画を実行に移すことにした。と、ここまでは、いいんだが……」

「そのあと日出夫はユキヨ殺しを、どのように実行したか、詳しく説明しよう」

「頼む」

「日出夫には、共犯者がいた」

「福子だろう」

「そうだ。福子とユキヨと、同時期に妊娠している。従って八月八日の時点で、二人は妊娠八ヵ月にはいろうとしていた。福子とユキヨはともに二十六歳、身長も大して変わらない。同じ背恰好で、しかも二人には色が白いという共通点がある。それに、揃って妊娠八ヵ月という印象的な特徴があり、まったく同じマタニティ・ドレスを着ていれば完全に錯覚するくらいだ」

「髪型も、そっくり同じにするのは、簡単だろう。引っかかるのは、顔だけだな」

「顔の特徴や個性というのは、意外に化粧によって強調される。化粧をしないと、かなり印象がぼやけるんだ。特に、妊娠中の同年輩の人妻が化粧を落としていると、何となく感じが似通ってしまう。あとは、サングラスだ。それに、誰かにはっきり顔を覚えられて、そのことがあとになって決定的な立証の道具にされる、という心配もないんだよ」

「どういうことだ」

「たとえば、ホテル足摺新館の梅子という客室係は、ユキヨの顔を見ている。しかし、その梅子が足摺岬の断崖の下から引き揚げられたユキヨの死体を見て、昨夜のユキヨとまったく同じ顔かどうか証言を求められることはないんだ。死体はその前に、夫の日出夫によって妻のユキヨだと、確認されているんだからね」

「なるほど……」

「さて、ここで草柳福子によるもうひとりのユキヨが、でき上がったわけだ。この福子の役目は、いったいどういうことだったのか。それはまず、中村市からタクシーに乗って、足摺岬のホテル足摺新館へ向かうことだ。八月八日の午後四時すぎに、福子は中村市からタクシーに乗ったはずだよ」

「どうして、そう言えるんだね」

「午後五時三十分ごろに、ホテル足摺新館に到着しなければならないと、日出夫との打ち合わせで決まっていたからさ」

「わかった。それで……？」

「午後五時三十分に、福子はホテル足摺新館に到着した。白とピンクのマタニティ・ドレスを着て、バッグだけを手に、サングラスをかけた環ユキヨとしてだ」

「それから間もなく、福子は気分が悪くなったので、医者を呼んでくれと言い出すんだろう」

「そうだ」

「そのことにも、何か意味があったのかね」

「医者の診察を受けることによって、本物の妊娠である点を立証させるためさ」

「つまり、妊娠を擬装しているのではなく、本当の妊娠八ヵ月の身体だということを、証明してみせたのか」

「専門家が、妊娠八ヵ月だということを認めるわけだろう。ユキヨも、妊娠八ヵ月の身体で死ぬんだ。間違いなく妊娠八ヵ月のユキヨだということを、そこで決定的に印象づけようとしたのさ」

「芸が、細かいね」

「そのあと、福子はやがて自殺をする女らしく振舞い、それを梅子という客室係に見せつけている。暗い顔、沈んだ雰囲気で、レター・ペーパーに字を書き連ねる。食事も、箸をつけた程度にしておく。客室係に、話しかけたりはしない。もっとも、喋らないということは、ボロを出さないためにも、そうしなければならなかったんだろうけどね」

「そして、八時すぎに日出夫が、到着したんだろう」

「そうだ」

「そのとき、本物のユキヨはどこで、どうしていたんだ」

田部井が疲れたみたいに、繰り返し長い溜息をついた。

「足摺岬の絶壁の下さ」

表情のない顔で、天知は答えた。

「え……？」

顔を上げた田部井の目が、そのまま窓の外へそれて移動した。天知も、窓外へ視線を向けた。ハイヤーの右側を、ダーク・グリーンのトライアンフ・スピットファイアが、追い越して行くところであった。

すでに、東名高速の厚木インターチェンジを、すぎているあたりだった。

4

中村市郊外にある浄閑寺——。

その境内より一段低くなっている空地は、樹木に囲まれ夏草に被われていた。隅にタクシーが停まっていて、蟬の声が降るように聞こえている。そのタクシーの中を覗いては、二人の少女が悪戯っぽく笑っていた。

それはいまだに、天知の印象に残っている光景であった。なぜ、そのような光景を、忘れることができないのか。多分、その光景に接したときから、天知の頭に一つの想定が植えつけられたためなのだろう。

天知はいま、自信のなかった想定を、鍵として用いたのである。どうして二人の少女は、タクシーの中を覗いては悪戯っぽく笑っていたのか。それは何日か前に、二人の少女がまったく同じ状態にあるものを、見たからではないのだろうか。

木陰の草の中に埋もれているタクシー、その中では運転手が眠っている。蟬の声を聞きながら、涼しい風に吹かれて、見るからに気持ちよさそうな昼寝であった。

何日か前、それは八月八日のことである。

同じように、木陰の夏草に埋まって、一台の乗用車が停まっていた。二人の少女は、何気なく車の中を覗いてみた。そこには、気持ちよさそうに寝ている女の姿があった。蟬の声を子守唄に、涼しい風に吹かれて、その女はぐっすり眠り込んでいた。

　法事と納骨をすませた日出夫とユキヨは、庫裡で浄閑寺の住職と話し込んだ。その席にはジュースなり、お茶なりが出されたことだろう。そうした飲みものの中に人知れず、睡眠薬の粉末なり液体なりを入れることは、可能だったはずである。

　日出夫がユキヨの飲みものに、そのような細工をしたのだ。妊娠中は催眠の傾向が強く、旅行で疲れていればなおさらのことである。薬剤の効果もより早く、間もなくユキヨは耐えきれないほどの睡気に誘われた。

　ユキヨも当然、それを疲労のせいだと思い込む。ユキヨは我慢できなくなって、つまらない住職の話を聞いているより、早く足摺岬へ行って楽をしたいと日出夫に訴える。日出夫は住職の手前、それなら先に足摺岬へ行きなさいなどと言いながら、ユキヨと一緒に庫裡を出て行く。

　木陰に停めてある自動車のところまで行き、日出夫はもし何なら車の中で寝ていればとユキヨに言う。もう欲も得もなく眠くなっているユキヨは、二つ返事でそれを承知する。ユキヨは車の中にはいると、すぐ眠りに引き込まれた。

　蟬の声が聞こえて、吹き抜ける風は涼しい。ユキヨは、熟睡することになる。こんなところに、人が来るはずはない。結果的には二人の少女が車の中を覗いて、ユキヨの寝姿を見かけている。だが、二人の少女はそれを誰にも告げ口せずに、騒ぎ立てることもなく忘れてしまったのである。

日出夫は庫裡へ引き返して、ユキヨを先に足摺岬へ行かせたと住職に伝えた。そのまま話し込んで住職の酒の相手までした日出夫は、六時すぎに別れの挨拶(あいさつ)をすませて庫裡を出た。彼はすぐに車を走らせて、浄閑寺をあとにした。

途中で、ユキヨが目を覚ました。熟睡したあとの彼女は、上機嫌であった。やがて足摺スカイラインにさしかかり、そのあたりで夜を迎えた。日出夫は足摺岬の絶壁の上まで行ってみようと持ちかけ、車をジョン万次郎像の西側の駐車場まで走らせた。

夜になれば、人出はない。駐車場にただ一台だけ、乗用車がひっそりと停まる。散策する人がいたとしても、気にとめるようなことではなかった。椿(つばき)の林や絶壁に近い部分は、人気のない闇(やみ)に閉ざされている。

『怖いわ』

『馬鹿だな、ぼくがいるじゃないか』

『大丈夫かしら』

『歩くだけなら、何でもないよ』

『ねえ、離れちゃいやよ』

『夜の足摺岬で、ラブ・シーンというのも素敵だろう』

そんな囁きを交わしながら、日出夫とユキヨは抱き合うようにして椿の林の闇に消える。予定していた絶壁の上までユキヨを導き、日出夫はそこで最後の接吻に誘ったかもしれない。

いずれにしても、ユキヨは短い間、足摺岬の凄まじい夜景を目のあたりに見たのだ。次の瞬間、日出夫に押しこくられて、ユキヨの身体は宙に浮いていた。あとは死の暗黒へ、吸い込まれるだけであった。

日出夫は大急ぎで駐車場に引き返し、車を改めて旅館街へと走らせた。八時すぎに日出夫は、ホテル足摺新館の駐車場へ車を乗り入れた。遅れて到着したユキヨの夫として、当然のことながら日出夫は部屋へ案内される。そこでは、まだユキヨが生きている。

客室係の梅子にしても、環ユキヨという名前ぐらいは知っていたかもしれない。あるいはテレビや雑誌の写真でユキヨの顔を見たことがあったかもしれない。しかし、同じ有名人でも、女優などと違って、顔の売れ工合も知名度も比較にならなかった。

関心の度合いも、まるで違う。妊娠しているし、化粧もしていない。美容の専門家だけに素顔と、化粧をした顔とはまったく別人のようになるのだろう、といった先入観もある。だから、梅子がユキヨの顔に、関心や興味を寄せたとは考えられない。

そのうえ、到着した夫が、妻として扱っている。夫婦らしいやりとりも交わしているのだから、梅子が本物のユキヨだろうかと疑うはずはなかった。それで梅子は、日出夫と福子の芝居を、本当の夫婦喧嘩だと受け取ったのである。

お父さまがいなければ駄目だ、お父さまのところへ行きたい、などと暗示的な言葉を残して、福子は部屋を出て行く。彼女はバッグも持たずに、散歩をすると称してホテル足摺新館から姿を消す。

福子はホテル足摺新館の駐車場へ行って、日出夫の車の中にはいる。そこには、福子の新たな洋服や荷物が用意してある。彼女はまったく色柄が違ったマタニティ・ドレスに着換えると、鮮やかに化粧して髪型も変える。不要になった妊婦服などをスーツ・ケースに詰め込むと、福子は車から出る。

福子はその足で、予約しておいた別の旅館へ向かう。午後九時に到着と伝えてあるその旅館では、妊娠しているがひどく派手な感じの美しい人妻を、当たり前な客として迎える。その旅館に一泊した福子は翌朝、東京へ帰ることになるのであった。

一方の日出夫はスーツ・ケースから、車の中にユキヨが残して行ったバッグを取り出す。福子が置いて行ったバッグは、逆にスーツ・ケースにしまう。ユキヨのバッグの中から遺書が見つかったと、やがて日出夫は騒ぎ立てることになるのである。

翌朝、足摺岬の断崖の下から、白にピンクの縞模様のマタニティ・ドレスを着た妊娠八ヵ月の、ユキヨの死体が引き揚げられる。サングラスなどの遺品も、一緒である。自殺の動機、それに完璧な遺書と、すべてが歴然としている。

万が一、日出夫に疑いの目が向けられたとしても、彼には揺るぎないアリバイがある。死亡時間はユキヨが姿を消して間もなく、投身自殺を遂げたということから、午後九時前と推定された。実際に死亡したのは八時ごろだが、推定死亡時間をそこまで正確に算出することは不可能なのだ。午後九時ではなく、午後八時に死亡しているのではないかと、怪しまれるような心配はまったくない。

「日出夫と福子は、ユキヨ殺しに関して完全に成功したんだ」

天知が、感慨深げに言った。ハイヤーは沼津で東名高速を出て、三島へ向かっていた。ダーク・グリーンの軽スポーツ車は、かなり前方を走っている。

「この世におれたちを除いて、ユキヨの自殺に疑問を抱いている人間なんて、ひとりもいないだろうからね」

珍しくタバコを吸うのを忘れたかのように、田部井はしばらく腕を胸高に組んだままでいた。毒気にあてられたように、彼はシラけた顔つきであった。

「誰だって、ユキヨは自殺したものと思い込んでいる。永久に、疑われることはないだろう」

天知は前方の軽スポーツ車を、睨みつけるような目で追っていた。

「完全犯罪じゃないか」

田部井は両膝で、貧乏揺すりを続けている。

「このままですめば、間違いなく完全犯罪だったよ」

「そうなると、ますますわからなくなる。日出夫のやつは、いったい何を血迷って、誘拐事件なんぞを引き起こしたんだろうか」

「彼が春彦を誘拐したことから、われわれはやむなくユキヨ他殺説を打ち出したんだからな」

「日出夫がそんな馬鹿なことをしなければ、おれたちだってユキヨの自殺を疑ったりはしなかったよ。疑ったとしても、積極的に解明に乗り出すことは、まずしなかっただろうね」

「苦しまぎれに動いたわれわれが突きとめたのは、ユキヨが殺されたという事実だけではなかった。ユキヨを殺した犯人が、当の日出夫だったという結論に、達してしまったんだ。これ以上の皮肉っていうのも、ちょっとほかに例がないんじゃないかな」

「ヤブヘビなんてもんじゃないぜ、まったく……」

「どう考えても、血迷ったか狂ったか、としか思えないだろう」

「第一、春彦ちゃんを誘拐した理由、復讐の鬼になりきるという大義名分だって、成り立たないじゃないか。自分がユキヨを殺しておいて、妻と生まれてくるはずのわが子を死へ追いやったアマさんに復讐するために、春彦ちゃんを誘拐して処刑しようなんて、何が何だかさっぱりわからない」

「しかし、日出夫も馬鹿じゃないし、狂っているわけでもない。すきこのんで自分や福子の立場を、不利にするようなことをやるはずはないさ」

「でも現にこうして、百害あって一利なしみたいなことを、日出夫はやっているんだぜ」

「だから、日出夫としてはユキヨ殺しに成功して、そのままおとなしくしていたかったんだよ。それで、万事うまくゆく。天下を取ったような喜びに、日出夫は福子と二人で浸っていたかったんだ」

「それなのに、どうしておとなしくしていられなかったんだい」

「やむにやまれぬ事情が、あったからだろうよ」

「どんな事情だ」

「春彦を誘拐したのは、日出夫の意志によるものではなかった。つまり、誰かに頼まれてやむなく引き受けたことだと、考えたらどうだろうか」

「誘拐を頼まれたからって、そいつを引き受ける馬鹿がいるかい」

「頼みも脅迫が伴うと、強制されることになる」

「脅迫……？」

「日出夫は最大の弱みを握られて、脅迫される羽目に陥ったんだ。日出夫にとって最大の弱みというのは、ユキヨ殺しのほかには考えられない」

「日出夫がユキヨを殺した現場を、目撃した者でもいたというのかい」

「目撃したとか、具体的な証拠を摑んだとか、そういうんじゃないんだ。ユキヨが自殺したという話を、一笑に付すことができる人間がいたのさ。冗談じゃない、ユキヨが自殺するような女か。あれは、日出夫が福子と共謀してやったことだ。そうに決まっていると、あっさり見抜いたうえで、断言できる人間だよ」

「じゃあ……！」

膝を斜めに向き直り、田部井は乱暴にメガネをはずしていた。

「そう、十文字敏也だ」

表情のない顔で、天知は頷いた。田部井は啞然となっていた。だが、それはどうにも理解に苦しむ、という顔ではなかった。半ば納得しながらも、信じられないという目つきであった。

十文字敏也は、ユキヨという女の外見内容を知り尽くしている。どのようなことがあろうと、ユキヨは自殺などしない女だと、十文字にはわかっていたのだ。あるいは十文字にユキヨが千之介の死後、今後の抱負や将来の設計といった自殺には縁遠いことについて、本音を聞かせているのかもしれない。

いずれにせよ、十文字にはユキヨが自殺するはずはないという確信があったのだ。アメリカから帰国して、ユキヨが自殺したということを知ったとき、十文字敏也は密かに冷笑したのに違いない。

同時に、誰がどのような手段を用いてユキヨを殺し、誰がそれに協力して自殺と見せかけることに一役買ったかも、十文字には読めていたのである。考えるまでもなく、推理する必要もなかった。

幼児の嘘は、一目でわかる。それと同じように、すべてお見通しだったのだ。たとえばユキヨがアメリカへ旅立つ前の十文字に、日出夫の意見もあって『婦人自身』の編集長宛にこのような手紙を書くことにしたと、打ち明けているかもしれないのである。もし、そうであったとすればユキヨの完璧な遺書というのも、その手紙を利用したものだと十文字には容易に察知できるのだ。

十文字は、日出夫の遊び友だちでもあった。日出夫をクラブ『舞子』へ連れて行ったのも、十文字だったのである。その『舞子』で日出夫はママ代理として手伝っていた福子と知り合い、二人の仲は急速に進展して、やがて結ばれることになる。

日出夫が渋谷の富ケ谷二丁目の分譲マンションを買ったこと、そのために彼が無理な借金をしたこと、日出夫の気持ちがユキヨに対する不満から福子へと急傾斜していること、福子も日出夫との将来を本気で考えていること、その福子がユキヨと同時期に妊娠したこと、福子は子どもを生む決意を固め日出夫もそれに同意したこと、を十文字は一切を詳しく承知していたのである。

十文字はむしろ、日出夫と福子の両方から相談を受ける立場にあったのだ。それに対して十文字も、あれこれと指示を与えたり、知恵を貸してやったりしていたのに違いない。そうした十文字は当然、日出夫と福子の心の奥まで、覗くことができたわけであった。その日出夫と福子が協力して、ユキヨを殺し、巧みに自殺したものと見せかけたということを、十文字は自分が計画したように明瞭に読み取れたはずだった。

夫婦共通の友人であっても、十文字が日出夫の女関係をユキヨに喋ったりすることはない。男同士の黙契ということもあるし、十文字は傍観者としての立場を守ったのだろう。日出夫の秘密を保持してやり、またよき相談相手である一方、十文字はユキヨからもプライベートな打明け話を聞かされていたのだった。

その結果が、十文字敏也の『すべてお見通し』ということだったのである。

「日出夫とユキヨ夫婦にとって十文字は、最も信頼できる悪魔という存在だったんだな」

田部井はハンカチでレンズを拭いて、その位置を気にするように何度かメガネをかけ直した。

「しかし、悪魔は所詮、悪魔なんだよ。あるとき突然、十文字は牙を剝き出したのさ」

天知は新しいチョコレートの、包装を剝がしにかかった。

「十文字は、日出夫を脅迫した」

「十文字が直接、日出夫を脅迫したんじゃないと思う。ただ十文字はユキヨの告別式に顔を出したとき、さりげなく殺人計画について触れ、日出夫が蒼白になるという反応を確かめる。そのくらいのことはしているだろう」

「とにかく、狡猾な男だからな。十文字が表面に出たがらない、というのはよくわかるんだ」

「では、日出夫を直接脅迫して、取引に持ち込んだのは誰だったか」

「宝田真知子か」

やりきれないというように、田部井は荒々しく吐息した。天知も口を噤んで、眠りを求めるように目を閉じた。天知と田部井が何を話しているのかも知らぬげに、十文字のトライアンフ・スピットファイアは前方を走り続けていた。

三島から国道一三六号線をひたすら南下して、伊豆長岡、大仁、修善寺をすぎ、下田街道へはいって湯ガ島を抜けていた。伊豆の山々も深くなり、緑一色の視界が雄大にその範囲を広げている。

カーブの多い道を、点々と乗用車が走り続ける。前後に、それが見える。カーブと上り下りの道が、次々に視界を変えるからであった。天城峠を越え、湯ガ野をすぎ、河津から下田有料道路へはいった。

右手に、海が広がる。午後の海面が、ギラギラ光っている。大小の船が、散在していた。路上に屯ろする人の姿が多くなり、自動車の数も急激に増えた。右手の山腹に、別荘が並んでいる。道路に面してレストハウスとかレステルとか称するドライブインが見え始め、左側の白浜海水浴場などの浜辺は人で埋まっていた。

　間もなく、ホテルという名の旅館が目につくようになった。下田市の中心部のはるか手前から、すでに伊豆下田の旅館街になっているのである。外浦海岸に面している建物の中に、『黒潮観光ホテル』の看板が見えた。

　ハイヤーが、軽スポーツ車を追い越して停車した。田部井がハイヤーを降りて、近くのドライブインへ走って行った。電話をかけるためであった。五分としないうちに、田部井は戻って来た。

「オーケーだ。この先の爪木崎(つめきざき)で、落ち合うことになったよ」

　田部井が、天知と運転手に言った。


　ちょうどこの時刻に、東京・世田谷の北沢署の捜査本部にも、『爪木崎』という地名が舞い込んでいたのである。灯台があって、遠くに四つの島が見える岬というと、誰もが個性的な景観を誇る場所を考えがちであった。

　だが、もっと一般的な場所に、それらしいところがあったのだ。運輸省から捜査本部へ、どうもそれ以外には考えられないという連絡がはいったのである。場所は伊豆半島の下田湾を囲む東側の岬の突端で爪木崎、そこには無人灯台の爪木崎灯台があった。

　その爪木崎に立ってよく晴れた日の海上を眺めると、遠くに四つの島が望見できるというのである。何とそれは伊豆七島の一部であり、正確な島の数は五つということになる。向かって左から、大島、利島、そして重なって一つに見える新島と式根島、いちばん右が神津島で、都合四つの島影だった。

春彦の電話にあった遠くに四つの島が見えて灯台のある岬とは、この伊豆半島の爪木崎に違いないと、捜査本部では断定した。捜査本部は直ちに、警視庁を通じて静岡県警へ緊急手配を要請した。

5

この下田湾を囲む東側の半島は、須崎半島と呼ばれている。魚の尾のような形をした半島の下田湾に面している突端に須崎灯台、反対側の突端には爪木崎灯台がある。相模湾側に御用邸が設けられてから、土地の値段が上がったりして、俄に注目を浴びるようになった須崎半島であった。

半島の根元に、最初の米国総領事館跡とハリスの名で知られる玉泉寺があり、そのあたりから爪木崎まで道が通じている。御用邸の敷地を左に見て走り、やがて野水仙群生地にぶつかる。

その手前に駐車場や休憩所があって、車はそこまでである。あとは徒歩で野水仙群生地を抜けて、爪木崎の突端まで行くのであった。水仙の見ごろは十二月から一月で、いろいろな行事も催されるらしい。

だが、八月末の爪木崎には、灼けつくような陽光があるだけだった。野水仙群生地だけが名物の爪木崎なので、いまは閑散として人影も疎らであった。草原と化した岬の上を、小径を辿ってその突端へ出る。

白い無人灯台が、ポツンと立っている。断崖の上には違いないが、足摺岬に比べたら、子どもみたいなものである。三方の海が広いので、風は強かった。しかし、絶壁というほどの高さはないし、地響きとともに怒濤が押し寄せるということもない。

ただ海と空が矢鱈と広い眼前の眺めは、確かに雄大な絶景であった。よく晴れているせいか、海の彼方に大島をはじめとする伊豆七島の北の部分の島々が見えている。なるほど四つの島が浮かんでいると、天知もこのとき初めて気づいたのである。

五分後に、野水仙群生地の谷間の向こうに見える駐車場へ、一台のタクシーが滑り込んで停まった。そのタクシーはちょうど、東京から来たハイヤーとトライアンフ・スピットファイアの間に、はさまって停車するという恰好になった。

タクシーから降り立った人影は、一つだけであった。その人影は野水仙群生地の窪みへの道を駆けおりて、すぐに天知たちの視界から消えた。再び、その姿が見えたときには、すでに草原の小径を歩いていた。

写真では、何度も見ている。千之介の過去を洗う取材の折りにも、一度だけ見かけたことがある。だが、面会を拒否されて、口をきくチャンスもなかったのだ。その環日出夫に、間違いなかった。

まともに顔を合わせて、口をきくのはこれが初めてである。白いワイシャツに黒っぽいネクタイをしめて、淡いブルーの背広を着ていた。爪木崎の突端には風と波の音があるだけで、白昼の奇妙に明るい静寂に支配されていた。

灯台の日陰に、真知子が立っている。その協の灯台を囲んでいる柵の上に、十文字敏也が浅く腰をおろしていた。少し離れて田部井が、右寄りの崖の上に佇んでいる。天知は、灯台を背後に、仁王立ちになっていた。

環日出夫は、天知と向かい合いになった。二メートルの距離を置いての、対峙であった。地上に落ちた二人の濃い影は、そこに描かれたように動かなかった。言葉を口にする者はなく、鋭い風の唸り声を聞いているだけであった。

「春彦は……?」

やがて、天知が口を開いた。

「タクシーの中にいる。いまから五分後にタクシーを出て、運転手がここまで連れて来ることになっている」

目のやり場がない感じで、日出夫は忙しく顔の汗を拭った。

た。

「それまでの五分間に、いったい何をするつもりだ」

天知は、表情を変えなかった。だが、噴き上げるような怒りの炎を、彼は感じ取ってい

「だいたいの話は、田部井編集長に伝えてある。あんたも、もう承知しているはずだ」

日出夫が、田部井へ目を転じた。

「承知していないね」

天知は、首を振った。

「おれが合図を送らない限り、運転手は子どもを連れて来ないぞ」

日出夫は、表情を険しくした。凄んだつもりなのだ。だが、次の瞬間にはその顔に、驚きの色が広がっていた。眼前に迫る天知の姿を、見たからであった。

天知は左手で、日出夫のネクタイを摑んだ。天知の右手が素早く、日出夫の鳩尾に埋め込まれた。二発、三発と立て続けに、ズンという音が聞こえた。苦悶する表情になって、日出夫は上体を折った。

天知の左の拳が、下から日出夫の顎を突き上げた。日出夫は、のけぞった。その顔の真ん中に、天知の右のストレートが叩き込まれた。土煙を舞い上げて転倒したとき、日出夫の顔はもう血に染まっていた。

「子どもが、どうなってもいいのか！」

起き上がりながら、日出夫が怒鳴った。

「下手な芝居と、見え透いた嘘は、もういいかげんにするんだな」

天知は冷ややかな目で、日出夫を見おろした。

「何だと……！」

日出夫は立ち上がって、手で鼻血をこすった。

「もう、何もかもわかっているんだ。あんたには最初から、復讐する気も、春彦を殺すつもりもなかったんだろう」

「そんな馬鹿な……！」

「春彦の誘拐も、五日後には幕がおりると決まっていた。とんだ茶番劇、というところさ。それもそのはず、あんたには復讐する理由がなかったんだ」

「何てことを言うんだ」

「環ユキヨは、自殺したんじゃない。殺されたんだ。そのことを、ちゃんと立証したよ。環ユキヨを殺したのは、あんた自身だってことをね」

「狂ったのか！」

「駄目だよ。草柳福子が共犯だということも、わかっているんだからな」

「え……！」

一瞬にして、日出夫の顔から血の気が引いた。草柳福子の名前が持ち出されたときは終わりだということを、日出夫も十分に承知していたのである。すべてが破局に通じ、もはや絶望的だということを、彼は察したのであった。

「あんたと草柳福子がなし遂げた折角の完全犯罪も、とんだ伏兵に遭って引っくり返された。あんたが書いた脚本を、すっかり読み取っていた人間がいて、それが思わぬ形で喰らいついて来た。そこまでは、あんたも予測できなかったんだろう」

天知はゆっくりと、背後を振り返った。十文字敏也は、空を振り仰いでいる。真知子はしゃがみ込んで、顔を伏せたまま地面に指で字を書いていた。

「おれは……」

泣き出しそうな顔になって、日出夫は鼻血をハンカチで拭き取った。

「当人を目の前にしては、言い辛いだろうな。代わりに、言おう。あんたの悲劇は、宝田真知子と称する女性からの話したいことがあるという連絡によって、その幕が切って落とされた。あんたは殺人という致命的な弱みを握られているから、どんなに些細な抵抗だろうと許されない。あんたがもし、何の証拠があってと開き直ろうものなら、相手はすかさず草柳福子に会ってもいいと脅したはずだ。草柳福子のことを持ち出されたら、あんたには抗する術がない。ユキヨの自殺がまったく疑われないその大前提として、草柳福子の存在及びあんたと彼女の関係が、世間や警察に知られていないということがあるんだからね」

「確かに、その通りだ」

「あんたはやむなく、宝田真知子との話し合いに応じた。八月十七日の早朝、あんたは自分の車に真知子を乗せて、群馬県の谷川岳方面へ向かった。ドライブをしてどこにも寄らずに、車の中だけで話をする。密談の場として最適だし、あんたと真知子との接触を世間に知られまいとするには利口なやり方だ。それに真知子は桐生市の生まれで、群馬県内の地理には詳しい。谷川岳方面へのドライブというのも、いかにも真知子らしいね」

「その日の話は、谷川岳の麓（ふもと）につくまでに、すべて終わってしまった」

「真知子が持ち込んだ話というのは、意外な取引だったんだろう。真知子の要求に従えば、ユキヨ殺しに関しては永久に不問とする。そこまでは当たり前な取引だが、問題は驚くべき真知子の要求にあった。真知子の要求は、天知昌二郎の息子を誘拐しろということだった。もちろん、春彦の誘拐に際しては、真知子も協力する。しかも、誘拐する期間は、五日ぐらいでいい。その間、あんたは伊豆あたりで春彦と一緒に、のんびり遊んでいればいいわけだ。そして、最後には気が変わったということで、天知に和解を呼びかける。そこで、あんたと天知は話し合い、お互いの非を認め、一切を水に流し、春彦を無事に返す代わりに告訴を取り下げるという和解へ持ち込む。その結果、あんたの罪は軽くなる。逮捕され起訴されたとしても、執行猶予付きで、実質的には間もなく自由な身になれる」

「そうだ、その通りのことを言われた」

「だが、もしその取引に応じないとすれば、あんたはどういうことになるだろうか。ユキヨ殺しの犯人として、草柳福子とともに逮捕される。わが子を胎内にかかえている妻を計画的に殺し、しかもその動機は物欲と愛人のためと看做(みな)される。情状酌量の余地もないし、有期最高の十五年か無期懲役ということになるだろう。執行猶予で自由の身となり富と愛を獲得するか、一切をご破算にしたうえで十五年あるいは無期の懲役に服するか、そのどっちを選ぶかと言われて、あんたは当然のことながら取引に応じようと意を決した。そして、それを実行した」

「まったく、その通りだった……」

環日出夫は両膝を折って、がっくりと地上に崩れ落ちた。

天知は、向き直った。十文字敏也は相変わらず、われ関せずという顔つきで、空を見上げていた。だが、真知子のほうは天知が振り返るのを待っていたように、もの怖(お)じしない目を彼に向けた。

冷静さを保って、平然と構えているわけではなかった。覚悟を決めた女の、挑戦的な顔であった。酔ったように目がすわっていたし、度胸を据えた反面、感情が乱れきっていることを物語っていた。

「伊豆の下田までドライブに付き合わせておいて、とんだ話になってしまったようだ」

天知は上目遣いに、真知子の顔を見やった。

「そのつもりで、誘ったんでしょうに……」

真知子は、突き刺すような天知の視線を、避けるふうもなかった。ただ、顔色が紙のように白くなっていて、美少女の残影に凄味が加わっていた。

「誘われなくても、あんたたちはついて来ただろう」

「天知さんとしては、さぞご満足でしょうね」

「あんたのものの考え方に当て嵌めれば、そういうことにもなるんだろうね」

「お好きなように、解釈なさい」

「環日出夫が、自殺と見せかけてユキヨを殺した。その環日出夫が、天知のために妻とその腹の子を失ったという理由で、復讐と称し春彦を誘拐する。誰もがなるほどと納得するような筋立てじゃないかと気がついたとき、あんたたちは今度の計画を思い立った。それで、環日出夫を脅迫し、取引へと持ち込んだ。環日出夫は計画通りにすべてを実行したし、本来ならばこれであんたたちは手を汚すこともなく無事に、舞台の陰に消え去ることができたんだろう。しかし、残念ながら、ひょっとした偶然から、あんたは手を真っ黒に汚さなければならなかった」

「わたくしが、犯罪者だとおっしゃりたいのかしら」

「殺人犯だ」

「ひょっとした偶然って……？」

「環日出夫との密談を終え、これで世間の目にも触れずにすんだと、ほっとしたのも束の間で、最悪の事態にあんたはぶつかってしまった。湯檜曾(ゆびそ)温泉の本家旅館から出て来た女性が、近くの信号で停車していた車の中のあんたに気づいたのさ。それが事もあろうに、聖メリー保育園の保母さんで、春彦の担任の花形アキ子だった。世間に知られたくなかった環日出夫とあんたとの接触を、最も都合の悪い相手に見られてしまったんだ。しかし、その場の行きがかり上、花形アキ子を車に乗せないわけにはいかなかった」

「まあ、そういうことでしょうね」

「東京まで、時間がかかる。一緒の車の中にいて、環日出夫も知らん顔はしていられない。花形アキ子と言葉を交わすことにもなるし、彼女は環日出夫の顔を完全に記憶するだろう」

「その前に彼女は、環日出夫さんの顔を知っていたわ。車の中で、彼女はこう言ったのよ。こちら、美容家の環ユキヨさんのご主人でしょ、週刊誌の写真でお目にかかったことがありますって……」

「それで、万事休すか」

「そうね」

「もう環日出夫が聖メリー保育園から、春彦を連れ出すこともできない。それに、環日出夫が誘拐犯人だとわかれば、花形アキ子が黙っているはずはない。環日出夫は宝田真知子の知り合いだと、花形アキ子は警察の耳に入れるだろう」

「それが、保母さん殺しの動機ね」

「いや、あんたは一石二鳥を狙ったのさ。花形アキ子の口を塞ぐと同時に、聖メリー保育園に不祥事を引き起こす。若い保母さんが、パンティ・ストッキングで絞殺され、園内の木陰で発見されるという猟奇事件だ」

「当然、わたくしが深夜の園内へ彼女を引っ張り出して、殺すことは簡単だとおっしゃりたいんでしょう」

「鈍器で一撃して、気を失った花形アキ子の首を彼女のパンティ・ストッキングで締めるという程度のことなら、あんたのようにひ弱な人にも可能だしね」

「ほかに、まだ何か……？」

「一つだけ、訊きたいことがある。あんたに、情というものがあるのかね」

「わたしはこう見えても、生きている女です」

「あれだけ母親代わりにやってくれていて、春彦に情というものが湧かないんだろうか。毎日のように顔を合わせていた花形アキ子にも、親密感を通じての情というものを覚えないのかね」

「春彦ちゃんには情も感じますし、とても可愛いと思っています。だから、わたくしは春彦ちゃんを大事にして悲しませないようにって、環日出夫さんにくれぐれも頼んでおきました。それに花形さんについては、仕方がないと思っています。愛する人のために役立てるんだったら、どんなことでもわたくしにはできるんです」

「あんたたちは、冷酷すぎる」

「待ってください。天知さんはさっきから、あんたたちとおっしゃるけど、それはわたくしと誰のことなんです」

「もちろん、十文字敏也だ」

「はっきり申し上げておきますけど、十文字さんは今度のことに、まったく関係しておりません」

「愛する人を、庇っているつもりかね」

「そうじゃないわ。本当に、無関係なんです」

「そうは、言わせない」

天知は、十文字へ視線を転じた。その十文字が、微笑しながら腰を伸ばした。

「いや、天知さん。真知子さんの言う通り、わたしには無関係なんですよ。第一、こうしたことに関係して、わたしにどんな得があるとおっしゃるんです」

十文字が言った。

「あなたは、ちゃんと目的を果たしている。保母さんが殺され、保育児が誘拐される。それで足りなければ、保育児全員の中毒事件でも起こそうってのが、宝田真知子の考えだったのかもしれない。さすがの高林園長も嫌気がさして、引退を決意した。現に、聖メリー保育園存続問題協議会というのが設けられて、てんやわんやの大騒ぎになっている。聖メリー保育園が廃園になれば、〝桜トップス〟の建設用地は確保される。〝桜トップス〟のディベロッパーたちの総責任者として、あなたの利益はあらゆる意味で大変なものになる」

天知は、一気に喋った。

「単なる想像ですな。警察が想像を基に、わたしを逮捕しますか」

十文字は、ゆっくりと歩き出した。

「あなたは、宝田真知子を操った黒幕だ」

並んで立った十文字を、天知は熱っぽい目で見据えた。

「天知さん、わたしは真知子さんに命令も指示も与えていないし、何かを頼んだこともない。わたしはただ世間話として彼女に、環ユキヨは自殺したのではない、あれは夫の環日出夫に殺されたんだと言っただけなんです。世間話をしたことが、法律に触れますかな」

そこでニヤリとすると、十文字は草原の小径のほうへ足を運んだ。ポケットに両手を差し入れて、悠然と去って行く十文字敏也の後ろ姿を、天知と真知子は並んで見送った。

「あの男は、あんたを見捨てたんだ。それでもなお、あんたはあの男を庇うのか」

天知が、低い声で言った。

「天知さんだけではなく、わたくし以外の誰にもわからないことなんです。愛する人のために、女の身体で何もして上げられない。彼に抱かれることもできないし、身体で彼を確かめることもできない。女の肉体で彼を歓ばせることも、わたくし自身が歓びを得て彼に満足感を与えることもできない。そして、どうせ長くはない命……。でも、それでも彼のことを、愛している。そんなわたくしにできることは、彼のために役立つということだけ。それも一方的に、報われることもなく、女を抜きにしての献身……」

真知子の頬が、涙で濡れていた。真知子は雫が溜まった目で、遠ざかる十文字敏也をじっと見守っている。その十文字敏也の後ろ姿は、間もなく草原の彼方に消えた。窪地の向こうの駐車場に、サイレンを鳴らさないパトカーが続々と到着していた。

天知は空しい気持ちで、岬の風の音を聞いた。いつの間にか、田部井が横に立っていた。数十人の警官が、こっちへ向かって来ている。宝田真知子が、それを迎えるように、歩き出した。その和服の後ろ姿を、天知は美しいと思った。環日出夫が地面にすわって、肩を震わせながら慟哭を続けていた。

下田警察署からの帰りに、天知と春彦、それに田部井の三人で、もう一度爪木崎に寄ってみた。人影はなく、灯台だけがひっそりと立っていた。風も、弱まっていた。海上にもこれから、夕凪が訪れるはずであった。

四つの島の影も、薄らいでいた。視界はまだ明るいが、間もなく日が沈むはずである。夏もやがて終わることを、白い波頭が、冷たそうな海が告げているようだった。夕暮れの静寂を、破る者はいなかった。

下田警察署で聞いた話によると、環日出夫と春彦は、この五日間、ずっと『黒潮観光ホテル』に滞在していたらしい。偽名ではあったが、父と子として宿泊していたのである。昼間はあちこちへ遊びに出かけ、夜は室内でテレビを見るという夏休みの海辺のホテルに滞在する父子らしい毎日だったのだ。とても楽しそうであり、実の父子であることを疑う者はいなかったという。

天知は、チョコレートを取り出した。彼はふと気がついて、春彦の顔の前にチョコレートを差し出した。春彦は眩しそうな目で天知を見上げてから、いらないという意味で首を左右に振った。

田部井が、歩き出した。天知も、それに従った。そのあとを、春彦が追った。天知は、腕を組んでいた。その後ろで、春彦も腕を組んでいた。まったく同じ大小のシルエットとなって、天知と二メートルほど遅れた春彦は岬の草原の小径を歩いた。

天知は、時計を見た。六時五十分であった。今夜の九時まで、二時間十分が残っていると、天知昌二郎は胸のうちで呟いていた。彼の表情にも、海へ投げかけた視線にも、何ら感慨らしきものはなかった。

Closing

有栖川有栖

※本編を読了後にお読みください。

　天知昌二郎が挑んだのは、およそ困難な課題だった。難易度が高すぎてクリアするのが無理なゲーム＝無理ゲーと言いたくなるほど手ごわい謎解きの顚末（てんまつ）は、お読みいただいたとおり。

　ミステリだから謎が解けるのは想定内とはいえ、最後までサスペンスフルでしたね。このサスペンスのある謎解きこそ、笹沢ミステリの真骨頂だ。

　絶対に達成しなくてはならない目的は春彦を無事に取り戻すことだったが、そのために天知が突破（とっぱ）しなくてはならない壁は三つあった。①自殺として処理されたものが他殺だったことを立証する。②その犯人を特定する。③犯人が偽装したアリバイを崩す。

　三つの壁を順に破っていき、隠されていた事実が明らかになるにつれて、思いもかけないことが裏でつながっているのが見えてくる。このあたりは伏線の妙味だ。やがて現われる事件の全容は、「なるほど、そうであったか」と納得のいくものでありながら、運命の皮肉に満ちていて衝撃的だ。

　異常な事件の渦中でもがき苦しんだのは天知だけではない。彼を苛（さいな）んだ誘拐者も、「まさか、こんなことになるとは」と地獄のような時間を過ごしていたのだ。この小説は天知の視点で書かれているが、それぞれの局面で他の登場人物たちの心境はいかばかりであったか、と想像したら立ち上がってくる物語がいくつもある。

暴かれた真相は、作中の誰にとっても「こんなことになるとは」と驚かずにいられないものだった——というのはミステリでもなかなかお目にかかれない構図ではないだろうか。こんな形で〈探偵が捜査に乗りだす〉というスイッチが入ってしまうのが驚きで、とことん読者の裏をかいてやろう、という作者の執念が生んだ異常な構図だ。

息子を助けるために自殺を他殺にひっくり返さなくてはならない、という天知の発想はやや突飛にも思えるが、敏腕ルポライターである彼は自分の可能性を信じることができたのだろう。そんなことは無理だと諦めたら、警察の捜査に頼って煩悶しながら結果を待つしかなかった。

昭和の小説の復刊にあたって、昨今、巻末にお断わりが入るのが通例だ。「本作品中に今日では好ましくない表現がありますが——」云々。現在より人権意識が低く、しばしば女性蔑視を含む差別的表現があるためだが、女性を蔑視する社会は男性も平気で粗末に扱う。本作で読者が「この表現はあんまりだ」と感じるであろう点は、それこそが事件の根であったと最後に示される。笹沢作品では、女性蔑視について同様のことも多い。

本作は大好評をもって迎えられ、初期作品から断崖をお気に入りのモチーフにしていた笹沢は、『他殺岬』『不倫岬』『無情岬』『逃亡岬』『愛人岬』と〈岬シリーズ〉を書き続ける。別のタイトルで刊行あるいは連載した作品を改題した『墓標岬（別題・海の晩鐘）』

『悪魔岬』、そして掉尾を飾る『残照岬』を合わせると全部で八作。北海道から沖縄まで、全国各地の崖が作中で舞台となる。

統一感があるのはタイトルだけで、それぞれ主人公は異なり、毎回違った趣向を凝らしているのはいかにもこの作者らしい。謎解きの味が少し薄くなってきたな、と思っていたら、とんでもない大トリックが出てくる油断ならぬシリーズである。

笹沢は、時代小説では木枯し紋次郎を筆頭に何人もの人気キャラクターを生んだ。一方、ミステリではお馴染みの名探偵が活躍するシリーズものを書くことには積極的ではなかった。名探偵をまったく書かなかったわけではなく、タクシードライバー・夜明日出夫や落としの達人・水木正一警部補らが名探偵役を演じるシリーズもある。

本作で無理ゲーを鮮やかにクリアした天知昌二郎は、『求婚の密室』『地下水脈』の二長編にも颯爽と登場しており、まるで性質の違う三つの難問と格闘している。

天知昌二郎という名前から「若い頃の天知茂の顔がちらつく」という方がいるかもしれない（私だ）。本作が一九七七年に〈土曜ワイド劇場〉でドラマ化された際、天知を演じたのは平幹二朗だった。

本作は2003年1月刊の徳間文庫版を底本といたしました。作品はフィクションであり実在の個人・団体などとは一切関係がありません。

なお、本作品中に今日では好ましくない表現がありますが、著者が故人であること、および作品の時代背景を考慮し、そのままといたしました。なにとぞご理解のほど、お願い申し上げます。

(編集部)

徳間文庫

有栖川有栖選　必読！ Selection 5

他殺岬（たさつみさき）

2022年6月15日　初刷

著者　笹沢左保（ささざわさほ）
発行者　小宮英行
発行所　株式会社徳間書店
東京都品川区上大崎三―一―一
目黒セントラルスクエア　〒141―8202
電話　編集〇三（五四〇三）四三四九
　　　販売〇四九（二九三）五五二一
振替　〇〇一四〇―〇―四四三九二
印刷
製本　大日本印刷株式会社

ISBN978-4-19-894748-4　（乱丁、落丁本はお取りかえいたします）